DESPUÉS DEL FUNERAL

AGATHA CHRISTIE

Títulos publicados

El secreto de Chimneys
El misterioso caso de Styles
Muerte en la vicaría
Hacia cero
Poirot investiga
El misterio de las siete esferas
Los trabajos de Hércules
Ocho casos de Poirot
Stra. Marple y trece problemas
Parker Pyne investiga
La casa torcida
Asesinato en la calle Hickory
El pudding de Navidad
El espejo se rajó de parte a parte
Un gato en el palomar
Asesinato en el campo de golf
En el Hotel Bertram
El tren de las 4,50
El misterio de Listerdale
Tercera muchacha
Misterio en el Caribe
Noche eterna
Inocencia trágica
Los relojes
El templete de Nasse House
Poirot infringe la ley
El misterio de Sans Souci
Los cuatro grandes
Problema en Pollensa
Las manzanas
El cuadro
Los elefantes pueden recordar
El caso de los anónimos
Testigo de cargo
El misterio de Pale-Horse
Pasajero para Francfort
Némesis
La puerta del destino
Primeros casos de Poirot
Telón
Un crimen dormido
Asesinato en el Orient Express
El asesinato de Rogelio Ackroid
Diez negritos
Cianuro espumoso
Cita con la muerte
El misterio del tren azul
Un triste ciprés
Maldad bajo el sol
El enigmático Mr. Quin
Un cadáver en la biblioteca
Cinco cerditos
Matrimonio de sabuesos
La muerte visita al dentista
Intriga en Bagdad
Navidades trágicas
El misterio de Sittaford
Un puñado de centeno
Cartas sobre la mesa
La muerte de Lord Edgware
La señora Mc Ginty ha muerto
Se anuncia un asesinato
Asesinato en Bardsley Mews
Después del funeral
Tres ratones ciegos
Pleamares de la vida
Sangre en la piscina
Asesinato en Mesopotamia
El testigo mudo
El misterio de la guía de Ferrocarriles
El truco de los espejos
Poirot en Egipto
El hombre del traje de color castaño
Muerte en las nubes
Destino desconocido
Matar es fácil
La venganza de Nofret
Trayectoria de boomerang
El misterioso Sr. Brown
Peligro inminente
Tragedia en tres actos

DESPUÉS DEL FUNERAL

AGATHA CHRISTIE

EDITORIAL MOLINO

SELECCIONES DE BIBLIOTECA ORO

Título original:
AFTER THE FUNERAL

Traducción:
C. PERAIRE DEL MOLINO

Cubierta:
NOIQUET

Apartado de Correos 25
Calabria, 166 - Barcelona - 15

Depósito Legal: B. 32791-1980
Número de Registro 2.663-65
ISBN: 84-272-0132-X

Impreso en España Noviembre 1980 Printed in Spain

Printer industria gráfica sa - Provenza, 388 - Barcelona-25

GUIA DEL LECTOR

En un orden alfabético convencional relacionamos a continuación los principales personajes que intervienen en esta obra

ABERNETHIE (Ricardo): Jefe de una familia numerosa, multimillonario. Asesinado.

ABERNETHIE (Timoteo): Hermano mayor del anteriormente citado.

BANKS (Gregorio): Químico; ayudante en un laboratorio y esposo de

BANKS (Susana): Hija de Gordon, hermano fallecido de Ricardo Abernethie.

CROSSFIELD (Jorge): Hijo de Laura, otra hermana de Ricardo. Muchacho de mala cabeza. Abogado y empleado en la oficina de un procurador de no muy buena fama.

ELENA: Mujer de unos 50 años y muy atractiva, viuda de Leo Abernethie, hermano que fue del asesinado.

ENTWHISTLE: Renombrado abogado de la familia Abernethie.

GILCHRIST: Ama de llaves de Cora Lansquenet.

GOBY: Agente informativo, muy amigo de Poirot.

GUTHRIE (Alejandro): Crítico de arte, viejo amigo de la señora Lansquenet.

JUANITA: Anciana sirvienta de los Abernethie.

LANSCOMBE: Viejo mayordomo de la repetida familia.

LANSQUENET (Cora): Última hermana del asesinado Ricardo y viuda de Pedro Lansquenet, un mediocre pintor.

LARRABY: Médico de Ricardo Abernethie.

MARJORIE: Cocinera de los Abernethie.

MAUDE: Enérgica y decidida esposa de Timoteo.

MORTON: Inspector de policía.

POIROT (Hércules): Famoso detective belga.

PROCTOR: Médico forense.

SHANE (Miguel): Discreto actor teatral; esposo de

SHANE (Rosamunda): Actriz e hija de Geraldine, otra hermana del ya citado Ricardo.

A Jaime, en recuerdo de los días felices de Abney.

CAPÍTULO PRIMERO

El viejo Lanscombe, con su andar vacilante, fue de una habitación a otra subiendo las persianas. De vez en cuando sus ojillos de reumático miraban a través de los cristales.

No tardarán en volver del funeral. Se apresuró en su quehacer; ¡había tantas ventanas!

Enderby Hall era un vasto edificio victoriano construido según el estilo gótico. Algunas paredes todavía seguían tapizadas de seda descolorida. En todas las habitaciones las cortinas eran de rico brocado o terciopelo. En la sala verde, el viejo mayordomo contempló el retrato, colocado sobre la chimenea, de Cornelio Abernethie, que hizo construir Enderby Hall. Cornelio Abernethie tenía una barba castaña que denotaba agresividad, y su mano reposaba sobre un globo terráqueo, no sabemos si por capricho suyo o como un símbolo escogido por el artista.

Debió de ser un hombre violento, y por eso el viejo Lanscombe se alegraba de no haberle conocido en vida. Míster Ricardo fue su amo, y un buen amo. Había muerto de repente, aunque, claro, el doctor le estuvo atendiendo una corta temporada, pero no se rehízo del golpe que fue para él la muerte del joven señorito Mortimer. El anciano movió la cabeza mientras se apresuraba a penetrar en el *boudoir* blanco, Fue horrible... una verdadera catástrofe. Un caballero tan joven y lleno de salud. Nadie hubiera dicho que pudiera ocurrirle una cosa semejante. Había sido muy triste. Y míster Gordon, muerto en la guerra. Uno tras otro. Así es como suceden las cosas hoy en día. Había sido demasiado para el amo, y no obstante una semana antes estaba tan entero...

La persiana de la tercera ventana del *boudoir* blanco se negó a funcionar como debiera. Los muelles estaban flojos... eso es lo que pasaba... y eran muy viejos; como todo lo de aquella casa. Y no cabía esperar que los arreglaran. Demasiado anticuados, dirían moviendo la cabeza con aire de superioridad, ¡como si las cosas antiguas no fuesen mucho mejores que las modernas! ¡Él podía decirlo! La mitad de lo moderno era baratillo... y se rompía en la mano. El material no era bueno y los operarios tampoco. Oh, sí; él podía decirlo.

No iba a conseguir arreglar la persiana si no traía la escalera. No le gustaba tener que subirse a la escalera, pues le daba vértigo. De todas formas, de momento la dejaría así. No importaba, puesto que aquella ventana no correspondía a la fachada de la casa, donde hubiera podido ser vista cuando los coches regresaran del funeral... Ni tampoco ocupaba nadie aquella habitación en la actualidad. Era una habitación propia para una mujer, y hacía mucho tiempo que Enderby no tenía señora. Era una lástima que el señorito Mortimer no se hubiera casado. Siempre estaba en Norway, pescando, de caza en Escocia o en Suiza practicando deportes de invierno, en vez de casarse con alguna hermosa joven, sentar la cabeza y llenar la casa de niños. Hacía mucho tiempo que no había ninguno en ella.

Y en la mente de Lanscombe apareció con toda claridad un tiempo muy lejano... con mucha más claridad que aquellos últimos veinte años, que recordaba muy confusamente, y apenas podía decir quiénes salieron y entraron y qué aspecto tenían. Pero de los viejos tiempos sí que se acordaba bastante bien.

Míster Ricardo había sido como un padre para sus hermanos y hermanas menores. Contaba veinticuatro años a la muerte de su padre, y tomó las riendas del negocio y el gobierno de la casa, procurando que nada faltase. Fue una mansión feliz donde fueron creciendo aquellos niños y niñas. Claro que de vez en cuando también hubo peleas, y las señoritas de compañía lo pasaron bastante mal. ¡Pobres criaturas, las institutrices! Lanscombe siempre las había despreciado. Las niñas tuvieron mucho carácter, en particular la señorita Geraldina, y la señorita Cora también, aunque era mucho más joven. Y ahora el señorito Leo había muerto y miss Laura también. Timoteo estaba inválido, la señorita Geraldina muriéndose en cualquier lugar del extranjero, y el señorito Gordon muerto víctima de la guerra. A pesar de ser el mayor, míster Ricardo resultó el más longevo, sobreviviéndolos a todos... a casi todos, pues míster Timoteo vivía, lo mismo que Cora, que se había casado con un artista, un sujeto desagradable. Veinticinco años atrás, cuando se fugó con aquel individuo, era una joven bonita, y ahora apenas la hubiera conocido, tan mayor y obesa... y vistiendo de un modo tan complicado. Su esposo era francés, o casi francés... y no se ganaba nada casándose con uno de ellos. Pero la señorita Cora siempre había sido bobalicona, como dicen en los pueblos. En todas las familias hay un ser así.

Ella le había reconocido en seguida.

—¡Pero si es Lanscombe! —dijo, muy contenta al verle, al parecer.

Ah, en aquellos tiempos, todos le querían y siempre que se celebraba una reunión, se escurrían hasta la despensa y él les daba jalea y crema de leche con bizcochos que sobraban de la mesa. Todos conocían entonces al viejo Lanscombe, y ahora apenas si alguien le recordaba. Sólo el grupo de jóvenes que nunca pudo recordar con claridad y que pensaba en él como en el mayordomo que llevaba allí tantos años. Todos extraños, pensó cuando llegaron para asistir al funeral... ¡Y vaya unos descamisados!

La señora viuda del señorito Leo, no... ella era distinta. Desde que se casó con él habían estado algunas veces en la casa. Era muy agradable y una verdadera señora. Vestía adecuadamente, sabía peinarse y daba la impresión de lo que era en realidad. Su amo siempre la quiso. Lástima que no hubieran tenido hijos...

Lanscombe dio un respingo; ¿qué estaba haciendo allí parado, soñando en tiempos pasados, con tanto como había por hacer? Ya estaban levantadas todas las persianas de la planta baja y ordenó a Juanita que subiera a disponer los dormitorios. Juanita, la cocinera y él, habían asistido ya a los funerales, pero en vez de ir al cementerio habían regresado a la casa para disponer la comida. Naturalmente, tendría que ser un *lunch* frío. Jamón, pollo, lengua y ensalada, y como postres tarta de manzana y limonada. Primero, sopa caliente... Sería mejor que fuese a ver lo que Marjorie había preparado, porque no tardarían más de uno o dos minutos en llegar.

Lanscombe emprendió un trotecillo arrastrando los pies. Su mirada abstraída se detuvo unos instantes en el retrato que estaba sobre la chimenea... el compañero del de la salita verde. Era una bella pintura reproduciendo raso y perlas, pero el ser humano que recubrían no era muy impresionante. Facciones suaves, boca de niña y el cabello partido sobre la frente. Una mujer modesta y sencilla. La única cosa digna de mención respecto a la esposa de Cornelio Abernethie había sido su nombre: Coralia.

Después de sesenta años de existencia, los parches para callos y otros preparados para los pies «Coral» seguían manteniendo su prestigio. Nadie podía decir que los parches «Coral» tuvieran nada de extraordinario... pero habían conseguido ganar el favor del público. Y gracias a ellos había surgido aquel palacio neogótico, sus jardines, y el dinero para pagar la renta de siete hijos e hijas y que permitió a Ricardo Abernethie morir rico tres años atrás.

2

Husmeó en la cocina dando consejos a Marjorie, la cocinera, que le replicó de mal talante. Marjorie era joven, sólo contaba veintisiete años, y constituía una constante irritación para Lanscombe por estar tan lejos del concepto que él tenía de las cocineras. Carecía de dignidad y no apreciaba la posición de Lanscombe en la mansión. Con frecuencia hablaba de la casa llamándola «viejo mausoleo» y se quejaba de la gran extensión de la cocina y despensa, diciendo que se «necesitaba caminar todo un día para recorrerla». Llevaba dos años en Enderby y no se había despedido porque, en primer lugar, ganaba un buen sueldo, y en segundo, porque el señor Abernethie apreció siempre sus dotes culinarias. Cocinaba muy bien. Juanita, que estaba de pie junto a la mesa de la cocina tomando una taza de té, era una anciana doncella, que a pesar de que disfrutaba discutiendo agriamente con Lanscombe, siempre estaba de su parte y en contra de la joven generación representada por Marjorie. La cuarta persona que se hallaba en la cocina era la señora Jenks, quien «acudía» a prestar ayuda cuando la necesitaban y que había disfrutado mucho en el funeral.

—Ha resultado precioso —dijo mientras volvía a llenarse la taza—. Noventa coches, la iglesia estaba completamente llena, y el rector ha leído muy bien el oficio. Además ha hecho un tiempo magnífico. Ah, pobre señor Abernethie, no quedan muchas personas como él en el mundo. Todos le respetaban.

Se oyó sonar una bocina y el ruido de un coche que avanzaba por la avenida. La señora Jacks, dejando su taza, exclamó:

—Ya están aquí.

Marjorie encendió el mechero de gas bajo la gran olla llena de caldo de pollo. El gran horno de los días de grandeza victoriana permanecía frío e inútil como un yerto símbolo del pasado.

Los automóviles se fueron deteniendo uno tras otro, y las personas vestidas de negro que se apeaban iban entrando en el vestíbulo y en el salón verde. En la chimenea ardía un buen fuego, como tributo a los primeros fríos otoñales y al que proporciona el permanecer inmóvil largo rato en una iglesia.

Lanscombe entró en la estancia con una bandeja de plata con copas de jerez, que fue ofrecido a los allí reunidos.

El señor Entwhistle, el socio más antiguo de la renombrada firma Bollard, Entwhistle, Entwhistle y Bollard, estaba calentándose de espaldas a la chimenea. Aceptó la copa de jerez y contempló a la asamblea con su astuta mirada de abogado. No los conocía a todos, y viose en la necesidad de ir clasificándolos, por así decir. Las presentaciones hechas antes de salir para la iglesia, fueron superficiales y apresuradas.

Fijándose primero en Lanscombe, el señor Entwhistle díjose para sus adentros:

«¡Cómo le tiembla el pulso, pobre viejo! No me extrañaría que estuviera cerca de los noventa. Bueno, ahora entrará en posesión de esa pequeña renta. No tendrá que preocuparse de nada. Es un alma sencilla. Hoy en día no hay nada como el servicio antiguo. ¡Interinas y niñeras por horas, Dios nos ayude! ¡Qué mundo éste! Tal vez el pobre Ricardo no haya perdido gran cosa. No tenía muchas cosas por las que vivir.»

El señor Entwhistle, con sus setenta y dos años, consideraba que Ricardo Abernethie, al morir a los sesenta y ocho, lo hizo antes de tiempo. Se había retirado de los negocios hacía dos años, pero como ejecutor de la última voluntad de Ricardo Abernethie y en atención a uno de sus más antiguos clientes, que a su vez era amigo personal, hizo el viaje al Norte para asistir a los funerales.

Considerando en su mente las disposiciones del testamento, fue haciendo un repaso de los miembros de la familia.

A Elena, la viuda de Leo, la conocía muy bien, claro está. Una mujer encantadora, por la que sentía aprecio y respeto. Sus ojos la contemplaban aprobadoramente. Se hallaba de pie junto a una de las ventanas. El luto le sentaba muy bien y hacía resaltar su bonita figura. Le agradaban su impecable corte de cara, sus cabellos plateados en las sienes y sus ojos, que en otros tiempos tuvieron el color de las azulinas y que todavía seguían siendo muy azules.

¿Cuántos años tendría Elena? Unos cincuenta y uno o cincuenta y dos. Era extraño que no hubiera vuelto a casarse después de la muerte de Leo. Era un mujer atractiva. Ah, pero habían estado muy enamorados.

Sus ojos pasaron a contemplar a la esposa de Timoteo. No la conocía muy bien. El negro no la favorecía... Era una mujer muy sensata y capaz. Siempre fue una buena esposa para Timoteo. Preocupándose por su salud, probablemente algo más de lo debido. ¿Es que en realidad le ocurría algo a Timoteo? Sólo era un hipocondríaco, según sospechaba el señor Entwhistle. También lo sospechó Ricardo Abernethie.

—De pequeño tuvo el pecho delicado —había dicho—. Pero apuesto a que ahora está perfectamente. Oh, claro que todos tenemos nuestras aficiones, y Timoteo se absorbe y se preocupa sólo por su salud. ¿Lo habrá comprendido su esposa? Es probable que sí, pero las mujeres nunca admiten esta clase de cosas. Timoteo debe sentirse muy a gusto. Nunca ha sido un derrochador. No obstante, lo que tenga de más no le irá mal en estos días de restricciones. Es probable que haya tenido que reducir bastante su tren de vida después de la guerra.

El señor Entwhistle dedicó seguidamente su atención a Jorge Crossfield, el hijo de Laura. Laura se había casado con un sujeto de quien nadie sabía gran cosa. Un corredor de Bolsa, según él mismo se llamaba. El joven Jorge estaba empleado en la oficina de un procurador... de no muy buena fama. Era bien parecido... pero había cierto artificio en su persona. No debía contar con mucho para vivir. Laura había sido muy tonta al hacer sus inversiones, y casi no dejó nada, a su muerte acaecida cinco años atrás. Fue una joven bonita y romántica, pero sin ningún sentido práctico.

Los ojos del señor Entwhistle dejaron de mirar a Jorge Crossfield. ¿Cuál de las dos muchachas era aquélla? Ah, sí, Rosamunda, la hija de Geraldina, contemplando las flores de cera que estaban sobre la mesa de malaquita. Una joven bonita, más aún, hermosa... pero con un rostro bastante insulso. Se dedicaba a la escena, y estaba casada con un actor. Un muchacho de buen aspecto.

»Y lo sabe —pensó el señor Entwhistle, que no aprobaba la profesión de artista teatral—. Quisiera saber de dónde procede y cuál es su pasado.»

Y miró desaprobadoramente a Miguel Shane, de cabellos rubios y con un atractivo un tanto trasnochado.

En cambio, Susana, la hija de Gordon, hubiera tenido más éxito en la escena que Rosamunda. Tenía más personalidad. Hallábase bastante cerca de él, y pudo observarla a su gusto. Cabellos oscuros, ojos castaños, casi dorados, y una boca joven y atractiva. Junto a ella estaba su esposo, con quien acababa de casarse, ¡ayudante de laboratorio! El señor Entwhistle opinaba que las chicas no debían casarse con jóvenes que despachaban detrás de un mostrador. Pero ahora, naturalmente, se casaban con cualquiera. El químico tenía el rostro pálido y el pelo rubio, y parecía enfermo, de tan nervioso. El señor Entwhistle lo achacó a la tensión producida por tener que enfrentarse con tantos parientes de su esposa.

Siguiendo su examen le tocó por último el turno a Cora Lansquenet. Lo cual le correspondía en justicia, pues ésta fue la última hermana de Ricardo. Nació cuando su madre contaba los cincuenta y aquella débil mujer no sobrevivió a su décimo embarazo (tres niños murieron a poco de nacer). ¡Pobrecilla Cora! Durante toda su vida fue un estorbo. Se hizo alta y desgarbada, y siempre tuvo la virtud de formular observaciones que mejor hubiera hecho en reservarse. Todos sus hermanos y hermanas mayores fueron amables con ella, procurando disimular sus defectos y errores. A nadie se le ocurrió que pudiera casarse. No fue una muchacha muy atractiva, y su tendencia a dirigirse a los jóvenes, siempre daba como resultado que éstos se retirasen alarmados. Y entonces, el señor Entwhistle lo recordó con regocijo, apareció Pedro Lansquenet, medio francés, a quien conoció en una academia de Arte donde iba a aprender a pintar flores a la acuarela, cosa que hacía con bastante corrección, y anunció a su familia su intención de casarse con él. Ricardo Abernethie se opuso. No le agradó el aspecto de Pedro Lansquenet, sospechando que el joven buscaba una mujer rica. Pero mientras hacía las oportunas averiguaciones para conocer sus antecedentes, Cora se escapó con él, casándose inmediatamente. Pasaron la mayor parte de su vida matrimonial en Bretaña, Cornwall y otros lugares concurridos por los pintores. Lansquenet fue un mal pintor, y un hombre poco agradable en todos los aspectos; pero Cora le fue siempre fiel y nunca perdonó a sus familiares su actitud hacia él. Ricardo le había señalado una renta generosa, y de eso habían vivido, según opinión del señor Entwhistle. Dudaba de que Lansquenet hubiera ganado algún dinero en toda su vida. Ya hacía unos doce años o más que había fallecido. Y ahora Cora, convertida en una viuda, vestida de negro con adornos de abalorios, había regresado a la casa donde transcurrió su niñez, e iba de un lado a otro tocándolo todo y lanzando exclamaciones de placer cada vez que algún objeto le recordaba su infancia. No había dado muestras de sentir mucha pena por la muerte de su hermano, aunque no era de extrañar: Cora nunca supo fingir.

Volviendo a entrar en la habitación, Lanscombe anunció en tono apagado propio de la ocasión:

—La comida está servida.

CAPITULO II

DESPUÉS del delicioso caldo de pollo y de multitud de viandas frías, acompañado de un excelente chablis, el ambiente animóse un tanto. Nadie había sentido realmente el fallecimiento de Ricardo Abernethie, puesto que no les unía con él parentesco cercano. El comportamiento de todos había sido decoroso y discreto (si se exceptúa a Cora, que evidentemente se estaba divirtiendo), pero en aquel momento se dieron cuenta de que ya habían cubierto las apariencias y era hora de volver a entablar una conversación normal. El señor Entwhistle contribuyó con ello. Tenía mucha experiencia en estos casos y sabía exactamente cómo disipar la frialdad del ambiente después de un funeral.

Una vez terminada la comida, Lanscombe los invitó a pasar a la biblioteca, para tomar el café. Había llegado el momento en que los negocios... en otras palabras, el testamento... iban a ser discutidos. La biblioteca era el lugar más adecuado, con sus estanterías llenas de libros y las pesadas cortinas de terciopelo rojo. Cuando hubo servido el café, Lanscombe salió de la estancia cerrando la puerta.

Después de intercambiar algunas frases triviales, todos dirigieron sus miradas hacia el señor Entwhistle, quien miró su reloj.

—Tengo que coger el tren de las tres y media —comenzó.

Al parecer también alguien más iba a coger el mismo tren.

—Como ustedes ya saben —añadió el señor Entwhistle, soy el albacea testamentario de la voluntad de Ricardo Abernethie...

—Yo no lo sabía —le interrumpió Cora Lansquenet—. ¿De veras lo es usted? ¿Me deja algo a mí?

No era la primera vez que el señor Entwhistle observaba que Cora solía hablar viniera o no a cuento el hacerlo. Tras dirigirle una mirada de reproche, continuó:

—Hasta hará cosa de un año el testamento de Ricardo dejaba todo a su hijo Mortimer.

—Pobre Mortimer —repuso Cora—. Eso de la parálisis infantil es horrible.

—La muerte de Mortimer, trágica e inesperada, fue un gran golpe para Ricardo. Le costó varios meses el reponerse. Yo le hice observar que era conveniente redactar un nuevo testamento.

Maude Abernethie preguntó con voz profunda:

—¿Qué hubiera sucedido de no haberlo hecho? ¿Hubiera ido todo... hubiera ido todo a manos de Timoteo... quiero decir como pariente más próximo?

El señor Entwhistle abrió la boca como para discutir la calidad del parentesco, pero pensándolo mejor, dijo crispado:

—Bajo mi consejo, Ricardo decidió hacer un nuevo testamento. No obstante, primero decidió conocer mejor a la joven generación.

—Y nos probó a todos —dijo Susana con una franca carcajada—. Primero Jorge, luego Grey y yo, después Rosamunda y Miguel.

Gregorio Banks dijo con acritud, mientras enrojecía:

—No creo que debas hablar así, Susana. ¡Probarnos!

—¿Me ha dejado algo? —repitió Cora.

El señor Entwhistle carraspeó y se expresó con frialdad manifiesta.

—Tengo intención de enviarles a todos ustedes una copia del testamento. Ahora puedo leérselo todo, si lo desean; pero la fraseología legal puede que les resultara poco comprensible. Resumiendo, viene a ser esto: Aparte de cierto legado que hace a Lanscombe, que le proporionará una renta vitalicia, el total de los bienes... muy considerables... debe ser dividido en seis partes iguales. Cuatro de las cuales una vez pagados los derechos irán a manos del hermano de Ricardo, Timoteo, de su sobrino Jorge Crossfield y de sus sobrinas Susana Banks y Rosamunda Shane. Las otras dos partes quedarán en depósito y las rentas deberán pagarse a la señora Elena Abernethie, la viuda de su hermano Leo, y a su hermana la señora Cora Lansquenet, durante toda su vida. El capital, después de su muerte, deberá ser repartido entre los cuatro beneficiarios de sus bienes.

—¡Qué bien! —dijo Cora Lansquenet con verdadera alegría—. ¡Una fortuna! ¿Y a cuánto asciende?

—Pues... ahora no puedo precisarlo con exactitud. Los gastos del entierro subirán bastante y...

—¿No puede usted darme alguna idea aproximada?

El señor Entwhistle comprendió que debía tranquilizarla.

—Posiblemente cerca de tres o cuatro mil libras al año.

Elena Abernethie comentó sosegadamente:

—Qué amable y generoso ha sido Ricardo. Ahora me doy cuenta de que me apreciaba.

—La quería mucho —repuso el señor Entwhistle—. Leo era su hermano predilecto y estimaba mucho que usted viniera a verle después de morir aquél.

—Ojalá me hubiera dado cuenta de lo enfermo que estaba —dijo Elena pesarosa—. Vine a verle poco antes de su fallecimiento, pero a pesar de saber que había estado enfermo, no creí que fuera nada grave.

—Siempre estuvo delicado —dijo el señor Entwhistle—, pero no quería que se hablase de ello y no creo que nadie imaginase que el fin llegaría tan pronto. Sé que incluso el médico quedó sorprendido.

—*Murió de repente en su residencia*, eso es lo que dijeron los periódicos —comentó Cora moviendo la cabeza.

—Fue un doloroso golpe para todos nosotros —la interrumpió Maude Abernethie—. El pobre Timoteo se trastornó mucho: «Tan de repente.» No dejaba de repetirlo: «Tan de repente.»

—Sin embargo, se ha guardado muy bien el secreto, ¿verdad? —dijo Cora.

Todos la miraron extrañados y pareció ruborizarse.

—Creo que habéis hecho muy bien —dijo apresuradamente—. Muy bien. Quiero decir... que no hubiera acarreado ningún bien el hacerlo público. Hubiese sido muy desagradable para todos. Debe quedar estrictamente guardado en la familia.

Los rostros que la contemplaban estaban cada vez más sorprendidos.

El señor Entwhistle inclinóse hacia delante.

—La verdad, Cora; me temo que no comprendo lo que quiere decir.

Cora Lansquenet los miró a todos con los ojos muy abiertos por la sorpresa, y ladeando la cabeza con un gesto muy peculiar parecido al de un pajarito, dejó ir:

—Pero fue asesinado, ¿verdad?

CAPÍTULO III

MIENTRAS se dirigía a Londres en un vagón de primera clase, el señor Entwhistle dio en pensar con inquietud en la extraordinaria observación formulada por Cora Lansquenet. Claro que Cora era una mujer estúpida y desequilibrada, y desde niña se había significado por su modo de decir sin empacho las verdades más desagradables, y no precisamente las verdades, había equivocado la palabra, sino comentarios sorprendentes...

Y repasó en su mente las consecuencias inmediatas de su desgraciada observación. Las desaprobadoras y asombradas miradas de muchos ojos se concentraron en Cora ante la enormidad de lo que acababa de decir.

Maude había exclamado:

—¡Por Dios, Cora!

Y Jorge:

—¡Querida tía Cora!

Alguien exclamó:

—¿Qué quieres decir?

E inmediatamente Cora Lansquenet, avergonzada y consciente de la enormidad de su aserto, comenzó a murmurar frases incoherentes.

—Oh, lo siento... no quise decir... Oh, claro; he sido una estúpida; pero yo creí, por lo que él dijo... Desde luego que todo está perfectamente. Pero su muerte fue tan repentina... Por favor, olviden lo que he dicho... No quise ser tan estúpida... Ya sé que siempre digo lo que no debo decir.

Desapareció, pues, la momentánea inquietud para dar paso a una discusión práctica sobre cómo disponer de los efectos personales del finado. La casa, y todos los enseres y mobiliario, serían vendidos.

El impolítico comentario había sido olvidado. Después de todo, Cora siempre había sido, si no anormal, por lo menos de una ingenuidad desconcertante. Nunca tuvo la menor idea de lo que no debía decir. Cuando tenía diecinueve años no le dieron a ello mucha importancia; podían ser los resabios de un *enfant terrible*; pero un *enfant terrible* de cincuenta años resulta embarazoso. Soltar las verdades más desagradables a troche y moche...

El curso de los pensamientos de míster Entwhistle sufrió una brusca detención. Era la segunda vez que acudía a su mente aquella palabra turbadora: Verdades. ¿Y por qué le turbaba? Porque, naturalmente, los ingenuos comentarios de Cora siempre produjeron esa violencia, por ser ciertos, o por contener un granito de verdad. Por eso resultaban generalmente turbadores.

A pesar de que Cora era ya una rolliza mujer de cuarenta y nueve años, el señor Entwhistle pudo apreciar en ella cierto parecido con aquella muchacha desgarbada que fue en su infancia; y ciertas características de su persona no habían cambiado... el modo de ladear la cabeza con cierto aire de expectación cuando decía alguna inconveniencia... De ese modo había comentado una vez acerca de la cocinera:

—Mollie apenas puede arrimarse a la mesa de la cocina de lo gorda que se está poniendo. ¡Tiene una cintura! Hace uno o dos meses no estaba así. No sé por qué estará engordando tanto.

Todos se apresuraron a hacerla callar. Al día siguiente la cocinera había desaparecido, y después de las debidas averiguaciones hicieron que el jardinero se casara con ella, para lograr lo cual le regalaron una casita.

Recuerdos lejanos de cosas que ocurrieron y pasaron a la historia.

Míster Entwhistle examinó su inquietud con más detenimiento.

¿Cuál de sus absurdas observaciones fue la que le produjo aquella turbación en su subconsciente? Aquellas dos frases: «Lo creí por lo que él dijo...», y... «su muerte fue tan repentina...»

Se dispuso a estudiar primero esta última frase. Sí, la muerte de Ricardo podía considerarse, en cierto modo, repentina. Él mismo había hablado de la salud de Ricardo con éste y su médico. El cual indicó sin ambages que podía vivir aún mucho tiempo. Si se cuidaba y era razonable tal vez pudiera vivir dos o incluso tres años. Quién sabe si más... Pero en cualquiera de los casos, el doctor no había pronosticado ningún colapso en un futuro próximo.

Bien, el médico pudo equivocarse... pues los médicos, como ellos mismos son los primeros en admitir, no pueden nunca asegurar la reacción de cada paciente ante la misma enfermedad. Pacientes dados por perdidos se han curado inesperadamente, mientras que otros en vías de curación, recaen y acaban fatalmente. Depende mucho de la vitalidad del enfermo, de sus defensas y de sus ansias de vivir.

Y Ricardo Abernethie, aunque fuerte y vigoroso, no sentía grandes deseos de seguir viviendo y en cierto modo esto era comprensible.

Pues seis meses antes, Mortimer, el único hijo que le quedaba, contrajo una parálisis infantil y murió en menos de una semana. Su muerte fue un gran golpe para Ricardo, acrecentado por el hecho de haber sido siempre un joven extraordinariamente fuerte y lleno de vida. Deportista consumado, era también un buen atleta, y una de esas personas de las que se dice que no estuvieron enfermas nunca. Estaba a punto de prometerse con una muchacha encantadora, y todas las esperanzas de su padre para el futuro se centraban en aquel hijo querido que sólo le proporcionaba satisfacciones.

Y entonces ocurrió la tragedia. Además, el porvenir ya no ofrecía atractivo alguno para Ricardo Abernethie. Otro de sus hijos murió en la infancia, y el segundo sin sucesión. No tenía nietos. En resumen, el nombre de Abernethie, iba a extinguirse con él, que era poseedor de una gran fortuna y amplios negocios e intereses que todavía fiscalizaba hasta cierto punto. ¿Quién iba a sucederle en la dirección de aquellos negocios y a posesionarse de su fortuna?

Entwhistle sabía que esto había preocupado mucho a Ricardo. Su único hermano era casi un inválido. Y ahí quedaba la joven generación. Era intención de Ricardo, aunque nunca lo dijo, escoger a su sucesor entre ellos, a pesar de que sus bienes los repartiera por igual. Durante los seis últimos meses invitó a pasar unos días en su compañía, uno tras otro, a su sobrino Jorge, su sobrina Susana y su esposo. Rosamunda también acompañada de su marido y su hermana política la viuda de Leo Abernethie. Según opinión del abogado, Abernethie, había buscado a su sucesor entre los tres primeros. Elena Abernethie había sido consultada acerca de este particular, pues Ricardo siempre tuvo muy buena opinión de su buen sentido y juicio práctico. El señor Entwhistle recordaba asimismo que durante este período Ricardo hizo una corta visita a su hermano Timoteo.

El resultado era el testamento que el abogado llevaba ahora en su cartera. Un reparto equitativo de las propiedades. La única conclusión que podía deducirse era que se había desilusionado ante su sobrino y sus sobrinas... o tal vez a causa de los esposos de éstas.

Por lo que sabía el señor Entwhistle, no había invitado a su hermana Cora a visitarle... y eso trajo a la mente del abogado aquella primera frase que Cora dejó escapar entre incoherencias: «...pero yo creí, por lo que me dijo...»

¿Qué había dicho Ricardo Abernethie? ¿Y cuándo? Si

Cora no fue a Enderby, entonces Ricardo debió visitarla en el pintoresco pueblecito donde tenía una casita. ¿O se refería a algo que le comunicara por carta?

El abogado frunció el ceño. Cora, desde luego, era una mujer estúpida. Pudo haber interpretado mal una frase, pero a él le hubiera gustado saber qué frase fue aquélla.

Sentía la suficiente curiosidad para pensar en la posibilidad de interrogar a la señora Lansquenet sobre el particular; pero no, era demasiado pronto. Era mejor no darle importancia. No obstante, hubiera querido saber lo que Ricardo Abernethie le había dicho, y que la condujo a pronunciar con tal desenfado aquella extraña frase:

¿Pero no murió asesinado?

2

En el mismo tren y en un departamento de tercera clase Gregorio Banks le decía a su esposa:

—¡Esa tía tuya debe estar completamente loca!

—¿Tía Cora? —Susana habló sin gran convicción—. Oh, sí, creo que siempre ha sido un poco tonta.

Jorge Grossfield, sentado ante ellos, dijo con sequedad:

—La verdad es que debieran impedirle decir cosas como ésa. Puede hacer pensar mal a la gente.

Rosamunda Shane, que intentaba retocar el arco de Cupido de sus labios con la barrita de carmín, murmuró distraída:

—No creo que nadie preste atención a lo que diga una vieja regañona como ésa. Con esos vestidos tan extraños adornados con metros y metros de sartas de azabache...

—Bien, pero creo que debieran hacerla callar —dijo Jorge.

—Conforme, cariño —rió Rosamunda, contemplando con satisfacción sus labios en el espejo—. Hazla callar.

Su esposo habló de improviso.

—Creo que Jorge tiene razón. ¡Es tan fácil que la gente comience a murmurar!

—Bueno, ¿y qué importa? —Rosamunda sonrió—. Pudiera resultar divertido.

—¿Divertido? —preguntaron a la vez cuatro voces.

—Sí, el tener un asesino en la familia —repuso Rosamunda—. ¡Qué emocionante!

Al nervioso y desgraciado joven Jorge Grossfield se le ocurrió pensar que la prima de Susana, dejando a un lado su atractivo exterior, pudiera tener cierto parecido con su tía Cora, y sus palabras confirmaron esta impresión.

—Si hubiera sido asesinado —dijo Rosamunda—, ¿quién creéis que pudo hacerlo?

Paseó su mirada por todo el compartimiento.

Su muerte resultaba demasiado conveniente para todos nosotros —agregó, pensativa—. Miguel y yo estamos prácticamente en las últimas. A Mick le han ofrecido un buen papel en un teatro de Sanborne, si puede permitirse el lujo de esperar. Ahora viviremos en la abundancia. Seremos capaces de formar compañía propia, si queremos. A decir verdad, hay una obra con un papel sencillamente maravilloso...

Nadie la escuchaba. Todos pensaban en sus respectivos asuntos.

«Ahora podré reponer ese dinero y nadie sabrá nunca... —decíase Jorge para sus adentros—. Me he librado por un pelo.»

Gregorio se apoyó en el respaldo del asiento y cerró los ojos. Era un hombre libre.

Susana dijo con voz clara, aunque algo dura:

—Yo lo siento mucho, claro, por el pobre tío Ricardo: pero era muy viejo. Mortimer había muerto, no tenía interés por la vida y hubiera sido horrible para él seguir inválido año tras año. Ha sido mucho mejor que muriera de repente, sin alboroto.

La mirada de sus ojos se suavizó al contemplar el rostro absorto de su esposo. Adoraba a Greg. Tenía la vaga impresión de que él no la quería tanto como ella... pero eso sólo conseguía robustecer su pasión. Greg era suyo, y hubiera hecho cualquier cosa por él. Lo que fuese...

3

Maude Abernethie, mientras se cambiaba de traje para cenar en Enderby (donde se quedaría a pasar la noche) se preguntaba si no debiera haberse ofrecido a permanecer allí más tiempo para ayudar a Elena a ordenar y disponer las cosas de la casa, los efectos personales de Ricardo... cartas... Era de suponer que todos los papeles importantes ya hubieran sido recogidos por el señor Entwhistle. Y la verdad es que debía regresar junto a Timoteo tan pronto como le fuera posible. ¡Se enojaba tanto cuando ella no estaba! Ojalá no le defraudase el testamento. Él esperaba que casi toda la fortuna de Ricardo pasase a sus manos. Después de todo era el único Abernethie superviviente. Ricardo debiera haber confiado en él para que cuidara de la joven generación. Sí, tenía miedo de que se disgustase... y ello le resultaba tan perjudicial para su digestión... Cuando se enfadaba no atendía a razones. Algunas veces era como si perdiera el sentido de la proporción... No sabía si decírselo al doctor Barton... Aquellas píldoras para dormir... Timoteo estaba tomando demasiadas últimamente, y podían resultar perjudiciales... el doctor Barton se lo dijo... uno llega a acostumbrarse y se olvida de que ya las ha tomado... toma más, y puede suceder cualquier cosa. No quedaban muchas en la botellita... Timoteo era muy terco en cuanto a medicinas. No lo escucharía... Suspiró... y se le animó el semblante. Ahora todo iba a ser más fácil. El jardín, por ejemplo...

4

Elena Abernethie, sentada ante la chimenea del salón verde, aguardaba a que Maude bajara a cenar.

Miró a su alrededor recordando los viejos tiempos cuando estuvo allí con Leo y los demás. Había sido un hogar feliz. Pero una casa como aquélla necesitaba gente: niños, criados, grandes recepciones y en invierno un buen fuego en las chimeneas. Le había parecido muy triste cuando vivió en ella con aquel anciano que acababa de perder a su hijo.

¿Quién la compraría? ¡La convertirían en hotel, instituto, o tal vez en una de esas casas de huéspedes para jóvenes estudiantes? Eso es lo que suele ocurrir con las grandes casas en las actualidad. Nadie las compra para vivir en ellas. Quizá la echarán abajo, para volverla a construir de nuevo. Este pensamiento la entristeció, pero lo apartó con resolución. De nada serviría pensar en el pasado. Aquella casa, los días felices vividos, Ricardo, Leo... todo fue magnífico, pero había terminado. Ahora tenía sus propias actividades, amigos e intereses. Sí, sus intereses... Y en lo sucesivo, con la renta que Ricardo le había dejado, podría conservar su vida en Chipre y llevar a cabo todos sus planes.

Con lo ocupada que había estado últimamente por la cuestión económica... casas... aquellas malas inversiones... Ahora, gracias al dinero de Ricardo, todo había concluido...

¡Pobre Ricardo! Morir durante el sueño, había sido un don del cielo... *Falleció de repente el 22...* Debió ser esto lo que metió aquellas ideas en la cabeza de Cora. ¡La verdad que era absurda! Siempre lo había sido. Elena recordaba haberla encontrado una vez en el extranjero, poco después de haber contraído matrimonio con Pedro Lansquenet. Aquel día estuvo particularmente tonta y fatua, ladeando la cabeza, y haciendo comentarios sobre pintura, sobre todo con respecto a la de su esposo, cosa que a él debió resultarle poco agradable. A ningún hombre le agrada que su esposa haga el ridículo. ¡Y Cora era tan tonta!... Oh, bueno, la pobre no podía remediarlo, y su marido no la había tratado aún lo bastante para estar al cabo de la calle.

Los ojos de Elena se posaron en un ramo de flores de cera colocado sobre una mesa de malaquita. Cora estuvo sentada junto a aquella mesa cuando volvieron de la iglesia. Se mostró llena de recuerdos y encantada al reconocer viejos objetos; y era evidente que estaba contentísima de haber vuelto a su antigua casa olvidando por completo la razón por la que se hallaban allí reunidos.

«Pero tal vez —pensaba Elena— haya sido menos hipócrita que nosotros...»

Cora nunca supo ajustarse a convencionalismos. Bastaba ver el modo que exclamó ante todos: «Pero fue asesinado, ¿verdad?»

¡Todos los rostros se volvieron a mirarla asombrados, perplejos! Cuán variadas expresiones debieron reflejarse en aquellas caras...

Y de pronto, al evocar la escena, Elena frunció el ceño. Allí hubo algo extraño...

—¿Algo...?

—¿Alguien?

¿La expresión de algún rostro? ¿Era eso? ¿Algo que... cómo diría... no debiera haber estado allí...?

Lo ignoraba... no conseguiría aclararlo... Pero allí hubo algo... algo... raro.

5

Entretanto, en un restaurante de Swindon, una señora vestida de negro, con sartas de abalorios, estaba tomando té con bollos mientras iba pensando en su porvenir. No estaba triste por la desgracia acaecida. Era feliz.

Aquellos viajes a través del campo resultaban agotadores. Hubiera sido más sencillo regresar a Lychett Saint

Mary por la vía de Londres... Y no le hubiese resultado mucho más caro. Ah, ahora eso no importaba. No obstante, ello significaría tener que viajar con la familia... probablemente charlando todo el trayecto. Demasiado esfuerzo.

Sí, era mejor regresar a casa por el campo. Aquellos bollitos eran excelentes. Es extraordinario el apetito que abren los funerales. La sopa de Enderby estaba deliciosa, lo mismo que el *soufflé*.

¡Qué gente más presuntuosa... e hipócrita! La cara que pusieron... cuando dijo lo del asesinato. ¡Cómo la miraron!

Bueno, había hecho bien en decirlo. Movió la cabeza con gesto de aprobación. Sí, hizo muy bien.

Miró el reloj. Faltaban cinco minutos para que saliera su tren. Sorbió el té, que no era demasiado bueno. Hizo una mueca.

Durante un par de segundos siguió soñando. Soñando con el porvenir que se abría ante ella. Sonrió como una niña feliz.

Al fin iba a divertirse de verdad... Dirigióse apresuradamente al tren de vía estrecha, haciendo planes...

CAPITULO IV

El señor Entwhistle pasó la noche muy intranquilo. A la mañana siguiente se sentía tan cansado que no se levantó.

Su hermana, que le llevaba la casa, le subió el desayuno en una bandeja, amonestándole severamente por haber ido al Norte de Inglaterra a su edad y en su delicado estado de salud.

El señor Entwhistle limitóse a decir que Ricardo Abernethie había sido un viejo amigo suyo.

—¡Un funeral! —decía su hermana con desaprobación—. ¡Los funerales son funestos para un hombre de tu edad! Te moriás de repente como tu precioso señor Abernethie si no te cuidas un poco más.

Las palabras «tan de repente» le hicieron dar un respingo. Y no tuvo ánimos para discutir.

Sabía perfectamente por qué le habían sobresaltado.

¡Cora Lansquenet! Lo que insinuó era completamente imposible, pero al mismo tiempo le hubiera gustado saber con exactitud lo que la impulsó a pronunciar aquellas palabras. Sí, iría a Lychett Saint Mary para verla. Podía pretextar que iba por algo relacionado con el testamento: Que necesitaba su firma... No era necesario dejarle adivinar que había prestado atención a su estúpido comentario. Pero estaba decidido a ir a verla y pronto.

Terminó su desayuno, y recostándose contra las almohadas se dispuso a leer el *Times*, que encontró muy aburrido.

Eran cerca de las seis menos cuarto de aquella tarde cuando en la sala sonó el teléfono.

Él mismo descolgó el auricular. La voz que le llegaba desde el otro extremo del hilo era la de un tal señor Jaime Parrott, uno de los socios de Bollard, Entwhistle.

—Óigame, Entwhistle —dijo míster Parrot—. Acaba de llamarme la policía de un lugar llamado Lychett Saynt Mary.

—¿Lychett Saint Mary?

—Sí. Al parecer... —El señor Parrot se detuvo con cierto embarazo—. Es acerca de la señora Cora Lansquenet; ¿no era una de las herederas de Abernethie?

—Sí, claro. Ayer la vi en el funeral.

—¡Oh! ¿Estuvo en los funerales?

—Sí. ¿Qué ocurre?

—Pues... está... es algo extraordinario... ha sido... bueno... ha sido asesinada.

El señor Parrot pronunció la última palabra casi en un susurro. No creía que pudiera significar nada para la firma Bollard, Entwhistle.

—¿Asesinada?

—Sí..., sí..., me temo que sí. Bueno, quiero decir que no existe sobre ello la menor duda.

—¿Y por qué nos han llamado a nosotros?

—Vivía con una amiga, o un ama de llaves, o lo que sea una tal señorita Gilchrist. La policía le preguntó el nombre de sus parientes más próximos, o de sus abogados. Esa señorita Gilchrist no estaba muy segura de las direcciones de los familiares, pero nos conocía a nosotros. Por eso llamaron aquí en seguida.

—¿Por qué creen que ha sido asesinada? —quiso saber el señor Entwhistle.

—Oh, parece ser que no existe la menor duda... quiero decir que emplearon un hacha o algo parecido... Ha sido un crimen muy violento.

—¿Por robo?

—Eso parece. Encontraron una ventana rota. Faltan algunas chucherías, los cajones estaban abiertos... pero parece ser que la policía opina que pudiera haber algo... bueno... raro en todo ello.

—¿A qué hora ocurrió?

—Entre las dos y las cuatro y media de esta tarde.

—¿Dónde estaba el ama de llaves?

—Cambiando algunos libros en la Biblioteca Pública. Regresó a eso de las cinco y encontró muerta a la señora Lansquenet. La policía desea saber si tenemos alguna idea de quién pudo matarla. Yo dije que nunca creía que pudiera suceder semejante cosa.

—Sí, claro.

—Debe haber sido algún perturbado de la localidad... que creería poder robar algo, y luego debió perder la cabeza y la mató. Así debió ser... eh... ¿no le parece, Entwistle?

—Sí... sí... —aceptó ausente.

Parrott tenía razón. Eso fue lo que debió ocurrir...

Pero había oído la voz de Cora diciendo con desenfado:

—*Pero fue asesinado, ¿verdad?*

¡Qué tonta era Cora! Siempre lo había sido. Diciendo inconveniencias... y las verdades más desagradables...

¡Verdades!

Otra vez aquella maldita palabra...

2

El señor Entwhistle y el inspector Morton se miraron apreciativamente.

Con su estilo claro y preciso, el señor Entwhistle había puesto en conocimiento del inspector todo lo que afectaba a Cora Lansquenet. Su juventud, matrimonio, viudedad, la posición económica y familiar.

El señor Timoteo Abernethie es su único hermano superviviente y por lo tanto su pariente más cercano, pero está inválido y no puede abandonar su casa. Me ha dado poderes para actuar en su nombre y realizar todas las gestiones que sean necesarias.

El inspector asentía con la cabeza. Era un alivio tratar con un abogado tan capaz. Además esperaba que tal vez pudiera ayudarle a desentrañar lo que empezaba a parecerle un complicado problema.

—Me he enterado por la señora Gilchrist de que la señora Lansquenet había ido al Norte el día antes de su muerte para asistir a los funerales de su hermano mayor Ricardo Abernethie.

—Eso es, inspector. Yo también estuve allí.

—¿No observó nada anormal en sus modales... algo extraño... o sospechoso?

El señor Entwhistle alzó las cejas con bien simulada sorpresa.

—¿Es costumbre que haya algo de extraño en los modales de una persona que no ha de tardar en morir asesinada? —preguntó.

El inspector sonrió levemente.

—No me refiero a que tuviera ese pensamiento. No, lo que ando buscando es algo... bueno, algo que se saliera de lo corriente.

—Creo que no le comprendo del todo, inspector.

—Éste no es un caso fácil de comprender, señor Entwhistle. Digamos que alguien observara a la señorita Gilchrist cuando salió de la casa a eso de las dos en dirección al pueblo y a la parada del autobús. Este alguien deliberadamente coge el hacha que estaba junto a la leñera, destroza la ventana, entra en la casa, sube la escalera y ataca a la señora Lansquenet salvajemente. Le propinaron seis u ocho hachazos. —El señor Entwhistle se estremeció—. ¡Oh, sí!, ha sido un crimen brutal. Luego el intruso revuelve los cajones, se lleva algunas chucherías... que no valdrían ni diez dólares en total y desaparece.

—¿Ella estaba acostada?

—Sí. Parece ser que la noche anterior había regresado

tarde de su viaje al Norte, y muy cansada y excitada. Creo que había heredado algo.

—Sí.

—Durmió muy mal y despertó con un terrible dolor de cabeza. Tomó varias tazas de té y alguna pastilla de analgésico, y luego dijo a la señorita Gilchrist que no la molestase hasta la hora de comer. En vista de que no se encontraba mejor decidió tomar un par de píldoras para dormir. Envió a la señorita Gilchrist a que fuera a la Biblioteca Pública en el autobús para cambiar algunos libros. Cuando entró ese hombre debía estar adormilada si no dormida del todo. Pudo haber conseguido lo que quería amenazándola o amordazándola; pero coger el hacha fuera de la casa premeditamente, parece excesivo.

—Puede que sólo tuviera intención de amenazarla —sugirió el señor Entwhistle—. Y al ofrecerle resistencia...

—Según la opinión del forense, no hay señales de que se resistiera. Todo parece indicar que estaba tendida en la cama durmiendo tranquilamente cuando fue atacada.

El señor Entwhistle se removió inquieto en su silla.

—Y pensar que existen asesinos tan brutales e insensibles —murmuró.

—¡Oh, sí! Eso es lo que debe ser en realidad. Es un toque de alarma para los caracteres recelosos. No ha sido nadie de la localidad, estamos casi seguros de ello. Todos tienen buenas coartadas. La mayoría trabajan a esa hora del día. Claro que la casa está situada en las afueras del pueblo. Cualquiera pudo llegar hasta allí sin ser visto. Existe un laberinto de callejuelas alrededor del mismo. Era una mañana espléndida y hacía muchos días que no había llovido, por eso no pudimos descubrir señales de los neumáticos de los coches que pasaron por allí... en caso de que el asesino llegara en automóvil.

—¿Usted cree que llegaría en automóvil? —preguntó el señor Entwhistle.

El inspector encogióse de hombros.

—No lo sé. Lo que digo es que en este caso hay algunas características muy particulares. Éstas, por ejemplo... —Y puso sobre su escritorio un puñado de cosas: un broche de pequeñas perlas en forma de trébol, otro de amatistas, una pequeña sarta de perlas cultivadas y una pulsera de granates.

—Estas cosas fueron sustraídas de su joyero. Las hallaron fuera de la casa, entre unos arbustos.

—Sí... sí, es bastante curioso. Es posible que el asaltante, atemorizado por lo que acababa de hacer...

—Exacto. Pero en ese caso lo hubiera dejado arriba, en la habitación... Claro que el pánico pudo invadirle mientras iba del dormitorio a la verja de entrada.

—Tal vez, como usted ha sugerido, pudo haberlas cogido únicamente para despistar.

—Sí, hay varias posibilidades... Pero también pudo hacerlo esa mujer... la señorita Gilchrist. Dos mujeres viviendo solas... nunca se sabe la de peleas, resentimientos u odios que pudo haber entre ellas. ¡Oh, sí!, también hemos tomado en consideración esa posibilidad, aunque no es muy probable. De todos los ángulos parece que estaban en buenas relaciones —hizo una pausa antes de proseguir—. Según usted... ¿nadie iba a ganar con la muerte de la señora Lansquenet?

El abogado removióse en su asiento.

—Yo no dije eso precisamente.

El inspector Morton le miró de hito en hito.

—Creí que había dicho que su medio de vida era una pensión que le pasaba su hermano y que usted desconoce que tuviera propiedades o medios propios.

—Eso es. Su esposo murió arruinado, y puesto que la conozco desde niña, me sorprendería que hubiera ahorrado o acumulado algún dinero.

—La casita la tenía alquilada, no era suya y los pocos muebles no valen nada, ni siquiera hoy en día. Unos cuantos muebles de madera mala y algunas pinturas. Quienquiera que lo herede no ganará gran cosa... es decir, si ha hecho testamento.

—No sé nada de su testamento —repuso Entwhistle meneando la cabeza—. Comprenda usted, no la había visto hacía años.

—Entonces, ¿qué es lo que quiere dar a entender? Creo que algo bulle en su cerebro.

—Sí. Sí, es cierto. Quisiera realmente ser estrictamente exacto.

—¿Se refiere a la herencia que antes mencionó? ¿La que le dejó su hermano? ¿Tenía facilidad para disponer libremente de ella en su testamento?

—No, en el sentido a que usted alude. No podía disponer del capital. Ahora que ha muerto, será repartida entre los cinco beneficiarios de los bienes de Ricardo Abernethie. Eso es lo que quise decir. Que los cinco se benefician automáticamente con su muerte.

El inspector parecía desconcertado.

—¡Oh!, yo creí que llegaríamos a alguna parte. Bien, entonces al parecer no existe motivo alguno para que nadie viniera a matarla con un hacha. Parece obra de algún perturbado... tal vez uno de esos jóvenes delincuentes... hay muchos que pululan por ahí. Luego, perdiendo el control de sus nervios, arrojaría estas chucherías entre los arbustos, y huiría... Sí, eso debió ser. A menos que fuese la respetable señorita Gilchrist, y debo confesar que ello no parece probable.

—¿Cuándo se descubrió el cadáver?

—A eso de las cinco. Volvía de la Biblioteca en el ómnibus de las cuatro cincuenta. Llegó por la parte posterior de la casa, dio la vuelta para entrar por la puerta principal y fue a la cocina, donde puso a calentar la tetera. No se oía ruido en la habitación de la señora Lansquenet, pero se figuró que continuaba dormida. Entonces observó que el cristal de la ventana de la cocina estaba roto y todos los vidrios esparcidos por el suelo. Incluso entonces supuso que lo habría hecho algún niño con una pelota o un tirador. Subió al dormitorio de la señora Lansquenet para ver si estaba dormida o si quería tomar un poco de té. Entonces, naturalmente, se puso a gritar, y corrió a avisar a los vecinos más próximos. Su historia parece verosímil y no había rastro de sangre en su habitación, en el lavabo, ni en sus vestidos. No, no creo que la señorita Gilchrist haya tenido nada que ver en esto. El médico llegó a las cinco y media. Calcula que la muerte debió producirse no mucho después de las cuatro y media... probablemente más bien hacia eso de las dos, así que, fuera quien fuese, el asesino parece haber estado aguardando a que la señorita Gilchrist saliera de la casa.

Y el inspector Morton agregó:

—Supongo que irá usted a ver a la señorita Gilchrist.

—Eso pensaba hacer.

—Me alegraré de que lo haga. Creo que nos ha dicho todo lo que ha podido, pero nunca se sabe. Algunas veces, durante una conversación puede surgir algo inesperado. Es una solterona insustancial..., pero al mismo tiempo una mujer práctica y sensible. Se ha mostrado muy amable, y ha sido una valiosa ayuda.

Hizo una pausa antes de decir:

—El cadáver está en el depósito. Si quiere usted verlo...

El señor Entwhistle hizo un gesto de asentimiento sin ningún entusiasmo.

Minutos más tarde contemplaba los restos mortales de Cora Lansquenet. Había sido ferozmente maltratada y ahora la sangre que la cubría estaba seca. El señor Entwhistle apretó los labios apresurándose a mirar a otra parte.

¡Pobrecita Cora! Con lo ansiosa que estuvo el día anterior por saber si su hermano le dejaba algo. ¡Cuántos sueños de color de rosa habría hecho para el porvenir! ¡Cuántas tonterías hubiera podido hacer... con aquel dinero!

¡Pobre Cora! ¡Qué poco tiempo duraron sus sueños!

Nadie había ganado nada con su muerte... ni siquiera aquel brutal asesino que había arrojado aquellas joyas en su huida. Cinco personas tendrían unos cuantos miles más en su capital..., pero el dinero que acababan de recibir era más que suficiente para ellos. No, no tenían motivos.

Es curioso que la idea del asesinato acudiera a su mente el día antes de ser asesinada.

«*Pero fue asesinado, ¿verdad?*»

Qué cosa tan ridícula. ¡Ridícula! ¡Completamente absurda! ¡Demasiado para mencionarla ante el inspector Morton!

Claro que después de haber hablado con la señorita Gilchrist...

Suponiendo que esa señorita, cosa improbable, pudiera arrojar alguna luz sobre lo que Ricardo dijera a Cora...

«*Yo pensé, por lo que él me dijo...*»

¿Qué es lo que Ricardo había dicho?

«Debo ver a la señorita Gilchrist inmediatamente», decidió el señor Entwhistle para sus adentros.

3

La señorita Gilchrist era una mujer delgada de rostro marchito y cabellos cortos y grises. Tenía una de esas caras indeterminadas que suelen poseer las mujeres cincuentonas.

Recibió calurosamente al señor Entwhistle.

—¡Cuánto celebro que haya venido! La verdad es que sé tan poco de la familia de la señora Lansquenet... y nunca, nunca tuve nada que ver con un crimen. ¡Es horrible!

El señor Entwhistle estaba seguro de que eran sinceras sus palabras, y su reacción era bien parecida a la de su socio.

—Claro, son cosas que se leen en el periódico —dijo la señorita Gilchrist—, pero ni siquiera así me atraen.

La siguió hasta la salita, mirando a su alrededor. Se olía fuertemente a pintura antigua. Él chalet estaba lleno, no de muebles sino de cuadros. Las paredes estaban cubiertas de ellos, pinturas al óleo, oscuras y sucias. También había algunas acuarelas y uno o dos bodegones. Otros cuadros de menor tamaño estaban amontonados bajo la ventana.

—La señora Lansquenet solía comprarlos en las subastas —explica la señorita Gilchrist—. Le interesaban mucho a la pobre. Iba a todas las subastas de los alrededores. Hoy día están tan baratos... Nunca pagaba más de una libra por un cuadro y algunas veces sólo unos chelines y siempre cabía la maravillosa posibilidad de adquirir algo que realmente fuese una ganga. Solía decir que éste era de la Escuela Primitiva Italiana y que bien pudiera valer un montón de dinero.

El señor Entwhistle contempló el cuadro indicado con expresión dudosa. Cora nunca entendió nada de pintura. Si cualquiera de aquellas telas llegaba a valer cinco dólares él... ¡se comería su sombrero!

—La verdad es que yo no entiendo gran cosa de pintura aunque mi padre era pintor —dijo la señorita Gilchrist notando su expresión—, pero no famoso. Cuando niña también yo pinté algunas acuarelas y oí hablar mucho sobre pintura. A la señora Lansquenet le gustaba tener alguien con quien hablar de este tema y que la comprendiera. Pobre, se preocupaba mucho por todo cuanto se relacionase con las obras de arte.

—¿La apreciaba usted?

Era una pregunta tonta. ¿Cómo iba a contestarle que no? Cora debió resultar una mujer muy agradable para vivir con ella.

—¡Oh, sí! —repuso la señorita Gilchrist—. Nos llevábamos muy bien. Ya sabe usted que en algunos aspectos era como una niña. Decía todo lo que se le ocurría. Y su opinión no siempre era muy apropiada...

Nunca se dice de una persona fallecida: «Era tonto de remate», por eso el señor Entwhistle dijo:

—No era una mujer intelectual.

—No... no, puede que no, pero era muy lista; muy lista. Algunas veces me sorprendía ver cómo se las arreglaba para dar siempre en el clavo.

El señor Entwhistle contempló a la señorita Gilchrist con creciente interés. Tampoco la creía tonta.

—Ha estado usted varios años con la señora Lansquenet, según tengo entendido.

—Tres y medio.

—Usted, eh... le hacía compañía y además, eh... llevaba la casa.

Era evidente que había tocado un punto delicadísimo. La señorita Gilchrist enrojeció.

—¡Oh, sí! Desde luego. Yo hacía la comida... me encanta cocinar, limpiar el polvo y realizar, en fin, algunos trabajos ligeros. Claro que ninguna faena ruda —el señor Entwhistle no tenía la menor idea de lo que eran las faenas rudas y se limitó a exhalar un murmullo ahogado—. Para ello venía del pueblo la señora Panter dos veces a la semana. Comprenda, señor Entwhistle, yo no hubiera podido soportar ser la criada de nadie. Mi salón de té se vino abajo... durante la guerra. Era un lugar delicioso. Se llamaba «El Sauce», y toda la porcelana era de color azul... muy bonita... y los pasteles, buenos de verdad. Siempre he tenido muy buena mano para los pasteles y tortas. Sí, me iba divinamente. Cuando vino la guerra, todo se racionó y el negocio quebró... Cosas de la vida, es lo que siempre dije, trato de consolarme así. Perdí el poco dinero que me había dejado mi padre y que invertí en mi tienda, y tuve que buscar alguna ocupación. No sabía hacer nada. Así que me empleé como dama de compañía de una señora... pero era muy áspera y cargante. Luego hice algunos trabajos de oficina; no me gustaban, y al fin di con la señora Lansquenet. Desde el principio estuvimos de acuerdo en todo. Su esposo había sido un artista, como mi padre —la señorita Gilchrist se detuvo para tomar aliento y agregó con tono triste—: Pero, ¡cómo quería yo a mi saloncito de té! ¡Con un público tan distinguido como tenía!

Contemplándola, Entwhistle la imaginó dando órdenes a un grupo de camareras vestidas de azul, rosa o naranja, que servían el té a una clientela exclusivamente femenina. Debía haber muchas señoritas Gilchrist por el país, todas parecidas, de rostro marchito, boca obstinada y cabellos grises.

La solterona proseguía:

—Pero no debo hablar tanto de mí misma. Los policías han sido muy amables y considerados. Muy amables, ya lo creo. El inspector Morton vino de jefatura y ha sido muy comprensivo. Incluso lo arregló todo para que fuese a pasar la noche al pueblo con la señora Lake, pero yo dije: «No. Considero mi deber quedarme aquí al cuidado de todas las cosas de la señora Lansquenet.» Se llevaron... el... —la señorita Gilchrist tragó saliva— el cadáver, claro, y han cerrado su habitación, y el inspector me dijo que dejaría un agente toda la noche, en la cocina... a causa de la ventana rota... aunque ya la arreglaron esta mañana..., ¿dónde estaba? ¡Oh, sí!, le dije que estaría perfectamente en mi habitación, aunque confieso que puse la cómoda contra la puerta y un jarro de agua en el alféizar de la ventana. Nunca se sabe... y si por casualidad se trataba de un maniático... ¡Se oye decir tantas cosas!

Aquí se interrumpió y Entwhistle apresuróse a decir:

—Conozco los datos principales. El inspector Morton me ha puesto al corriente; pero si no le molestara demasiado darme su opinión.

—Pues claro que no, señor Entwhistle. Sé lo que siente. Los policías son tan impersonales, ¿no es cierto? Pregunte lo que quiera. Estoy dispuesta.

—La señora Lansquenet regresó del funeral la noche antepasada —comenzó el señor Entwhistle.

—Sí, su tren no llegó hasta bastante tarde. Yo había ordenado que fuera un taxi a esperarla, tal como me dijo. Estaba muy cansada, pobrecilla... como es natural..., pero de muy buen humor.

—Sí... sí. ¿Habló de los funerales?

—Poco. Le di una taza de leche caliente... no quiso tomar nada más... y me dijo que la iglesia estaba completamente llena y que había montones y montones de flores...

¡Ah!, y también que sentía no haber visto a su otro hermano... Timoteo... ¿No se llama así?

—Sí, Timoteo.

—Dijo que hacía cerca de veinte años que no le veía y que esperaba haberle encontrado allí, aunque se hizo cargo de que no hubiera ido, debido a las circunstancias, pero que su esposa sí estaba y que nunca pudo soportar a Maude. ¡Oh, Dios mío!, le ruego que perdone, señor Entwhistle, si es eso a lo que se refiere. Estoy segura. Estaba de muy buen humor... aparte de su cansancio y de... del triste suceso. Me preguntó si me gustaría ir a Capri. ¡A Capri! Naturalmente, me pareció maravilloso... es algo que nunca soñé poder hacer... y me dijo: «Pues iremos». Así mismo. Me imaginé... aunque entonces no lo mencionara... que su hermano le habría dejado una pensión o algo por el estilo.

El señor Entwhistle asentía con la cabeza.

—¡Pobrecilla! Bueno, celebro que pudiera disfrutar haciendo planes... a pesar de todo —la señorita Gilchrist suspiró murmurando tristemente—: Me figuro que ahora nunca podrá ir a Capri...

—¿Y a la mañana siguiente? —apremióla Entwhistle, cortando sus lamentaciones.

—A la mañana siguiente la señora Lansquenet no se encontraba bien. La verdad, tenía muy mal aspecto. Me dijo que apenas había dormido y que tuvo muchas pesadillas. «Eso es porque estaba muy fatigada», le dije, y ella repuso que tal vez fuera por eso. Se desayunó en la cama, y estuvo acostada toda la mañana, pero a la hora de comer me dijo que todavía no había conseguido dormir. «Estoy tan inquieta. No hago más que dar vueltas, pensando en esto y en aquello.» Luego quiso tomarse un par de tabletas para dormir, para ver si lograba descansar por la tarde. Me pidió que fuera a la Biblioteca Pública en autobús y que le cambiara un par de libros porque los había terminado en el tren durante el viaje y no tenía nada que leer. Por lo general, dos libros le duraban casi una semana. Así que me marché poco después de las dos y aquélla... aquélla fue la última vez... —la señorita Gilchrist comenzó a sollozar—. ¿Sabe?, debía estar dormida. No oiría nada y el inspector me ha asegurado que no sufrió... Creen que la mataron al primer golpe. ¡Oh, Dios mío!, me pongo mala sólo de pensarlo. ¡Esto es atroz!

—Por favor. No tengo intención de hacerle recordar lo sucedido. Sólo deseo que usted me hable de la señora Lansquenet antes de ocurrir la tragedia.

—Es muy natural. Dígale a sus familiares que aparte de pasar una mala noche, estaba muy contenta.

El señor Entwhistle guardó silencio unos instantes antes de hacer la pregunta siguiente:

—¿No mencionó a ninguno de sus parientes, en particular?

—No, me parece que no —la señorita Gilchrist meditó unos momentos—. Sólo dijo que había sentido no haber visto a su hermano Timoteo.

—¿No habló de la enfermedad de su hermano? ¿De... de la causa de su muerte? ¿O algo así?

—No.

No había sombra de recelo en el rostro de la solterona, como debiera haberla si Cora le hubiera comunicado su veredicto de asesinato.

—Creo que llevaba enfermo algún tiempo —dijo la señora Gilchrist—, aunque debo confesar que me sorprendió la noticia de su muerte. ¡Parecía tan vigoroso!

—¿Usted lo vio...? ¿Cuándo?

—Cuando vino aquí para ver a la señora Lansquenet. Déjeme pensar... hará unas tres semanas.

—¿Se quedó algún tiempo?

—¡Oh, no! Vino sólo a comer. Fue una verdadera sorpresa. La señora no lo esperaba. Me figuro que había habido algún desacuerdo familiar. Me dijo que hacía años que no se veían.

—Sí, es cierto.

—La trastornó mucho el verle... y probablemente el comprender lo enfermo que estaba.

—¿Ella sabía que estaba enfermo?

—¡Oh, sí!, lo recuerdo muy bien. Porque yo me pregunté interiormente si el señor Abernethie sufriría reblandecimiento del cerebro. Una tía mía...

El señor Entwhistle procuró que no se apartara de la cuestión.

—¿Dijo algo la señora Lansquenet que le hiciera pensar en esa enfermedad?

—Sí. La señora Lansquenet dijo algo así: «¡Pobre Ricardo! La muerte de Mortimer le ha envejecido mucho. Me parece que ya chochea. Todas esas imaginaciones y manías persecutorias... creyendo que alguien trata de envenenarle. Los viejos se vuelven así.» Y naturalmente, yo sé bien que es muy cierto. Esa tía mía de quien le hablaba, estaba convencida de que los criados trataban de envenenarla y al final sólo comía huevos hervidos, porque decía que es imposible poner veneno dentro de un huevo cocido. Nosotros nos reíamos de ella, pero si hubiera sucedido ahora no sé lo que hubiéramos hecho, con lo escasos que andan los huevos, la mayoría importados, por lo que hervirlos es correr un riesgo.

El señor Entwhistle no escuchaba las divagaciones de la señorita Gilchrist sobre su tía. Estaba hondamente preocupado.

Al fin, cuando la solterona se hubo callado:

—Me figuro que la señora Lansquenet no lo tomaría en serio.

—¡Oh, no!, señor Entwhistle, lo comprendió perfectamente.

Entwhistle quedó desconcertado ante aquella observación, sin saber en qué sentido tomarla.

¿Había comprendido Cora Lansquenet? Entonces tal vez no, pero, ¿y más tarde? ¿No lo habría comprendido demasiado bien?

El señor Entwhistle sabía que Ricardo Abernethie no chocheaba, sino que estaba en plena posesión de sus facultades mentales. Ni era de esos hombres que sufren manías persecutorias. Era, como siempre lo fuera, un duro hombre de negocios... y su enfermedad no le había alterado.

Era extraordinario que hubiera hablado a su hermana en aquellos términos. Pero era posible que Cora, con su extraña perspicacia infantil, hubiera leído entre líneas, y puesto los puntos sobre las íes en lo que dijera Ricardo Abernethie.

En muchos aspectos, pensó el abogado, Cora había sido tonta de remate. Carecía de juicio, equilibrio, y tenía un cinismo sorprendente, pero al mismo tiempo poseía la clarividencia de los niños para dar en el clavo de las cosas.

Entwhistle lo dejó así por el momento. La señorita Gilchrist no debía saber más de lo que había dicho. Le preguntó si Cora Lansquenet había dejado testamento, a lo que respondió sin vacilar que la señora Lansquenet lo tenía depositado en el Banco.

Con esto, y tras disponer algunas cosas, se levantó para marcharse. Insistió para que la señorita Gilchrist aceptara una pequeña cantidad con que hacer frente a los gastos que se presentaran, diciéndole que se pondría en contacto con ella, pero que entretanto le agradecería se quedara en la casita mientras buscaba otro empleo. La solterona estuvo de acuerdo con él, y agregó que estaba tranquila.

No le fue posible escaparse sin que la señorita Gilchrist le enseñara toda la casa y varias pinturas del finado Pedro Lansquenet, que se hallaban en el reducido comedor y que le hicieron estremecerse. También tuvo que admirar algunas al óleo de pintorescos pueblecitos pesqueros, hechos por la propia Cora.

—Eso es Polperro —le dijo la señorita Gilchrist con orgullo—. Estuvimos allí el año pasado y a la señora Lansquenet le encantó por lo pintoresco.

El abogado, que contemplaba Polperro desde el sudoeste, desde el noroeste y desde otros varios puntos cardinales, comprendió su entusiasmo.

—La señora Lansquenet prometió dejarme sus bocetos —dijo la señorita Gilchrist—. Parece como si las olas rompieran realmente en este cuadro. Aunque lo haya olvidado en su testamento, tal vez pudiera quedarme con uno como recuerdo, ¿no le parece?

—Estoy seguro de que podrá arreglarse.

Le dio algunas instrucciones y luego fue a entrevistarse con el director del Banco y a hacer algunas consultas al inspector Morton.

CAPíTULO V

CANSADO, eso es lo que estás —decía la señorita Entwhistle con el tono indignado y superior que adoptan las hermanas para dirigirse a sus queridos hermanos a los que llevan la casa—. No debieras haberlo hecho... a tu edad. ¿Y qué tiene que ver contigo? Me gustaría saberlo. ¿No estás retirado?

El señor Entwhistle dijo a modo de disculpa que Ricardo Abernethie había sido uno de sus más viejos amigos.

—Valiente cosa. Pero Ricardo ha muerto, ¿verdad? Así que no veo razón alguna para que tengas que meterte en asuntos que no te atañen y morirte de frío en esos condenados trenes. ¡Y en un asesinato además! No comprendo por qué te han enviado a buscar.

—Se pusieron en comunicación conmigo porque encontraron una carta firmada por mí, en la que daba cuenta a Cora del día del funeral.

—¡Funerales! Uno tras otro... eso me recuerda que otro de esos preciosos Abernethie te ha estado llamando... Timoteo, creo que dijo. Desde... no sé qué parte de Yorkshire... y también por un funeral. Dijo que volvería a llamarte más tarde.

Aquella noche hubo otra llamada personal para el señor Entwhistle. La voz era de Maude Abernethie.

—¡Gracias a Dios que le encuentro! Timoteo está de un humor terrible. La noticia de la muerte de Cora le ha trastornado muchísimo.

—Es muy comprensible —repuso el abogado.

—¿Qué dice?

—Digo que es muy comprensible.

—Me figuro que sí. ¿Quiere decir que se trata realmente de un asesinato?

«Pero, ¿no fue asesinado?», había dicho Cora; mas esa vez no había dudas en cuanto a la respuesta.

—Sí, un asesinato —dijo el señor Entwhistle.

—¿Y con un hacha, como dicen los periódicos?

—Sí.

—Es increíble... la hermana de Timoteo... su propia hermana... ¡asesinada con un hacha!

Al señor Entwhistle no le parecía menos increíble. La vida de Timoteo era tan pacífica que incluso sus familiares parecían quedar al margen de violencias.

—Me temo que hay que hacer frente a la desagradable realidad.

—Estoy seriamente preocupada por Timoteo. ¡Todo esto le hace tanto daño! He conseguido que se acostara, pero insiste en que le persuada a usted para que venga a verle. Quiere saber mil cosas... si se celebrará un juicio, quién se encargará de la defensa... y la acusación, y si tendrá lugar inmediatamente después del funeral, y dónde, si Cora expresó el deso de que incinerasen su cadáver, si deja testamento...

El señor Entwhistle la interrumpió antes de que la lista fuera demasiado larga.

—Sí, hizo testamento. Y nombra a Timoteo albacea testamentario.

—¡Oh!, me temo que Timoteo no podrá encargarse de todo...

—La firma cuidará de todo lo necesario. El testamento es muy sencillo. Lega sus pinturas y su broche de amatista a su compañera, la señorita Gilchrist, y todo lo demás a Susana.

—¿A Susana? ¿Y por qué a Susana? No creo que la hubiera visto... Si acaso de niña.

—Me figuro que será por que Susana tampoco se casó a gusto de la familia.

—Incluso Gregorio es mucho mejor que ese Pedro Lansquenet. Claro que al casarse con un dependiente no hubiera sido bien visto en mis tiempos... pero una droguería es mucho mejor que una mercería... y por lo menos, Gregorio parece un hombre respetable —hizo una pausa y agregó—: ¿quiere eso decir que Susana hereda la renta que Ricardo dejó a Cora?

—¡Oh, no! Ese capital será dividido, según las condiciones del testamento de Ricardo. No. La pobre Cora sólo tenía unos cientos de libras y los muebles de su casita. Una vez pagadas todas las deudas y vendido el mobiliario dudo que queden unas quinientas libras. Pero se celebrará un juicio. Se ha señalado para el próximo jueves. Si Timoteo está de acuerdo enviaremos al joven Lloyd para que represente a la familia —y terminó disculpándose—: Temo que esto produzca cierta publicidad debido a las circunstancias.

—¡Qué cosa tan desagradable! ¿Han cogido ya al miserable que la mató?

—Todavía no.

—Debe ser uno de esos jóvenes medio desnudos que andan por el campo robando y matando. ¡Es tan poco competente la policía!

—No, no —repuso el abogado—. La policía no es incompetente.

—Bueno, todo esto me parece muy extraordinario. ¿No le sería posible venir aquí, señor Entwhistle? Se lo agradecería muchísimo. Creo que Timoteo se tranquilizaría si estuviera usted aquí.

El señor Entwhistle guardó silencio unos instantes. La invitación no era tentadora.

—Es posible que tenga usted algo de razón —admitió—. Y necesitaré la firma de Timoteo, como albacea testamentario, para ciertos documentos. Sí, creo que será lo más apropiado.

—¡Espléndido! ¡Qué alivio! ¿Vendrá usted mañana? ¿Se quedará a pasar la noche? El mejor tren es el de las once y veinte.

—Tendré que tomar el tren de la tarde... Por la mañana me esperan otros asuntos...

2

Jorge Crossfield saludó al señor Entwhistle calurosamente, pero tal vez con un ligero matiz de sorpresa.

El abogado le dijo, queriendo explicarse, aunque no explicaba nada:

—Acabo de llegar de Lychett Saint Mary.

—¿Entonces, se trata realmente de tía Cora? Lo leí en los periódicos y no pude creerlo. Pensé que debía tratarse de alguna otra persona con el mismo apellido.

—Lansquenet no es un apellido corriente.

—No, claro que no. Me imagino que ello fue debido a la natural aversión a creer que alguien de nuestra propia familia pudiera morir asesinado. Me recuerda bastante el caso del mes pasado ocurrido en Dartmoor.

—¿De veras?

—Sí. Las mismas circunstancias. Una casita solitaria, dos mujeres solas y una cantidad de dinero robado, completamente ridícula.

—El valor del dinero siempre es relativo —dijo el señor Entwhistle—. Es la necesidad la que cuenta.

—Sí..., sí, me figuro que tiene usted razón.

—Cuando se necesitan desesperadamente diez libras... quince son más que suficientes. Y a la inversa lo mismo. Para quien precisa cien libras, cuarenta y cinco son lo mismo que nada. Y si necesita varios miles, los ciento no bastan.

—Yo diría que cualquier cantidad es útil hoy en día —replicó Jorge con ojos brillantes—. Todo el mundo anda muy justo de dinero.

—Pero no desesperado —le hizo observar el abogado—. Y es la desesperación lo que cuenta.

—¿Se refiere a algo en particular?

—¡Oh, no, en absoluto! —hizo una pausa y al cabo dijo—: Se tardará todavía un poco en arreglar lo de la herencia. ¿Le convendría que le hiciera un anticipo?

—A decir verdad, ahora iba a referirme a ese punto. No obstante, esta mañana estuve en el banco, les hablé de usted y se mostraron muy amables, a pesar de que ya se terminaron mis fondos.

De nuevo volvieron a brillar los ojos de Jorge, y el señor Entwhistle, con su gran experiencia, reconoció el significado de aquel brillo. Jorge, estaba convencido, debía haber estado si no desesperado, sí bastante falto de dinero. Y desde aquel momento supo que no confiaría en él para asuntos de dinero. Se preguntó si el viejo Ricardo Abernethie, también con gran experiencia para juzgar a los hombres, habría sentido lo mismo. Estaba casi seguro de que después de la muerte de Mortimer tuvo intenciones de nombrarle heredero. Jorge no era un Abernethie, pero sí el único varón de la joven generación, y el sucesor natural de Mortimer. Ricardo Abernethie envió a buscar a Jorge, que pasó algunos días en la casa. Por lo visto, al final de su visita el anciano no le consideró bastante digno. ¿Habría descubierto que Jorge no era honrado? Según opinión de la familia, el padre de Jorge fue lo peor que pudo haber escogido Laura. Un corredor de bolsa con otras actividades bastante misteriosas y Jorge se parecía más a su padre que a los Abernethie.

Tal vez interpretando el silencio del anciano abogado, Jorge dijo con una risa nerviosa:

—La verdad es que no he sido muy afortunado en mis inversiones últimamente. Me arriesgué un tanto y no me salió bien. Más o menos me liquidaron, pero ahora podré recuperarme. Todo lo que uno necesita es algo de capital. Las acciones de la sociedad Ardens son bastante buenas, ¿no le parece?

El señor Entwhistle no dijo ni que sí ni que no. Pensaba: «¿Habrá especulado con dinero de sus clientes y no con el suyo? Si Jorge hubiera estado en peligro de ser perseguido judicialmente...»

El abogado precisó:

—Traté de localizarle al día siguiente del funeral, pero me figuro que no estaba en su despacho.

—¿Ah, sí? No me lo dijeron. A decir verdad, creí que tenía derecho a tomarme un día de descanso en vista de las noticias.

—¿Buenas noticias?

Jorge enrojeció.

—¡Oh, no! Me refería a la muerte de tío Ricardo. Pero el saber que uno va a entrar en posesión de algún dinero proporciona cierto optimismo. Uno se siente inclinado a celebrarlo. A decir verdad, fui a Hurts Park. Acerté dos ganadores. Nunca llueve, pero cuando cae agua, cae a cántaros. ¡Cuando llega la suerte, llega en todo! Sólo fueron unas cincuenta libras; pero todo ayuda.

—¡Oh, sí! —repuso el señor Entwhistle—. Todo ayuda. Y ahora tendrá además una suma adicional como resultado del fallecimiento de su tía Cora.

Jorge pareció entristecerse.

—¡Pobrecilla! ¡Qué mala suerte! Y posiblemente cuando lo estaría preparando todo para divertirse.

—Esperemos que la policía descubra al responsable de su muerte.

—Ojalá lo cojan pronto. Tenemos una buena policía. Pasarán por un tamiz a todos los indeseables de los alrededores... les harán pagar sus delitos sin duda alguna a su debido tiempo.

—No es tan fácil cuando ha transcurrido cierto tiempo —dijo el señor Entwhistle con una sonrisa que indicaba su intención de bromear—. Yo mismo estuve en la librerería de Hatchard el día de autos, pero, ¿me acordaría de tal detalle si me lo preguntara la policía dentro de diez días? Lo dudo mucho. Y usted, Jorge, estaba en Hurst Park.

¿Recordaría qué día fue a las carreras... digamos... hace un mes?

—Oh, podría acordarme relacionándolo con el funeral... Fui al día siguiente.

—Cierto, cierto. Y además acertó un par de ganadores. Otra cosa que ayuda a recordar. Porque rara vez se olvida el nombre de un caballo con el que se ha ganado dinero. A propósito. ¿Cuáles fueron?

—Déjeme pensar. «Gaymarck» y «Frogg II». Sí, no me olvidaré de ellos así como así.

El señor Entwhistle soltó su risita característica y se despidió.

3

—Claro que me alegro de verle —dijo Rosamunda sin ningún entusiasmo—. Pero es muy temprano.

—Son las ocho de la mañana —replicó el señor Entwhistle.

Rosamunda, tras un enorme bostezo, dijo para disculparse:

—Ayer noche tuvimos una endiablada reunión. Bebimos demasiado. Miguel todavía tiene resaca.

Miguel apareció en aquel preciso momento también bostezando, con una taza de café en la mano y vistiendo un elegante batín. Estaba ojeroso e interesante... y su sonrisa conservaba su encanto habitual. Rosamunda llevaba una falda negra y un jersey amarillo bastante sucio, según pudo apreciar el señor Entwhistle.

El metódico y escrupuloso abogado no aprobaba en absoluto el modo de vivir de los jóvenes Shane, ni su piso destartalado, en Chelsea... donde las botellas, vasos y colillas se amontonaban en profusión... el aire enrarecido y su aspecto polvoriento y desarreglado.

En aquel escenario descorazonador, Rosamunda y Miguel resaltaban por su maravillosa belleza física. Eran, en verdad, una pareja perfecta, y parecían muy enamorados. Rosamunda, desde luego, adoraba a Miguel.

—¿Querido? —dijo—, ¿no crees que nos iría bien un traguito de champaña? Sólo para entonarnos y brindar por el futuro. ¡Oh, señor Entwhistle, ha sido una suerte maravillosa que tío Ricardo nos dejara ese precioso dinero precisamente ahora...

El señor Entwhistle observó el repentino fruncimiento de cejas de Miguel, pero Rosamunda prosiguió:

—Porque tenemos ocasión de estrenar una obra estupenda. Miguel ha conseguido el permiso. Tiene un papel maravilloso, y yo también. Se trata de uno de esos jóvenes delincuentes, que en realidad son unos santos... Está llena de las ideas más modernas.

—Eso parece —dijo el señor Entwhistle, aspirando con fuerza.

—Roba y mata y es perseguido por la policía y la sociedad... y luego, al final, hace un milagro.

El abogado seguía sentado sin decir palabra. ¡Cuántas tonterías perniciosas decían aquellos jóvenes! Y escribían.

No es que Miguel Shane hablase mucho; todavía tenía fruncido el ceño.

—El señor Entwhistle no ha venido para oír el argumento de nuestra obra, Rosamunda. Cállate un poco y deja que nos diga el objeto de su visita.

—Hay que arreglar uno o dos pequeños asuntos —repuso el abogado sin gran entusiasmo—. Acabo de regresar de Lychett Saint Mary.

—¿Entonces fue tía Cora la que murió asesinada? Lo leímos en el periódico. Yo dije que debía ser ella, pues el nombre no es muy corriente. ¡Pobre tía Cora! El otro día, después del funeral, la estuve mirando, y consideré que era mejor morir que convertirse en una vieja gruñona como ella... Y ahora está muerta. No quisieron creerme cuando les dije anoche que la persona que habían asesinado con un hacha era mi tía. Se echaron a reír, ¿no es cierto, Miguel?

Miguel Shane no respondió, y Rosamunda, dando muestras de regocijo, exclamó:

—Dos asesinatos, uno tras otro. Es casi demasiado, ¿no le parece?

—No seas tonta, Rosamunda. Tu tío Ricardo no fue asesinado.

—Pues Cora creía que sí.

El anciano intervino para preguntar:

—¿Regresaron a Londres después del funeral?

—Sí, veníamos en el mismo tren que usted.

—Claro..., claro. Lo pregunto porque intenté ponerme en contacto con ustedes al día siguiente —dirigió una mirada al teléfono— varias veces y no obtuve respuesta.

—¡Oh, cuánto lo siento! ¿Qué hicimos aquel día? ¿Anteayer? Estuvimos aquí hasta las doce, ¿verdad? Luego tú fuiste a ver si encontrabas a Rosenheim, después comiste con Oscar y yo salí a comprarme unas medias y dar una vuelta por las tiendas. Tenía que ver a Juanita, pero no nos encontramos. Sí, pasé una agradable tarde de compras... y luego fuimos a cenar al Castillo. Me parece que regresamos a eso de las diez.

—Aproximadamente —dijo Miguel, que miraba pensativo al anciano—. ¿Qué es lo que quiere de nosotros, señor?

—¡Oh! Es posible que les moleste por algunas cosas referentes a la herencia de Ricardo Abernethie... firmar algunos papeles... todo eso.

—¿Tendremos el dinero ahora o tardaremos años? —quiso saber Rosamunda.

—Me temo que la Ley es pródiga en retrasos.

—Pero podemos pedir un adelanto, ¿verdad? Rosamunda parecía alarmada—. Miguel dijo que sí. Es muy importante. Por la obra, ¿sabe?

Miguel habló en tono complacido:

—¡Oh!, no hay gran prisa. Es sólo para decidir si nos quedamos o no con ella.

—No habrá dificultad en adelantarles algún dinero —dijo el señor Entwhistle—. Todo el que necesiten.

—Entonces, todo arreglado —Rosamunda exhaló un suspiro de alivio y agregó como por casualidad—: ¿Ha dejado algún dinero tía Cora?

—Un poco. A su prima Susana.

—¿Por qué a Susana? ¡Me gustaría saberlo! ¿Mucho?

—Unos cientos de libras y algunos muebles.

—¿Bonitos?

No repuso el anciano.

Rosamunda pareció perder todo interés.

—Todo esto es muy extraño —dijo—. Ahí tenemos a Cora, después de los funerales diciendo de repente: *¡Fue asesinado!*, y luego, al día siguiente, es ella la que muere asesinada. Quiero decir que es extraño, ¿no le parece?

Se produjo un embarazoso silencio, al cabo del cual el señor Entwhistle dijo con calma:

—Sí, desde luego; es muy extraño.

4

El señor Entwhistle estudió a Susana Banks mientras ésta se inclinaba sobre la mesa hablando con su habitual locuacidad.

Carecía de la belleza de Rosamunda, pero su rostro era atractivo y su encanto consistía principalmente en su vitalidad. La línea de sus labios carnosos formaba una suave ondulación. Era una boca esencialmente femenina, lo mismo que su figura. No obstante, en muchos aspectos se parecía a su tío Ricardo Abernethie. La forma de la cabeza, de la mandíbula y los ojos profundos y reflexivos; tenía la misma personalidad dominante que Ricardo, la misma energía, intuición y recto juicio. De los tres miembros de la joven generación sólo ella parecía estar hecha del metal que había acrecentado la vasta riqueza de los Abernethie. ¿Habría reconocido Ricardo en su sobrina su propio espíritu? El señor Entwhistle opinaba que sí. Ricardo siempre fue un hábil conocedor de caracteres. Allí, sin duda, se hallaban las cualidades precisas que anduvo buscando Y, sin embargo, en su testamento no hizo distinción alguna en su favor. Desconfiando de Jorge, según opinaba el abogado, y pasando por alto la encantadora inutilidad que era Rosamunda, ¿no habría encontrado en Susana lo que andaba buscando... una heredera de su propio temple?

Si no fue así, debía ser a causa de... Sí, era lógico... de su marido.

Los ojos del señor Entwhistle miraron por encima del hombro de Susana a Gregorio Banks, que, de pie, tras ella, estaba sacándole punta a un lápiz.

Era un joven delgado, pálido, insignificante, con el cabello rojizo. Quedaba tan apagado junto a la personalidad brillante de Susana que era difícil precisar cómo era en realidad. Ningún rasgo sobresaliente... Tranquilo, dispuesto a agradar, y, no obstante, no sabría describirle satisfactoriamente. Había un algo intranquilizador en su insignificancia. Fue una unión desigual..., pero Susana se empeñó en casarse con él... arrollando toda oposición... ¿Por qué? ¿Qué es lo que vería en él?

Y ahora, a los seis meses después de su matrimonio... «Está loca por él», díjose el abogado. Conocía los síntomas. Una larga serie de esposas con conflictos matrimonales habían pasado por la oficina de Bollard, Entwhistle, Entwhistle y Bollard. Mujeres locamente enamoradas de maridos deficientes y carentes de atractivos; otras, desdeñosas hacia sus esposos aparentemente impecables y apuestos. Lo que las mujeres ven en un hombre en particular, está más allá de la comprensión de limitada inteligencia masculina. Es así. Una mujer inteligente puede convertirse en una tonta por cierto hombre. Susana era de éstas. Para ella el mundo giraba alrededor de Greg. Y esto encierra un peligro.

Susana hablaba con énfasis e indignación.

—Es una desgraciada. ¿Recuerda aquella mujer que asesinaron el año pasado en Yorkshire? No han arrestado a nadie. Y aquella anciana de aquella dulcería, que fue asesinada con una barra de hierro. Detuvieron a unos cuantos y luego los pusieron en libertad.

—Hay que tener pruebas —repuso el señor Entwhistle. Susana no le prestó atención.

—Y aquel otro caso... una enfermera retirada... la mataron con un hacha como a tía Cora.

—¡Válgame Dios, Susana! Parece haber hecho usted un profundo estudio de esos crímenes —dijo Entwhistle.

—Es natural recordar esas cosas... y cuando uno de la familia es asesinado... y del mismo modo..., ¡pues demuestra que debe haber muchos criminales sueltos por el país, asaltando y atacando a mujeres solitarias... ¡Y la policía ni se preocupa!

—No desacredite a la policía, Susana. Es un cuerpo de hombres muy inteligentes y pacientes... y también constantes. Porque no se diga nada en los periódicos, ello no quiere decir que se haya abandonado un caso.

—Y, sin embargo, cada año cientos de crímenes quedan impunes.

—¿Cientos? —el señor Entwhistle pareció como convencido—. Un cierto número sí. Hay muchas ocasiones en que la policía sabe quién ha cometido el crimen, pero no existen pruebas suficientes para poder detener al culpable.

—No lo creo —dijo Susana—. Y opino que si se sabe con certeza quién ha cometido el crimen, siempre pueden encontrar pruebas.

—Me pregunto... —el señor Entwhistle parecía preocupado—. No dejo de preguntarme...

—¿Tiene alguna idea... en el caso de tía Cora, de quién pudo ser?

—Eso no podría decirlo. Que yo sepa, no. Pero no tiene por qué confiar en mí. Además han pasado muy pocos días. El asesinato se cometió anteayer.

—Tiene que haber sido un determinado tipo de criminal. Un bruto, tal vez un perturbado... un soldado desertor o un escapado de presidio... Porque para haber empleado el hacha...

Con entonación guasona, el señor Entwhistle alzó las cejas y recitó:

Lizzie Borden con un hacha
dio a su padre cincuenta hachazos,
y al ver lo que había hecho
hizo a su madre en cincuenta y un pedazos.

—¡Oh! —Susana enrojeció disgustada—. Cora no vivía con ningún familiar... a menos que se refiera a su señorita de compañía. Y de todos modos Lizzie Borden fue absuelta. *Nadie tiene la certeza de que matara a su padre y a su madrastra.*

—El versito es completamente difamatorio —convino el señor Entwhistle.

—¿Quiere decir que fue su señorita de compañía quien la mató? ¿Es que Cora le ha dejado algo?

—Un broche de amatistas de escaso valor y algunos bocetos al óleo de un pueblecito pesquero de un valor meramente sentimental.

—Hay que tener un motivo para asesinar. Salvo que se esté perturbado.

El abogado soltó una risita.

—Al parecer, la única persona que tiene un motivo es usted, mi querida Susana.

—¿Qué? —Gregorio se acercó de improviso. Era como un sonámbulo que acabara de despertar. Una luz extraña brillaba en sus ojos. Ya no resultaba el suyo un rostro inexpresivo—. ¿Qué es lo que Susana tiene que ver en esto? ¡Qué es lo que usted insinúa... al decir semejante cosa?

—Cállate, Greg —dijo Susana con aspereza—. El señor Entwhistle no ha querido decir nada...

—Ha sido sólo una broma —dijo el abogado, disculpándose—. Y me temo que no del mejor gusto. Cora ha dejado todos sus bienes a usted, Susana; pero una mujer joven que acaba de heredar varios cientos de miles de libras, este legado, que a lo más sumarán unos cientos, no puede representar un móvil de asesinato.

—¿Me ha dejado su dinero? —Susana pareció extrañada—. ¡Qué extraordinario! ¡Si ni siquiera me conocía! ¿Por qué cree usted que lo hizo?

—Pues creo que había oído rumores acerca de las dificultades que encontró... para su matrimonio.

Greg, que había vuelto a su tarea de afilar el lápiz, frunció el ceño.

—Ella también las tuvo —continuó el anciano—, y creo que debió experimentar un profundo sentimiento de compañerismo.

Susana preguntó con cierto interés:

—¿Se casó con un artista a disgusto de toda la familia, verdad? ¿Era un buen artista?

El señor Entwhistle meneó la cabeza con energía.

—¿Hay algunas pinturas suyas en la casita?

—Sí.

—Entonces iré a juzgar por mí misma —replicó Susana.

El anciano sonrió ampliamente ante el gesto obstinado de Susana.

—Haga lo que quiera. Sin duda soy muy viejo y anticuado en asuntos de arte, pero la verdad, no creo que discrepe de mi veredicto.

—Me figuro que, de todas formas, tendré que ir a ver lo que hay. ¿Vive alguien allí ahora?

—Lo he arreglado para que la señorita Gilchrist permanezca en la casa hasta nuevo aviso.

—Debe tener unos nervios muy templados para permanecer tranquila en una casa donde acaba de cometerse un crimen —dijo Greg.

—La señorita Gilchrist es una mujer muy razonable. Además —agregó el abogado secamente—, no creo que tenga otro sitio a donde ir hasta que encuentre nuevo empleo.

—¿Así que la muerte de tía Cora la ha dejado en la

calle? ¿Estaban... tía Cora y ella... en términos amistosos?

El anciano la miró con curiosidad, preguntándose qué es lo que estaba pensando.

—Más o menos —repuso—. Nunca trató a la señorita Gilchrist como a una asalariada.

—Yo diría que mucho peor —replicó Susana—. Esas mal llamadas «señoras» son las que más las explotan hoy en día. Veré de encontrarle alguna ocupación decente. No será difícil. Cualquiera que esté dispuesta a cuidar un poco de la casa y a guisar vale lo que pesa en oro... Sabe cocinar, ¿verdad?

—¡Oh, sí! Me parece que es algo que se llama «tareas rudas» lo que no quiere hacer. Temo no saber con exactitud lo que eso significa.

Susana pareció divertida.

—Su tía ha nombrado a Timoteo su albacea testamentario —dijo Entwhistle después de mirar su reloj.

—¿Timoteo? —dijo Susana con rencor—. ¡Si tío Timoteo es prácticamente un mito! No se le ve nunca.

—Cierto —el abogado volvió a mirar el reloj—. Esta tarde tengo que ir a verle. Le comunicaré su decisión de ir a la casita.

—Me figuro que eso no me entretendrá más de uno o dos días. No quiero estar fuera de Londres mucho tiempo. Tengo algunos planes. Voy a dedicarme a los negocios.

El señor Entwhistle paseó su mirada por el reducido salón de aquel pisito. Era evidente que Greg y Susana lo pasaban mal. El padre de ella había acabado con casi todo su dinero y dejó a su hija en muy mala situación económica.

—¿Cuáles son sus planes para el futuro?

—Tengo puestos los ojos en algunos locales de la calle Cardigan. Me figuro que en caso necesario podrá adelantarme algún dinero, ¿verdad? Tengo que pagar un depósito.

—Eso puede arreglarse —dijo el abogado—. La llamé

varias veces al día siguiente de los funerales..., pero no me contestaron. Pensé que tal vez pudiera usted necesitar un anticipo. Me pregunté si se habría marchado de la ciudad.

—¡Oh, no! —repuso en el acto Susana—. Estuvimos en casa todo el día. Los dos. No salimos para nada.

Greg dijo, sin darle importancia:

—Ya sabes, Susana, que nuestro teléfono estuvo estropeado ese día. Recuerda que no pude hablar con Hard y Compañía aquella tarde. Quise dar aviso, pero a la mañana siguiente volvía a funcionar perfectamente.

—Los teléfonos son a veces algo informales —dijo Entwhistle.

—¿Cómo se enteró tía Cora de nuestra boda? —preguntó Susana de pronto—. Nos casamos en un Registro Civil y no lo dijimos a nadie hasta un tiempo después.

—Me figuro que Ricardo debió decírselo. Rehízo su testamento hará cosa de tres semanas; antes estaba a favor de una Sociedad Teosófica. Precisamente cuando él debió ir a verla.

—¿Tío Ricardo fue a verla? —Susana parecía sorprendida—. No tenía la menor idea.

—Ni yo tampoco —dijo el abogado.

—Así que fue entonces cuando...

—¿Cuando qué?

—Nada, no haga caso —dijo Susana.

CAPÍTULO VI

Ha sido muy amable al venir —dijo Maude al saludar al señor Entwhistle en la estación de Bayahm Compton—. Le aseguro que Timoteo y yo se lo agradecemos mucho. La verdad es que la muerte de Ricardo ha sido lo peor para Timoteo.

El abogado todavía no había considerado la muerte de su amigo desde aquel ángulo.

Mientras se dirigían a la salita, Maude fue desarrollando el tema.

—Ha sido un golpe... Timoteo estaba muy unido a Ricardo. Y luego, le ha hecho meter la idea de la muerte en la cabeza. El estar inválido hace que se preocupe mucho de sí mismo. Se da cuenta que era el único de los hermanos que quedaba con vida... y ha empezado a decir que él le seguirá... que no ha de tardar mucho... En fin, de lo más macabro, que yo digo.

Salieron de la estación y Maude le condujo hasta un coche destartalado, casi antidiluviano.

—Perdone que le lleve en nuestra «caja de truenos» —le dijo—. Hace años que suspiramos por un automóvil nuevo; pero la verdad, no hemos podido permitirnos aún ese lujo. A éste le hemos cambiado el motor dos veces... y estos viejos coches pueden soportar un duro trote... Espero que quiera ponerse en marcha... —agregó—. Algunas veces tengo que dar a la manivela.

Apretó el arranque varias veces, pero sin resultado. El señor Entwhistle, que nunca había puesto en marcha un coche por el procedimiento de darle a la manivela, se puso algo nervioso, pero fue la propia Maude quien apeándose le dio un par de enérgicas vueltas que consiguieron hacerle arrancar. Era una suerte que Maude fuese una mujer de constitución tan robusta.

—Ya está —dijo—. Este trasto se ha estado burlando de mí últimamente. El día que regresaba de los funerales tuve que andar un par de millas hasta el garaje más cercano... donde no entendían gran cosa. Tuve que quedarme en la posada mientras lo reparaban. Claro que eso también enfureció a Timoteo. Le telefoneé para decirle que no me era posible regresar hasta el día siguiente. Se enfadó muchísimo. Una trata de ocultarle muchas cosas, pero hay algunas que es imposible disimularlas; por ejemplo, la muerte de Cora. El doctor Barton tuvo que venir a darle un calmante. Un asesinato es algo demasiado emocional para un hombre de su estado. Me figuro que Cora fue siempre una tonta.

El señor Entwhistle escuchó en silencio el comentario. No acababa de comprender aquella indiferencia.

—No recuerdo haber visto a Cora desde que nos casamos —dijo Maude—. No me gusta referirme a ella diciendo a Timoteo: «Tu hermana pequeña, la tonta», pero es lo que pensaba. ¡Decía cosas tan extraordinarias! Uno no sabía si enfadarse con ella o echarse a reír. Lo cierto es que vivía en un mundo de fantasías... lleno de melodramas y de ideas absurdas acerca de las demás personas. Bien, la pobre ya lo ha pagado. ¿No tenía algún protegido?

—¿Protegido? ¿Qué quiere usted decir?

—Sólo estoy haciendo cábalas. Algún artista... o músico... alguien a quien dejara entrar en la casa y que la matase para robarla. Tal vez algún adolescente... son tan extraños a veces a esas edades... sobre todo los que pertenecen al tipo neurótico de los que se creen artistas. Quiero decir que parece muy extraño asaltar una casa y asesinar a una persona en plena tarde. Si yo pensara asaltar una casa lo haría por la noche.

—Entonces hubieran estado presentes las dos mujeres.

—¡Oh, sí!, esa compañera suya. La verdad, no puedo creer que deliberadamente esperaran a verla salir para entrar y matar a Cora. ¿Para qué? No podían esperar que tuvieran dinero o joyas, y debió haber muchas ocasiones en que salieran las dos mujeres dejando la casa sola. Eso hubiera sido mucho más seguro. Parece una estupidez cometer un crimen a menos que sea absolutamente necesario.

—Y usted cree que el asesinar a Cora era innecesario.

—Al parecer, todo carece de sentido.

¿Es que un asesinato puede tener algún sentido?, se preguntaba el señor Entwhistle. Académicamente, la respuesta era sí; pero la historia registra muchos crímenes inexplicables. Eso dependía de la mentalidad del asesino, pensó el abogado.

¿Qué sabía él de los criminales y sus procesos mentales? Muy poco. La firma de abogados a que pertenecía no se dedicó nunca a lo criminal. Tampoco era un estudiante de criminología. Por lo que podía juzgar, los asesinos eran de todas clases: vanidosos, faltos de poder, unos, como Seddon; mezquinos y avariciosos, otros, como Smith y Rowse, sintiendo una increíble afición hacia las mujeres; algunos como Armstrong, individuos muy agradables. Edith Thompson había vivido en un mundo de violencia, y la enfermera Waddington se había deshecho de sus pacientes ancianos con un celo digno de mejor causa.

La voz de Maude, llegando hasta él, le sacó de sus meditaciones.

—¡Si pudiera evitar que Timoteo viera los periódicos! Pero se empeña en leerlos... y, claro, luego se trastorna. ¿Verdad que comprende que no existe la menor posibilidad de que Timoteo asista al juicio? Si es necesario, el doctor Barton extenderá un certificado o lo que haga falta.

—Puede usted estar tranquila a este respecto.

—¡Gracias a Dios!

Atravesaron las verjas de Standfield Grange y enfilaron

la descuidada avenida. En un tiempo fue una propiedad pequeña, pero bonita, mas ahora tenía un aspecto triste y abandonado. Maude dijo suspirando:

—Durante la guerra tuvimos que dejar de cuidar el parque. Llamaron a los dos jardineros, y ahora sólo tenemos a un viejo... que no vale mucho. Los sueldos han subido mucho. Debo confesar que es una bendición poder disponer de un poco de dinero para gastarlo en la casa. La queremos tanto... Yo estaba realmente asustada al pensar que tuviéramos que llegar a venderla. No es que haya hablado de ello con Timoteo... Se hubiera disgustado terriblemente...

Llegaron al pórtico de una preciosa casa georgiana que necesitaba con urgencia una capa de pintura.

—No tenemos servicio —dijo Maude amargamente, mientras indicaba el camino. Y agregó—: Sólo un par de mujeres, que vienen a limpiar. Hace un mes tuvimos una doncella para todo, algo jorobada, y en ciertos aspectos no muy lista, pero estaba aquí y eso era un consuelo. Cocinaba muy bien... cosas sencillas. Y ¿quiere usted crerelo?, se marchó para ir con una señora que tiene seis perros pequineses y una casa mucho mayor que ésta y donde hay mucho más trabajo, porque dijo que le «encantaban los perritos». ¡Perros! Valiente cosa. Siempre lo están ensuciando todo. La verdad es que esas chicas son casos mentales. Conque ya ve usted. Si tengo que salir alguna tarde, Timoteo tiene que quedarse solo en la casa y si le ocurriera algo, ¿cómo podría pedir ayuda? Aunque le dejo el teléfono junto a su silla, para que si se encontrase mal pudiera llamar en seguida al doctor Barton.

Maude le condujo a la sala, donde el servicio para el té estaba dispuesto junto a la chimenea, e instalado allí el señor Entwhistle, desapareció, seguramente en dirección a las habitaciones posteriores, para regresar a los pocos minutos con una tetera y una jarrita de plata, disponiéndose a servir al anciano abogado. Era un té excelente, acompañado de pasteles caseros y bollitos.

—¿Y Timoteo? —preguntó el señor Entwhistle. Y Maude

le explicó atropelladamente que ya le había dejado preparada una bandeja antes de salir para la estación.

—Y ahora habrá hecho su siestecita y será el momento más oportuno para que le vea usted. Procure no excitarle demasiado.

El abogado le prometió emplear toda suerte de precauciones.

Al estudiarla bajo la luz de las llamas oscilantes se sintió invadido por un sentimiento de compasión. Aquella mujer robusta, llena de salud y sentido común, era vulnerable en un punto. Su amor por su marido era un cariño maternal. Maude Abernethie no había tenido hijos y era una mujer nacida para ser madre. Su esposo, inválido, se había convertido en un niño, un niño que necesitaba protección y vigilancia. Y quién sabe, si al ser el carácter más fuerte de los dos, inconscientemente le impuso un grado de invalidez mayor que el que de otro modo pudo tener.

«¡Pobre señora!», suspiró para sí el señor Entwhistle.

2

—Ha sido muy amable viniendo a verme, señor Entwhistle.

Timoteo se levantó de la silla para tenderle la mano. Era un hombre alto, con un gran parecido a su hermano Ricardo, pero lo que en éste fue fortaleza, en aquél era debilidad. Una boca desdibujada, la barbilla ligeramente hundida y los ojos penetrantes. Algunas arrugas, que denotaban su irritabilidad, surcaban su frente.

Su estado de invalidez se adivinaba por la manta que cubría sus rodillas y la batería de frascos y cajitas con medicamentos colocados a su derecha, sobre una mesita.

—No debo excitarme —dijo a modo de advertencia—. El doctor me lo tiene prohibido. ¡No deja de decirme que no me preocupe! ¡Que no me preocupe! ¡Apuesto a que si un miembro de su familia hubiera sido asesinado tendría por qué preocuparse! Es demasiado... Primero la muerte de Ricardo... Luego oír hablar de sus funerales y su testamento. ¡Y qué testamento! Y encima de todo eso, la pobrecita Cora, asesinada a hachazos. ¡Uf! Hoy en día este país está plagado de *gángsters*... asesinos... que andan sueltos desde la guerra... matando a mujeres indefensas. Nadie se ha propuesto acabar con este estado de cosas... Emplear medidas enérgicas. ¿A dónde iremos a parar? Eso es lo que fijamente quisiera saber. ¿A dónde irá a parar este condenado país?

El señor Entwhistle estaba familiarizado con aquella pregunta. Tarde o temprano todos sus clientes se la dirigían desde hacía veinte años, y ya tenía su fórmula para contestarla. Sus palabras, que no le comprometían, pues se reservaba su opinión, pudieran calificarse de simples murmullos inaudibles.

—Todo comenzó con ese maldito Gobierno Laborista —siguió Timoteo—. Ha convertido este país en un infierno. Y el Gobierno que tenemos ahora no es mejor. ¡Socialistas falsos y débiles! ¡Fíjese en qué estado estamos! No podemos tener un jardinero decente, ni criados... la pobre Maude tiene que trabajar como una negra y hacer la comida (a propósito, querida, creo que un *pudding* de gelatina iría bien con el lenguado de esta noche... y tal vez un poco de sopa antes). Tengo que conservarme fuerte... eso dice el señor Barton. Déjeme pensar, ¿dónde estaba? ¡Oh, sí! Cora. Puedo asegurarle que es un gran golpe para un hombre que sabe que su hermana... su propia hermana... ha sido asesinada. Tuve palpitaciones durante veinte minutos. Usted tendrá que ocuparse de todo, señor Entwhistle. No puedo asistir al juicio, ni preocuparme de ningún asunto referente a la herencia de Cora. Quiero olvidarlo todo. A propósito, ¿qué ocurrirá con la renta que le dejó Ricardo? Me figuro que pasará a mi poder.

Maude murmuró algo así como que iba a recoger el servicio del té, abandonó discretamente la estancia.

Timoteo se recostó en su silla y dijo:

—Es bueno librarse de las mujeres. Ahora podemos hablar sin interrupciones estúpidas.

—La cantidad en depósito de cuya renta debía disfrutar Cora, será repartida equitativamente entre sus sobrinas, su sobrino y usted —explicó el abogado.

—Pero, escuche —las mejillas de Timoteo adquirieron un tinte purpúreo debido a su indignación—. ¡Si soy yo su pariente más cercano! ¡Su único hermano superviviente!

Entwhistle le explicó con todo detalle las condiciones del testamento de Ricardo Abernethie, recordándole amablemente que ya le había remitido una copia debidamente legalizada.

—No esperará usted que comprenda ese lenguaje —dijo Timoteo airado—. ¡Ustedes los abogados! A decir verdad, no podía creerlo cuando Maude me lo explicó. Pensé que lo habría entendido mal. Las mujeres no tienen la cabeza despejada. Maude es lo más bueno del mundo... pero las mujeres no entienden de cuestiones económicas. No creo que Maude se haya dado cuenta que de no haber muerto Ricardo, tendríamos que habernos marchado de aquí. ¡Cierto!

—Seguramente si hubiera recurrido a Ricardo...

Timoteo soltó una carcajada parecida a un ladrido.

—No es mi costumbre. Nuestro padre nos dejó a todos una parte razonable de su dinero, es decir, si no queríamos seguir ligados a la familia. Yo no quise. Tengo un espíritu más elevado que los emplastos para los callos. Bien, con las tasas, las rentas despreciadas, una cosa y otra... no ha sido fácil seguir adelante. He tenido que convertir en dinero una parte de mis bienes. Es lo mejor que puede hacerse hoy en día. Una vez le insinué a Ricardo que esto resultaba muy costoso de sostener, y me dijo que Maude y yo viviríamos mejor en un sitio pequeño. Menos trabajo para ella, ¡es todo lo que se le ocurrió! ¡Oh, no! No le hubiera pedido ayuda. Pero puedo asegurarle, Entwhistle, que las preocupaciones han perjudicado mi salud. Un hombre en mi estado no debiera tener problemas. Luego murió

Ricardo y aunque, naturalmente, me afectó... era mi hermano... no pude por menos de sentirme aliviado en cuanto al futuro. Sí, ahora todo parece fácil... y amable. Pintar la casa... tener dos jardineros verdaderamente competentes... con dinero pueden conseguirse. Restaurar la rosaleda y..., ¿dónde estaba?

—Detallando sus planes para el futuro.

—Sí..., sí..., pero no debo molestarle con todo esto. Lo que me dolió... y mucho... fueron los términos del testamento de Ricardo.

—¿De veras? —el abogado le miró fijamente—. ¿No eran lo que usted esperaba?

—¡Claro que no! Después de la muerte de Mortimer, me figuré que Ricardo me lo dejaría todo a mí.

—¡Ah...! ¿Se lo dejó entrever alguna vez?

—Nunca me lo dijo... con esas precisas palabras. Ricardo era algo reservado. Pero estuvo aquí poco después de la muerte de Mortimer. Quería hablarme de asuntos familiares. Discutimos acerca de Jorge... las chicas y sus maridos. Quiso conocer mi opinión... aunque no pude decirle gran cosa. Soy un inválido y no voy por ahí. Maude y yo vivimos fuera del mundo. ¡Valientes bodas hicieron esas jovencitas! Bueno, pues como le digo, era: que me consultaba como a cabeza de familia, después de él, claro, y naturalmente, me imaginé que sería yo quien controlase el dinero. Ricardo podía confiar en mí para dirigir a la joven generación y cuidar de la pobre Cora. En resumen, Entwhistle, soy un Abernethie... el último Abernethie... y él debiera haberlo dejado todo en mis manos.

En su excitación, Timoteo se había puesto en pie apartando la manta que cubría sus piernas. No daba señales de debilidad o fragilidad, sino de gozar de un perfecto estado de salud, a pesar de su carácter excitable. El abogado se dio cuenta con toda claridad de que Timoteo Abernethie había estado secretamente celoso de su hermano Ricardo. Era muy propio de Timoteo el envidiar la entereza de carácter y clara inteligencia de su hermano, y a su muerte soñó con la idea de heredar el poder de controlar todo lo destinado a los demás.

Pero Ricardo Abernethie no le había otorgado ese poder. ¿Habría pensado hacerlo, y más tarde decidió lo contrario?

El repentino maullar de unos gatos en el jardín hizo que Timoteo se apartara de su silla para acercarse a la ventana. Tras abrirla y gritar: «¡Callaos!», les arrojó un voluminoso libro.

—Endiablados gatos —gruñó—. Destrozan los parterres y no dejan de maullar en todo el día.

Y volviendo a sentarse le preguntó a su visitante:

—¿Quiere beber algo, Entwhistle?

—Ahora, no. Maude acaba de darme un té excelente.

Maude es una mujer muy capaz. Pero hace demasiado. Incluso tiene que bregar continuamente con ese viejo automóvil, ¿sabe? Es bastante buena mecánica.

—He oído decir que tuvo una avería cuando regresaba de los funerales.

—Sí. Se le paró el coche. Telefoneó para que yo no pasara cuidado, pero esa estúpida mujer que viene a limpiar tomó el recado de un modo que no tenía sentido. Yo había salido a respirar un poco de aire fresco... el médico me ha recomendado que haga todo el ejercicio que pueda, cuando me apetezca... y cuando volví de mi paseo encontré escrito en un pedazo de papel: «La señora siente tener que quedarse fuera a pasar la noche. El coche se ha estropeado.» Naturalmente, pensé que todavía estaba en Enderby. Puse una conferencia y me dijeron que Maude se había marchado por la mañana. ¡Podía haber tenido avería en cualquier otra parte! Esa tonta que nos hace la limpieza sólo me dejó para cenar unos macarrones apelmazados. Tuve que bajar a la cocina y calentármelos, yo mismo... y hacerme una taza de té..., hervir agua... en fin, ¿para qué hablar?, pude haber tenido un ataque al corazón... ¿pero a esa clase de mujeres qué les importa? Si fuera como Dios manda, hubiera vuelto por la noche para cuidarme como es debido. Ya no existe lealtad en las clases bajas.

Se interrumpió apesadumbrado.

—Ignoro lo que Maude le habrá contado de los funerales y la familia —dijo el señor Entwhistle—. Cora produjo una verdadera expectación al decir que Ricardo había muerto asesinado. Tal vez Maude ya se lo había dicho.

—¡Oh, sí, ya lo sabía! Todos la miraron perplejos. ¡Es algo verdaderamente digno de Cora! ¿Recuerda cómo se las arreglaba siempre para meter la pata cuando era niña? En nuestra boda dijo algo que molestó a Maude, que nunca la apreció gran cosa. Sí, mi esposa me llamó aquella tarde después del funeral para saber cómo me encontraba y si la señora Jones me había preparado la cena. Luego se dijo que había ido todo muy bien y yo le pregunté: «¿Qué hay del testamento?», quiso eludir la respuesta, pero logré sonsacarle la verdad. No podía creerlo y le dije que debía estar equivocada, pero no fue así. Me dolió, Entwhistle... me dolió de verdad, no sé si me comprende. Si quiere creerme, ha sido mala voluntad por parte de Ricardo. Ya sé que no se debe hablar mal de los muertos, pero le doy mi palabra.

Timoteo continuó con el mismo tema durante un buen rato.

Cuando Maude volvió a entrar en la habitación le dijo con energía:

—Me parece, querido, que el señor Entwhistle ha estado contigo bastante rato. Necesitas descanso. Si ya lo tenéis todo hablado...

—¡Oh!, hemos arreglado algunas cosas. Lo dejo todo en sus manos, Entwhistle. Comuníqueme cuando cojan a ese individuo... si es que lo logran. No tengo fe en la policía de ahora... Los jefes no son lo que eran. Usted se cuidará del eh... entierro... ¿no? Me temo que no podremos ir, pero encargue una corona espléndida... también habrá que colocar una lápida adecuada a su debido tiempo... Me figuro que la enterrarán en el cementerio de la localidad. No es caso de traerla al Norte y, además, no tengo la menor idea de dónde fue enterrado Lansquenet; creo qué en Francia. Ignoro lo que debe ponerse en la lápida de quien muere asesinado. No se puede decir: «Entró en el eterno descanso», ni nada parecido. Habrá que escoger algo más apropiado. ¿R. I. P.? No, eso sólo lo usan los católicos.

—¡Oh, Dios! Tú que has visto mis errores, júzgame —murmuró el señor Entwhistle.

La mirada sorprendida que le dirigió Timoteo hizo que el abogado sonriera ligeramente.

—Es de las Lamentaciones —le dijo—. Parece bastante apropiado, aunque algo melodramático. Sin embargo, pasará algún tiempo antes de llegar a la cuestión del epitafio. La tierra... tiene que sentarse, ya sabe. Ahora no se preocupe usted de nada. Nosotros cuidaremos de todo y le informaremos debidamente.

El señor Entwhistle regresó a Londres a la mañana siguiente en el primer tren.

Una vez en su casa, y tras ligera vacilación, telefoneó a un amigo suyo.

CAPÍTULO VII

No sabe cuánto aprecio su invitación —dijo el señor Entwhistle, estrechando con calor la mano de su anfitrión.

Hércules Poirot le indicó una butaca junto al fuego.

El señor Entwhistle exhaló un suspiro mientras tomaba asiento.

A un lado de la habitación había una mesa dispuesta con dos cubiertos.

—Esta mañana he vuelto del campo —dijo el abogado.

—¿Y tiene algún asunto sobre el que desee consultarme?

—Sí. Me temo que es una historia bastante ambigua y extensa.

—Entonces esperaremos a haber comido. ¿Jorge?

El eficiente Jorge acudió diligente y sirvió *Pate de Foie gras* y tostadas calentitas envueltas en una servilleta.

—Lo tomaremos junto al fuego —dijo Poirot—. Luego pasaremos a la mesa.

Una hora y media después, el señor Entwhistle volvía a arrellanarse en su butaca con un suspiro de satisfacción.

—Desde luego, usted sabe vivir, Poirot. Hace honor a los franceses.

—Soy belga, pero en lo demás ha acertado. A mi edad, el mayor placer, casi el único que todavía queda, es el de la buena mesa. Afortunadamente, tengo un estómago excelente.

—¡Ah! —murmuró el abogado.

Habían cenado *Lenguado Verónica*, seguido de *escalopas de ternera a la Milanesa*, que precedieron a *Poire Flambée*. Bebieron *Poully Fuisse*, luego *Corton*, y ahora, junto al codo del señor Entwhistle, reposaba una copa de buen oporto. Poirot, que no gustaba del oporto, bebía una copita de *Crema de Cacao*.

—No sé cómo se las arregla para encontrar unas escalopas así —decía Entwhistle en tono nostálgico—. ¡Se deshacían en la boca!

—Tengo un amigo en el continente que es cocinero. Gracias a él tengo resuelto el pequeño problema doméstico.

—Problema doméstico —el señor Entwhistle suspiró—. Ojalá no me hubiera recordado... Es un momento tan perfecto...

—Pues prolónguelo, amigo mío. Ahora tomaremos el *demi tasse* y el coñac. Y cuando la digestión comience a seguir su curso, entonces me dirá por qué necesita mi consejo.

El reloj dio las nueve y media antes de que el abogado se removiera en su butaca. El momento psicológico había llegado ya. Ya no sentía reparos en exponer sus perplejidades... sino que estaba deseando hacerlo.

—No sé si me estaré convirtiendo en el mayor tonto del mundo —dijo—. El caso es que no veo qué es lo que puede hacerse, pero quiero exponerle todos los hechos para que me dé usted su opinión.

Hizo una breve pausa y luego le contó su historia con toda minuciosidad. Su profesión le capacitaba para saber exponer los hechos con claridad, sin omitir ni agregar nada superfluo. Fue un resumen claro y sucinto, y por tanto muy del agrado del hombrecillo de cabeza ovoidal.

Cuando hubo terminado se hizo un silencio. El señor Entwhistle se hallaba dispuesto a contestar cualquier pregunta, pero durante unos momentos Hércules Poirot no le hizo ninguna. Estaba considerando los hechos.

Al fin dijo:

—Me parece muy claro. Usted tiene la sospecha de que su amigo Ricardo Abernethie pudo haber muerto asesinado. Esta suposición o sospecha, se basa únicamente en una cosa... *las palabras pronunciadas por Cora Lansquenet después de los funerales de Ricardo Abernethie.* Déjelas a un lado y verá que no queda nada. El hecho de que fuera asesinada al día siguiente puede ser una mera coincidencia. Es cierto que Ricardo Abernethie murió repentinamente, pero le atendía un médico de fama que le conocía muy bien, y que no tuvo reparos en extender el certificado de defunción. ¿Le enterraron o fue incinerado?

—Incinerado... según su deseo expreso.

—Sí, así es la ley. Y eso significa que otro doctor firmó el certificado de defunción... pero no habría dificultades en cuanto a esto. Así que volvamos al punto esencial: *lo que dijo Cora Lansquenet.* Usted estaba allí y la oyó. Dijo: «Fue asesinado, ¿verdad?»

—Exactamente.

—Y la verdad es que usted... cree que decía la verdad.

El abogado vaciló unos momentos y luego afirmó:

—Sí, es cierto.

—¿Por qué?

—¿Por qué? —repitió Entwhistle ligeramente extrañado.

—Pues sí, ¿por qué? ¿Es que en su fuero interno sentía ya alguna inquietud con respecto a la muerte de Ricardo?

El abogado meneó la cabeza.

—No, no. En absoluto.

—Entonces fue por... Cora. ¿La conocía usted bien?

—No la había visto desde hacía... Oh... desde hacía veinte años.

—¿La hubiera reconocido de habérsela encontrado en la calle?

—Hubiera pasado por su lado sin reconocerla —repuso tras meditar unos instantes—. La última vez que la vi era una muchacha delgadísima, y ahora se había convertido en una mujer madura, obesa y descuidada. Pero creo que la hubiera reconocido al hablarle cara a cara. Llevaba el pelo peinado del mismo modo, con su flequillo cortado sobre la frente, y conservaba la costumbre de agachar la cabeza para mirarle a uno, como un animalillo tímido, y ladearla cuando decía algo chocante. Tenía carácter, y eso siempre es un sello personal inconfundible.

—En resumen, era la misma Cora que usted conociera años atrás. ¡Y seguía diciendo las cosas más sorprendentes! Las cosas que... las cosas chocantes, claro... que dijera en pasado... ¿estaban justificadas, por lo general?

—Eso siempre fue lo más sorprendente de Cora. Cuando hubiera sido mejor callar una verdad... la decía.

—Y esa característica de su personalidad no cambió. Ricardo Abernethie fue asesinado... y Cora lo comentó en el acto.

—¿Usted cree que fue asesinado? —preguntó vivamente el señor Entwhistle.

—No, no, no, amigo mío; no podemos ir tan de prisa. Estamos de acuerdo en esto: Cora creyó que había sido asesinado. Estaba completamente segura. En ella era una certeza más que una suposición. Y por ello llegamos a esto: *debió tener alguna razón para creerlo*, ya que usted sabe, pues la conocía, que no acostumbraba inventar cosas. Ahora dígame... cuando lo dijo, se levantó en seguida una ola de protestas... ¿verdad?

—Exacto.

—Y entonces sintióse confundida, avergonzada, y quiso rectificar lo dicho... diciendo... por lo que recuerdo, algo parecido a: «Pero yo creí... por lo que me dijo...»

El abogado asintió con la cabeza.

—Quisiera poder acordarme mejor. No obstante, estoy casi seguro de que utilizó estas palabras: «me dijo» o «dijo...»

—Y el caso es que luego todos se pusieron a hablar de otras cosas. ¿No puede usted recordar... alguna expresión especial en aquellos rostros? Algo que permanezca en su memoria... ¿cómo diría yo... inusitado?

—No.

—Y al día siguiente Cora es asesinada y usted se pregunta: ¿No será causa y efecto?

—Me figuro que le parece fantástico.

—En absoluto —repuso Poirot—. Dada la sospecha original, es correcto, lógico. El crimen perfecto, el asesinato de Ricardo Abernethie ha sido cometido, todo ha salido a la perfección y de pronto aparece una persona que sabe la verdad. Es evidente que esa persona debe desaparecer lo más rápidamente posible.

—Entonces... ¿usted cree que se trata de un asesinato?

—Creo, *mon cher*, exactamente lo mismo que usted... que es un caso que debe investigarse. ¿Ha dado usted ya algún paso? ¿Ha hablado de todo esto con la policía?

—No. No creí que pudiera conseguir nada bueno. Yo represento a la familia. Si Ricardo Abernethie murió asesinado, parece que únicamente pudo haberlo sido de un modo.

—¿Envenenado?

—Exacto. Y el cuerpo ha sido incinerado. Ahora no puede comprobarse. Pero he decidido que yo debo estar seguro de ello. Por eso he venido a verle, Poirot.

—¿Quiénes estaban en la casa cuando murió?

—Un viejo mayordomo que lleva muchos años en la casa, una cocinera y la doncella. Tal vez aparezca como si necesariamente tuviera que haber sido uno de ellos...

—¡Ah! No trate de echarme tierra a los ojos. Esa Cora sabe que Ricardo Abernethie ha sido asesinado y no obstante se aviene a callar diciendo: «Creo que tenéis razón». En ese caso debe tratarse de un miembro de la familia, de alguien a quien ni la propia víctima hubiera acusado abiertamente. O de otro modo, puesto que Cora apreciaba a su hermano, no se hubiera avenido a dejar en el incógnito al asesino. Está de acuerdo conmigo, ¿verdad?

—De ese modo razoné yo..., sí —confesó el señor Entwhistle—. Aunque, ¿cómo es posible que un miembro de la familia...?

Poirot le atajó:

—Cuando se trata de venenos existen toda clase de posibilidades. Es de presumir que se tratase de alguna clase de narcótico, ya que murió mientras dormía y además no hubo apariencias sospechosas. Es posible que se medicara con alguno.

—De todas maneras, ahora el «cómo» no importa —dijo el abogado—. No podremos probar nada.

—En el caso de Ricardo Abernethie, no; pero el asesinato de Cora Lansquenet es distinto. Una vez sepamos «quién», entonces será posible conseguir pruebas. —Y agregó con una aguda mirada—: Supongo que usted habrá hecho algo.

—Muy poco. Creo que mi propósito fue principalmente el de las eliminatorias. Me resulta desagradable pensar que un miembro de la familia Abernethie pueda ser un asesino. Todavía no puedo creerlo. Me pareció que con unas cuantas preguntas aparentemente sin importancia podría eliminar de sospechas a ciertos miembros de la familia. ¿Quién sabe, si tal vez a todos ellos? En cuyo caso Cora debería haberse equivocado en sus suposiciones y su muerte pudiera atribuirse a cualquier vagabundo que entrara a robar. El procedimiento es bien sencillo. ¿Dónde estuvieron los Abernethie durante la tarde en que Cora Lansquenet fue asesinada?

—*Eh bien* —replicó Poirot—. ¿Dónde estaban?

—Jorge Crossfield en Hurst Park, en las carreras. Rosamunda Shane en Londres, de compras. Su esposo..., ¿debo incluir a los maridos?

—Desde luego.

—Su esposo estaba en tratos para poner una obra en escena. Susana y Gregorio Banks estuvieron en casa todo el día. Timoteo Abernethie, que está inválido, se hallaba en su casa de Yorkshire y su esposa regresaba allí en su automóvil, de Enderbury.

Se detuvo.

Hércules Poirot le miró, asintiendo comprensivamente.

—Sí, eso es lo que ellos dicen. ¿Pero es todo verdad?

—No lo sé, Poirot. Algunas de sus declaraciones pueden ser comprobadas... pero resultaría difícil actuar sin dar a conocer nuestras intenciones. En resumen, el hacerlo equivaldría a formular una acusación. Le expondré con sencillez ciertas conclusiones mías. Jorge pudo haber estado en Hurst Park, pero no lo creo. Fue lo bastante atolondrado para decir que había acertado un par de ganadores. Sé por experiencia que muchos fuera de la ley labran su propia ruina por hablar demasiado. Le pregunté el nombre de los caballos y me dio dos sin titubeo aparente. Hice averiguaciones, descubriendo que ambos tuvieron fuertes apuestas aquel día, y que uno de ellos ganó. El otro, a pesar de ser uno de los favoritos, ni siquiera consiguió colocarse.

—Muy interesante. Ese Jorge, ¿tenía necesidad de dinero cuando murió su tío?

—Tengo la impresión de que su necesidad era muy apremiante. Carezco de pruebas para asegurarlo, pero sospecho que estuvo especulando con los fondos de sus clientes y corría peligro de ser descubierto. Sólo es una impresión mía, pero tengo cierta experiencia en estos asuntos. Los agentes poco escrupulosos, lamento confesar que son cosa bastante corriente. Sólo puedo decirle que yo no le hubiera confiado mi dinero, y sospecho que Ricardo Abernethie, que sabía juzgar muy bien a los hombres, también debió desfonfiar de su sobrino y por eso no le dejaría un puesto de confianza. Su madre —continuó el abogado tras breve pausa— fue una muchacha atractiva y bastante tonta que se casó con un hombre que calificaría de «carácter dudoso». —Suspiró—. Las jóvenes Abernethie no supieron escoger. Y en cuanto a Rosamunda —prosiguió—, es encantadora. ¡No me la imagino golpeando la cabeza de Cora con un hacha! Su esposo, Miguel Shane, es algo misterioso... Un hombre con ambición y voluntad excesiva; pero, la verdad, sé muy poco de él. No tengo razón para considerarle un criminal sin escrúpulos o un envenenador, pero hasta que sepa lo que hacía realmente no puedo con seguridad eliminarle.

—Pero no siente dudas acerca de su esposa.

—No... no... no puedo imaginarla con el hacha. Es una criatura de aspecto frágil.

—¡Y bonita! —dijo Poirot con una sonrisa irónica—. ¿Y la otra sobrina?

—¿Susana? Es un tipo muy diferente del de Rosamunda... Yo diría que es una muchacha de mucho talento. Estuvo en casa todo el día con su esposo. Yo les dije, mintiendo, que intenté telefonearla la tarde en cuestión, y Greg repuso apresuradamente que el teléfono estuvo todo el día estropeado, que quiso hablar con no sé quién, y no lo consiguió.

—Esto tampoco es concluyente... No es posible eliminar a todos como esperábamos... ¿Qué tal ese Greg?

—Es difícil de describir. Tiene una personalidad desagradable, aunque no sé con exactitud por qué produce esa impresión. Y en cuanto a Susana...

—¿Sí?

—Susana me recuerda a su tío. Tiene el vigor, la energía y la inteligencia de Ricardo Abernethie, pero me parece que le falta su amabilidad y su entusiasmo.

—Las mujeres nunca son amables —le hizo observar Poirot—. Aunque algunas veces se pongan tiernas. ¿Está enamorada de su esposo?

—Afirmaría que locamente, pero la verdad, Poirot, no puedo creer... ni por un momento que Susana...

—¿Prefiere sospechar de Jorge? ¡Es natural! En cuanto a mí, no soy tan sentimental con respecto a las mujeres bonitas. Ahora cuénteme su visita a la vieja generación.

El señor Entwhistle le relató su conversación con Maude y Timoteo, y Poirot resumió:

—¿Así que la señora Abernethie es un buen mecánico? Conoce bien los secretos del motor, y el señor Abernethie no está tan inválido como quiere dar a entender. Sale de paseo y, según usted, es capaz de cualquier acción violenta. También es algo ególatra y envidiaba el éxito y el carácter superior de su hermano.

—Habló de Cora con mucho afecto.

—Y ridiculizó su estúpido comentario, hecho después del funeral. ¿Qué me dice del sexto beneficiario?

—¿Elena? ¿La viuda de Leo? No sospecho de ella lo más mínimo. De todos modos, su inocencia puede probarse fácilmente. Estaba en Enderby con los tres criados de la casa.

—*Eh bien*, amigo mío —dijo Poirot—. Seamos prácticos. ¿Qué es lo que quiere que yo haga?

—Quiero saber la verdad, Poirot.

—Sí, sí. Yo en su lugar obraría igual.

—Y usted es el hombre indicado para descubrirla. Sé que ya no se dedica a esto, pero le pido que se encargue de este caso. Éste es un asunto de negocios. Yo responderé de sus honorarios. Decídase, el dinero siempre resulta útil.

—¡No mucho, si todo se va en impuestos! Pero acepto, su problema me interesa porque no es fácil... Está todo tan confuso... Hay una cosa, amigo mío, que será mejor que la haga usted. Luego yo me ocuparé de todo, pero creo preferible que sea usted quien averigüe cuál fue el médico que atendió a Ricardo Abernethie. ¿Le conoce?

—Algo.

—¿Qué tal es?

—De mediana edad. Muy competente, y muy amigo de Ricardo.

—Entonces búsquele. Le hablará más libremente a usted que a mí. Pregúntele por la enfermedad de Abernethie. Averigüe qué medicinas tomaba cuando murió, o antes. Si le dijo que creía que le estaban envenenando. A propósito, ¿esa señorita Gilchrist está segura de que empleó ese término el día aquel cuando le oyó hablar con su hermana?

El señor Entwhistle reflexionó.

—Empleó esa palabra. Pero es de ese tipo de testigos que a menudo cambian las palabras, porque está convencida de que conoce su significado. Si Ricardo hubiera dicho que temía que alguien estuviera intentando matarle, la señorita Gilchrist pudo dar por hecho que se trataba de veneno, porque relacionó sus temores con los de una tía suya que sospechaba que le ponían veneno en la comida. Puedo volver a hablar con ella de este asunto.

—Sí. O tal vez lo haga yo. —Hizo una pausa y agregó en otro tono de voz—: ¿Se le ha ocurrido pensar que esa señorita puede correr peligro?

—Pues no. —Entwhistle miróle sorprendido.

—Pues sí. Cora expuso sus sospechas el día de los funerales. La pregunta que debió hacerse el asesino es ésta: ¿Las comunicaría a alguien cuando supo que Ricardo había muerto? Y la persona más apropiada para ello es la señorita Gilchrist. Opino, *mon cher*, que hubiera sido mejor no dejarla sola en aquella casa.

—Creo que Susana piensa ir.

—¡Ah! ¿La señora Banks?

—Desea recoger las cosas de Cora.

—Ya... ya... Bueno, amigo mío, haga lo que le he dicho. También puede preparar a la señora Abernethie... la viuda de Leo, por si se me ocurriera hacerle una visita. Veremos. Desde ahora yo me ocuparé de todo.

Y Poirot se retorció el bigote con inusitada energía.

CAPÍTULO VIII

El señor Entwhistle miró pensativo al doctor Larraby.

Tenía toda una vida de experiencia y sabía cómo hacer hablar a la gente. Se le presentaron muchas ocasiones en las que fue necesario aclarar una situación comprometida o tratar un tema delicado. Ahora era un experto en el arte de saber exactamente cómo llegar a la cuestión. ¿Cómo convendría enfocar el asunto ante el doctor Larraby... un asunto ciertamente difícil y que él podría interpretar como un insulto a su pericia profesional?

Con franqueza, pensó el abogado, o al menos con cierta franqueza. Sería una equivocación decirle que la tonta observación de una mujer poco inteligente había despertado sospechas. El doctor Larraby no había conocido a Cora.

Entwhistle, tras aclararse la garganta, se lanzó.

—Quiero consultarle un asunto muy delicado, doctor. Usted podría ofenderse, pero espero que no lo haga. Es un hombre razonable y comprenderá que... er, una... sugerencia descabellada se aclara mejor buscándole una respuesta que dejándola a un lado. Le haré la pregunta sin rodeos: ¿Está seguro, completamente seguro, que murió de muerte natural?

El rostro bonachón y rubicundo del doctor Larraby quedó atónito ante su pregunta.

—Pero, ¿qué día...? ¡Claro que sí! Extendí el certificado, ¿verdad? De no haber estado seguro...

Entwhistle le atajó conciliadoramente.

—Claro, claro. Le aseguro que no insinúo lo contrario, pero me agradaría tener la seguridad de su convicción absoluta... para poder hacer frente a... los rumores que circulan.

—¿Rumores? ¿Qué rumores?

—Nunca se sabe cómo empiezan estas cosas; pero considero que deben acallarse... autoritariamente, a ser posible.

—Abernethie era un hombre delicado. Sufría una enfermedad que le hubiera resultado fatal todo lo más dentro de dos años. O también mucho antes. La muerte de su hijo había debilitado su deso de vivir y su resistencia. Admito que yo no esperaba que muriera tan pronto, ni, desde luego, tan repentinamente, pero existen precedentes..., multitud de casos. Cualquier médico que predijera exactamente cuándo ha de morir un paciente, o lo que va a vivir, se expone a quedar en ridículo. El factor naturaleza no hay que descuidarlo nunca. Los débiles a menudo dan muestras de una fortaleza inesperada, y los fuertes, a veces, sucumben.

—Lo comprendo. No dudo de su diagnóstico. El señor Abernethie estaba, digamos, aunque suena bastante trágicamente, condenado a muerte. Pero yo le pregunto si es imposible que un hombre, conociendo o sospechando su estado de salud, determinase acortar el plazo que le quedaba de vida. O si alguien lo pudo hacer por él.

El doctor Larraby frunció el ceño.

—¿Se refiere al suicidio? Abernethie no pertenecía al tipo de los suicidas.

—Ya. Usted me asegura, científicamente hablando, como médico, que esa sugerencia es imposible.

El doctor movióse inquieto.

—Yo no emplearía la palabra imposible. Después de la muerte de su hijo, la vida perdió todo interés para Abernethie. Desde luego no considero probable que se suicidara; pero no puedo decir que sea imposible.

—Usted me está hablando desde un punto de vista psicológico. Cuando dije científicamente me refería en realidad a esto. ¿Es que las circunstancias de su muerte hacen imposible esta hipótesis?

—No; ¡no, no! No. No puedo decir eso. Murió mientras dormía, como sucede a menudo. No había razón alguna para sospechar que se hubiera suicidado, ni pruebas sobre su estado de ánimo. Si uno tuviera que exigir la autopsia cada vez que un enfermo fallece durante el sueño...

El rostro del doctor iba poniéndose cada vez más enrojecido. El señor Entwhistle apresuróse a intervenir.

—Naturalmente, naturalmente. Pero si hubiera habido alguna prueba... de la cual usted no estuviera enterado. Si, por ejemplo, él hubiera dicho sus deseos a alguna persona.

—¿Indicando su intención de suicidarse? ¿Lo hizo? Debo confesar que me sorprende mucho.

—Pero si fuera así..., mi caso es puramente hipotético..., ¿podía eliminar esa posibilidad?

—No..., no... —repuso despacio el doctor Larraby—. Pero vuelvo a repetirle que me sorprendería muchísimo.

El abogado apresuróse a aprovechar su ventaja.

—Entonces, si suponemos que la muerte no fue natural... y todo esto es puramente hipotético..., ¿cuál pudo ser la causa? Me refiero a qué clase de droga...

—Varias. Cualquier narcótico. No había señales de cianosis; su actitud era completamente plácida.

—¿Tomaba algún soporífero, o alguna clase de tabletas para dormir?

—Sí. Yo le había recetado Slumberyl... un hipnótico seguro y digno de toda confianza. No lo tomaba cada noche y sólo tenía un frasquito de pastillas. La dosis que le receté, aun tres o cuatro veces doblada, no le hubiera ocasionado la muerte. Además, recuerdo haber visto el frasquito sobre la mesa después de su fallecimiento, y estaba casi lleno.

—¿Le había recetado otras cosas?

—Varias... una medicina conteniendo una reducida cantidad de morfina, que debía tomar en caso de verse atacado de dolores fuertes. Algunas cápsulas con vitaminas y un tónico digestivo.

El señor Entwhistle le interrumpió.

—¿Cápsulas con vitaminas? Creo que una vez me recomendaron algo parecido. ¿Son unas cápsulas pequeñas y redondas de gelatina?

—Sí. Contienen adexolina.

—¿No hubieran podido introducir otra cosa en... digamos... en una de esas cápsulas?

—¿Algo venenoso, quiere usted decir? —el médico parecía más y más sorprendido—. Pero seguramente ningún hombre hubiera... Escuche, Entwhistle, ¿adónde quiere ir a parar? Por Dios, ¿es que está insinuando que pudo haber sido envenenado?

—No sé exactamente lo que insinúo... Sólo quiero saber lo que pudo haber sucedido.

—¿Pero qué pruebas tiene usted para sugerir semejante cosa?

—Ninguna —replicó el abogado con voz cansada—. El señor Abernethie ha muerto... y también la persona con quien habló de sus sospechas. Todo es sólo un rumor... vago, impreciso... y yo quiero eliminarlo, a ser posible. Si usted me dice que nadie podría haber envenenado a Abernethie, estaré encantado. Me quitaría con ello un gran peso de encima, se lo aseguro.

El doctor Larraby se levantó, comenzando a pasear de un lado a otro.

—Yo no puedo decirle lo que usted quiere que le diga —expresó al fin—. Ojalá pudiera. Claro que no es imposible. Cualquiera pudo haber extraído el aceite de una de las cápsulas y reemplazarlo con... digamos nicotina pura o varias otras cosas. O también pudieron ponerlo en su alimento. ¿No le parece algo más probable?

—Es posible. Pero vea, cuando falleció sólo estaban los criados de la casa... y no creo que fuese ninguno de ellos... En resumen, estoy completamente seguro que no fueron ellos. Por eso busco la posibilidad de algún otro medio.

Me figuro que no existe ninguna droga que pueda ser administrada para que la persona muera algunas semanas después.

—Una idea oportuna... pero insostenible —repuso el doctor con esperanza—. Sé que es usted una persona responsable, Entwhistle, pero, ¿quién hace estas sugerencias? Me parecen muy traídas por los pelos.

—¿Abernethie nunca le dijo nada? ¿No le insinuó alguna vez que uno de sus parientes pudiera querer quitarle de en medio?

—No, nunca. ¿Está seguro de que alguien... no haya querido dar una nota de sensacionalismo? Algunos comentarios histéricos pueden presentarse bajo la apariencia de frases normales y razonables, ya sabe, y más si son de mujer.

—Pudiera ser. Así espero que sea.

—Déjeme que lo entienda. Alguien tiene la pretensión de que Abernethie le dijo... me figuro que se trata de una mujer...

—¡Oh, sí!

—...que intentaban asesinarle.

Entwhistle no tuvo más remedio que ponerle en autos sobre el comentario de Cora. El rostro del doctor Labarry se iluminó en amplia sonrisa.

—Mi querido amigo. ¡Yo no le prestaría atención! La explicación es bien sencilla. En cierto período de su vida las mujeres se sienten ávidas de sensaciones, desequilibradas, informales, y son capaces de decir cualquier cosa. ¡Y ya sabe lo que hacen!

El señor Entwihstle se ofendió por sus ligeras suposiciones. Él mismo había tenido que tratar a muchas mujeres histéricas y ansiosas de sensaciones un tanto extravagantes.

—Puede que tenga usted razón —dijo poniéndose en pie—. Por desgracia, no podemos discutirlo con ella... puesto que ha sido asesinada.

—¿Qué me dice usted...? ¿Asesinada? —el doctor Larraby

parecía tener sus dudas sobre el equilibrio mental del señor Entwhistle.

—¿No lo ha leído en los periódicos? Se trata de la señora Lansquenet, que vivía en Lychett Saint Mary, de Berkshire.

—Claro... Pero no tenía idea de que fuera pariente de Ricardo Abernethie —el médico.parecía sobresaltado.

Mas considerando que se había vengado de la superioridad profesional del doctor, y consciente de que desgraciadamente sus sospechas no se habían disipado con aquella visita Entwhistle se despidió del mismo.

2

De nuevo en Enderby, el señor Entwhistle decidió hablar con Lanscombe.

Comenzó por preguntar al viejo mayordomo cuáles eran sus planes.

—La esposa del señorito Leo me ha pedido que me quede hasta que se venda la casa, y me complacerá darle ese gusto. Todos queremos mucho a la señorita —suspiró—. Si me lo permite el señor, le diré que siento que tengan que vender la casa. He estado en ella muchos años y he visto crecer a todas las señoritas y señoritos. Siempre creí que el señorito Mortimer sucedería a su padre, y que tal vez también trajera aquí una nueva familia. Estaba dispuesto que yo fuese a North Lodge cuando me jubilase. Es un lugar muy bonito, aunque pequeño... yo soñaba con tenerlo siempre limpio y ordenado, pero me imagino que ahora ya no hay que pensar en ello.

—Eso me temo, Lanscombe. Todas las posesiones deberán ser vendidas, pero con lo que ha heredado...

—¡Oh, no es que me queje, señor, y estoy muy agradecido a la generosidad del señor Abernethie! Estoy bien pagado, pero no es fácil encontrar un lugar reducido que esté en venta hoy en día, y aunque mi sobrina casada me ha pedido que vaya a vivir con ellos, bueno... no sería lo mismo que vivir dentro de esta mansión.

—Lo sé —repuso el abogado—. El mundo actual resulta algo duro para todos. Quisiera haber visto más a menudo a mi viejo amigo. ¿Cómo estuvo estos últimos meses?

—Pues no era el mismo de antes, señor, desde que murió el señorito Mortimer.

—Sí, eso le destrozó. Y como era un hombre de salud débil... Los seres delicados tienen algunas veces ocurrencias extravagantes. Me figuro que el señor Abernethie sufriría esas anomalías en sus últimas horas. ¿Hablaba de enemigos, o tal vez de que alguien quisiera hacerle daño...? Incluso pudo llegar a pensar que le ponían veneno en la comida.

El viejo Lanscombe pareció sorprendido... y disgustado.

—No recuerdo nada de eso, señor.

—Es usted un criado fiel Lanscombe —dijo Entwhistle mirándole fijamente—. Lo sé. Pero tales imaginaciones por parte del señor Abernethie serían... er... nada... un síntoma natural de algunas... er... enfermedades.

—¿Cierto señor? Sólo puedo decirle que el señor Abernethie nunca dijo nada parecido, que yo sepa.

El abogado pasó a tratar de otra cuestión.

—El señor invitó a varios miembros de su familia a permanecer unos días aquí poco antes de su fallecimiento, ¿verdad? A su sobrino, sus sobrinas y sus respectivos esposos.

—Sí, señor.

—¿Quedó satisfecho de su compañía? ¿O más bien decepcionado?

—La verdad, no sabría qué decirle, señor.

—Yo creo que sí, que lo sabe —dijo Entwhistle con amabilidad—. Lo que ocurre es que no le parece bien decirlo, pero hay veces en que uno debe violentar su propia opinión sobre lo que debe hacerse. Yo fui uno de los amigos más antiguos de su amo. Le apreciaba muchísimo.

Y usted también. Lo que le pido es su opinión como hombre, no como mayordomo.

Lanscombe guardó silencio unos momentos y luego dijo sin expresión alguna:

—¿Ocurre algo anormal, señor?

—No lo sé. Espero que no. Quisiera estar seguro. ¿Es que usted ha notado algo anormal?

—Sólo desde el día del funeral, señor. Y no podría decir con exactitud lo que es. Pero la esposa del señorito Leo y la del señor Timoteo no parecían las mismas aquella noche cuando se hubieron marchado los demás.

—¿Conoce el testamento?

—Sí, señor. La esposa del señorito Leo pensó que me agradaría saberlo. A mí me parece, si me permite el comentario, un testamento muy justo.

—Sí, lo es. Partes iguales. Pero no es, según creo, el que el señor Abernethie tuvo intención de hacer después de la muerte de su hijo. ¿Querrá contestar ahora a la pregunta que le hice antes?

—Si lo considera usted solamente como una opinión personal...

—Sí, sí, ya lo he dicho.

—Mi amo, señor, quedó muy decepcionado después de la estancia del señorito Jorge... Creo que esperaba que se pareciera al señorito Mortimer. El señorito Jorge no es precisamente un dechado de perfecciones, si me permite la expresión. El esposo de la señorita Laura nunca fue del agrado de la familia y me temo que el señorito Jorge haya salido a él —Lanscombe hizo una pausa y prosiguió—: Luego las señoritas vinieron con sus esposos. La señorita Susana le cautivó enseguida... es una joven inteligente y bonita, pero según mi opinión no pudo soportar a su marido. Las jóvenes de hoy en día hacen unas elecciones muy curiosas, señor.

—¿Y la otra pareja?

—No puedo decirle gran cosa de ellos. Son un par de jóvenes agradables y bien parecidos. Creo que mi amo disfrutó teniéndolos aquí... pero no me parece... —el viejo Lanscombe vacilaba.

—¿Qué, Lanscombe?

—Pues... mi amo no tuvo nunca mucha afición a las cosas de la escena. Un día me dijo: «No puedo comprender cómo hay quien pueda dedicarse al teatro. Es una vida tonta. Parece que quita a las personas el poco sentido que tienen. Y no sé lo que hace con la moralidad de cada uno. Se pierde el sentido de la proporción.» Claro que no se refería directamente a...

—No, no. Ya comprendo. Después de esas visitas, el señor Abernethie fue a ver... primero a su hermano, y luego a su hermana, la señora Lansquenet.

—Eso no lo sé, señor. Sólo me dijo que iba a ver a su hermano y que después iría a un pueblecito llamado No-Sé-Qué-Saint Mary.

—Eso es. ¿Recuerda algo que dijera a su vuelta sobre estas visitas?

—La verdad, no recuerdo nada... directo sobre el particular. Estaba contento de haber vuuelto. El viajar y permanecer en casas extrañas le fatigaba mucho... Eso fue lo que me dijo.

—¿Nada más? ¿No habló de ninguno de ellos? ¿No recuerda nada?

Lanscombe frunció el ceño.

—El señor solía... bueno... murmurar, ya me comprende usted... hablaba conmigo, y no obstante se dirigía más a sí mismo... y apenas se daba cuenta de que yo estaba allí... porque me conocía muy bien...

—Le conocía y confiaba en usted.

Pero mis recuerdos son muy vagos en cuanto a lo que dijo... Algo acerca de que no podía imaginar lo que había hecho con su dinero... me figuré que se refería al señor Timoteo. Y luego: «Las mujeres pueden darnos noventa y nueve pruebas distintas de su estupidez y una entre cien de su inteligencia.» Oh, sí, y además: «Sólo puede decirse lo que pensamos realmente a los de nuestra generación.

Ellos no piensan que imaginamos cosas como los jóvenes.» Y más tarde dijo... pero no sé a qué se refería: «No es muy agradable tener que preparar trampas a la gente, pero no veo qué otra cosa puedo hacer.» Es posible que estuviera pensando en el segundo jardinero... debido a que habían desaparecido algunos melocotones.

Mas el señor Entwhistle no creía que Ricardo Abernethie hubiera hablado pensando en el jardinero.

Luego de hacerle algunas preguntas más, dejó marchar a Lanscombe, y reflexionó sobre lo que acababa de decir. Nada en realidad... es decir, nada que no hubiera deducido antes. No obstante, había ciertos puntos sugestivos. No era a su cuñada Maude, sino a Cora a quien se refirió cuando hizo un comentario sobre la estupidez y la inteligencia de las mujeres. Y fue a ella quien confió sus «imaginaciones». Y habló de preparar una trampa. ¿Para quién?

3

El señor Entwhistle había meditado mucho sobre lo que debía decirle a Elena. Al fin resolvió contárselo todo.

Primero le dio las gracias por haber cuidado de recoger las cosas de Ricardo y de disponer ciertos arreglos de orden doméstico. La casa había sido puesta en venta y había ya uno o dos posibles compradores.

—¿Son compradores particulares?

—Me temo que no. La Y.W.C.A. (1) quiere verla. Se trata de un club de gente joven. Y los socios del Trust Jefferson andan buscando un lugar donde instalarse.

—Es una lástima que no sea para habitarla, pero, naturalmente, hoy día no es una cosa muy factible.

—Voy a pedirle a usted que si le es posible se quede

(1) Y.W.C.A. (Young Women's Christian's Association). (Asociación de Jóvenes Cristianas.)

aquí hasta que sea vendida la casa. ¿O le supondrá mucha molestia?

—No... De momento me viene muy bien. No quiero ir a Chipre hasta mayo, y prefiero quedarme aquí a ir a Londres, como tenía planeado. Adoro esta casa; ya lo sabe usted. Leo también la apreciaba mucho y aquí siempre fuimos felices.

—Existe otra razón para que le quede agradecido si decide quedarse. Hay un amigo mío, un hombre llamado Hércules Poirot...

Elena dijo extrañada:

—¿Hércules Poirot? Pero entonces..., ¿usted cree?

—¿Le conoce usted?

—Sí. Algunos amigos míos... Pero suponía que había muerto hace ya tiempo.

—Pues está tan vivo. No es que sea joven, claro que no lo es.

—No, no puede serlo mucho —habló mecánicamente; su rostro estaba pálido y tenso. Haciendo un esfuerzo agregó con voz meliflua:

—¿Usted cree... que Cora tuvo razón? ¿Que Ricardo fue... asesinado?

Entwhistle se desahogó con ella. Era un placer confiarse a Elena, tan inteligente y reposada.

Cuando hubo concluido, ella dijo:

—Parece fantástico... pero no lo es. Maude y yo, aquella noche, después del funeral, no pensábamos en otra cosa, estoy segura. Diciéndonos interiormente lo tonta que era Cora... y, sin embargo, seguíamos intranquilas. Y luego... Cora fue asesinada... y me dije que era mera coincidencia... Y claro que puede serlo... Pero si pudiéramos estar seguros... Es todo tan difícil...

—Sí, es difícil; pero Poriot es un hombre de gran originalidad y posee una fuerza intelectual extraordinaria. Comprende perfectamente lo que necesitamos: convencernos de que todo es una pesadilla.

—¿Y si no lo fuera?

—¿Por qué lo dice? —quiso saber el abogado.

—No lo sé. He estado intranquila... No sólo por lo que dijo Cora aquel día... sino por algo más. Algo que encontré extraño en aquella ocasión.

—¿Extraño? ¿Qué fue?

—Eso es precisamente lo que no sé.

—¿Se refiere a alguna de las personas que estuvieron presentes?

—Sí..., sí..., algo así. Mas no sé ni quién ni el qué... Oh, parece tan absurdo...

—En absoluto. Es interesante..., muy interesante. Usted no es tonta, Elena. Si usted notó algo, ese algo interesa.

—Sí; pero no recuerdo lo que fue. Cuando más lo pienso, más...

—No se esfuerce. Es un error hacerlo para tratar de recordar. Déjelo. Más pronto o más tarde acudirá a su mente. Y cuando esto ocurra... comuníquemelo... en seguida.

CAPÍTULO IX

La señorita Gilchrist se puso un sombrero de fieltro que recogía sus cabellos grises. La vista de la causa estaba señalada para las doce, y apenas si eran las once y veinte. Su traje de chaqueta gris era muy lindo, pensó. Se había comprado una blusa negra. Hubiera querido vestir enteramente de negro, pero ello estaba más allá de sus posibilidades. Su pequeño dormitorio tenía las paredes cubiertas de reproducciones del puerto de Brixham, la herrería de Cockington, las ensenadas de Anstey y Kyance, el puerto de Polflexan, la bahía de Babbacombe, etc., todas firmadas por Cora Lansquenet. Sus ojos se posaron con particular afecto en el puerto de Polflexan. Sobre la cómoda una fotografía descolorida cuidadosamente enmarcada representaba su antiguo salón de té «El Sauce». La señorita Gilchrist suspiró contemplándolo con arrobo.

El sonido del timbre de la puerta la sacó de su abstracción.

—¡Dios mío! —murmuró—. ¿Quién será ahora?

Salió de su habitación y se dispuso a bajar la escalera. El timbre volvió a sonar y además golpearon la puerta.

Por alguna extraña razón, la señorita Gilchrist se puso nerviosa. Sus pasos se hicieron más lentos, pero al fin se dirigió a la puerta de mala gana, reprendiéndose interiormente por ser tan tonta.

Una joven vestida elegantemente de negro y con un maletín en la mano, estaba en el porche. Al notar la expresión asustada, de la señorita Gilchrist apresuróse a decir:

—¿Es usted la señorita Gilchrist? Soy la sobrina de la señora Lansquenet... Susana Banks.

—Oh, sí, claro. No lo sabía. Entre, señora Banks. Cuidado; aquí el suelo queda un poquito más alto... Sí, pase por aquí. Ignoraba que pensase venir para el juicio. Hubiera tenido algo preparado... un poco de café... o alguna otra cosa.

Susana Banks repuso rápidamente:

—No quiero tomar nada. Lamento haberla asustado.

—Sí que me asustó en cierto modo. Soy muy tonta. No acostumbro a dejarme llevar de los nervios. A decir verdad, le dije al abogado que no era miedosa, y que no me importaba quedarme aquí sola; y la verdad, no lo soy. Sólo que... tal vez sea por el juicio y... por pensar tantas cosas... pero el caso es que he estado saltando toda la mañana. Hará una media hora que llamaron y apenas podía decidirme a abrir... lo cual es una estupidez, porque no es probable que un asesino vuelva al mismo sitio donde cometió el crimen... ¿y para qué iba a volver...? Y era una monja pidiendo limosna para un orfelinato. Me sentí tan aliviada que le di dos chelines, aunque yo no soy muy caritativa. Pero siéntese, por favor, señora..., señora...

—Banks.

—Sí, claro, Banks. ¿Ha venido en tren?

—No, en automóvil. El camino era tan estrecho que dejé el coche en una cantera que encontré. No me atreví a seguir adelante.

—Sí, el camino es muy estrecho. Apenas pasan coches por aquí. Es una carretera bastante solitaria

La señorita Gilchrist estremecióse un tanto al decir las últimas palabras.

Susana Banks estaba contemplando la habitación.

—¡Pobre tía Cora! —dijo—. ¿Sabe? Me ha dejado todo lo que tenía.

—Sí, ya lo sé. Me lo dijo el señor Entwhistle. Espero que le guste el mobiliario. Tengo entendido que es usted recién casada, y ahora están muy caros los muebles.

—No necesito ningún mueble —dijo—. Ya tengo los míos. Los llevaré a una subasta... a menos que..., ¿hay alguno que quiera usted? Tendré mucho gusto...

Se detuvo con cierto reparo, pero la señorita Gilchrist estaba radiante.

—Oh, señora Banks, es usted muy amable..., sí, muy amable. No sabe cómo aprecio su delicadeza, pero yo también tengo mis cosas. Las dejé en un guardamuebles por si algún día pudiera necesitarlas. También tengo algunas pinturas que me dejó mi padre. Tuve un saloncito de té, ¿sabe...?, pero cuando vino la guerra... fue una verdadera desgracia. Mas no lo vendí todo, porque esperaba volver a tener algún día mi casita y por eso puse lo mejor en un almacén con los cuadros de mi padre y algunas reliquias de nuestra casa. Pero me gustaría mucho, si de verdad no le importa. tener la mesita de té de la querida señora Lansquenet. ¡Es tan bonita...!

Susana contemplando con un estremecimiento la mesita pintada de verde con grandes crisantemos rojos, dijo que estaba encantada de poder cedérsela.

—Muchísimas gracias, señora Banks. Me siento avergonzada. Me ha dejado todas sus hermosas pinturas y un broche de amatistas; pero creo que debiera devolvérselo a usted.

—No, no; de ninguna manera.

—¿Quiere ver sus cosas? ¿Tal vez después de que se celebre el juicio?

—Creo que me quedaré aquí un par de días. Así podré verlo todo tranquilamente y recogerlo.

—¿Quiere decir que se quedará usted en esta casa a dormir?

—Sí. ¿Hay algún inconveniente?

—Oh, no, señora Banks, desde luego que no. Pondré sábanas limpias en mi cama, y yo puedo dormir muy bien aquí, en el sofá.

—Pero..., ¿y la habitación de tía Cora? ¿No puedo dormir allí?

—¿No... no le importará?

—¿Lo dice porque murió allí? Oh, no, no me importa. Soy muy valiente. ¿Está... quiero decir... la han arreglado?

—Oh, sí, señora Banks. Enviaron todas las mantas a lavar y la señora Panter y yo limpiamos toda la habitación escrupulosamente. Hay mantas de sobra. Pero venga a verla usted misma.

La acompañó al piso de arriba.

El dormitorio donde Cora Lansquenet había muerto asesinada era una habitación clara, alegre y nada siniestra. Al igual que la salita, contenía una mezcla de muebles útiles y modernos, y antiguos y recargados, y era una muestra de la despreocupada personalidad de Cora. Sobre la chimenea había un cuadro al óleo representando una joven en el momento de entrar en el baño.

Susana la contemplaba con gesto de desagrado mientras la señorita Gilchrist decía:

—Lo pintó el esposo de la señora Lansquenet. Hay muchos más abajo, en el comedor.

—¡Qué horrible!

—Bueno, a mí no me interesa mucho ese estilo de pintura... pero la señora Lansquenet estaba muy orgullosa de su marido como artista y pensaba que no sabían apreciar su trabajo.

—¿Dónde están las pinturas de tía Cora?

—En mi habitación. ¿Le gustaría verlas?

Y la señorita Gilchrist le enseñó sus tesoros con orgullo.

Susana le hizo observar que tía Cora parecía haber sentido predilección por los temas marítimos.

—¡Oh, sí! Vivió muchos años con su esposo en un pueblecito pesquero de Bretaña.

—Evidentemente —murmuró Susana mientras pensaba que de las pinturas de Cora Lansquenet pudiera hacerse tal vez una serie completa de postales, pues eran muy detallistas y de alegre colorido. Y tuvo la sospecha de que pudieran haber sido sacadas de... postales.

Pero cuando expuso esta opinión provocó el enojo de la señorita Gilchrist. ¡La señora Lansquenet siempre pintaba del natural!

Miró su reloj y Susana apresuróse a decir:

—Sí, tenemos que ir al Juzgado. ¿Queda lejos...? ¿Quiere que vaya a buscar el coche?

La señorita Gilchrist le aseguró que andando sólo tardaría cinco minutos. Salieron juntas. El señor Entwhistle, que acababa de llegar en tren, las encontró y se dispuso a acompañarlas.

Al parecer había muchos extraños. La vista no fue sensacional. Verificóse la prueba de identificación del cadáver, y fue leído el informe médico sobre la naturaleza de las heridas que causaron la muerte a la señora Lansquenet. No había señales de lucha. Probablemente Cora se hallaba bajo los efectos de un narcótico cuando fue atacada y debieron sorprenderla cuando estaba sin conocimiento. La muerte no debió producirse después de las cuatro y media. La hora más aproximada era entre las dos y las cuatro y media. La señorita Gilchrist declaró haber descubierto el cadáver. Un policía y el inspector Morton declararon a su vez. El Jurado no vaciló en cuanto al veredicto: *Asesinato cometido por una persona o personas desconocidas.*

Había terminado. Volvieron a salir a la luz del sol. Varias cámaras fotográficas hicieron funcionar su *flash*. El señor Entwhistle acompañó a Susana y a la señorita Gilchrist a «Las Armas del Rey», donde había tenido la precaución de encargar que les preparasen una comida, que fue servida en un reservado que dicho establecimiento tenía detrás del bar.

—Me temo que no sea una gran cosa —dijo disculpándose.

Pero resultó excelente. La señorita Gilchrist lloriqueó un poco, murmurando: «¡Fue tan horrible!», pero luego se animó y se dispuso a despachar con gran apetito su plato de estofado a la irlandesa, después de que el señor Entwhistle le hizo ingerir una copa de jerez.

—No sabía que pensaba venir hoy, Susana —dijo el abogado a la joven—. Hubiéramos podido venir juntos.

—Ya sé que le dije que no, pero me pareció mal que no estuviera presente alguien de la familia. Telefoneé a Jorge y me dijo que estaba muy ocupado y que no le era posible venir. Rosamunda tenía que ensayar y tío Timoteo está inválido; así que no tuve más remedio que venir yo.

—¿No la ha acompañado su esposo?

—Greg fue a la tienda.

Y al ver la sorpresa reflejada en los ojos de la señorita Gilchrist, Susana explicó:

—Mi esposo trabaja en una droguería.

Un esposo que se dedicara a la venta al por menor no cuadraba, según opinión de la solterona, con la elegancia de Susana, pero dijo valientemente:

—¡Oh, sí!, como Keats.

—Greg no es poeta —replicó Susana—. Hemos hecho grandes planes para el futuro... Pensamos poner un doble establecimiento. Salón de belleza y perfumería, y un laboratorio para los preparados especiales.

—Eso será mucho mejor —dijo la señorita Gilchrist—. Algo como lo de Elizabeth Arden, que en realidad es una condesa, según me han dicho... o, ¿es Elena Rubinstein? De todos modos —agregó con amabilidad—, un laboratorio no es una tienda vulgar..., como por ejemplo un colmado o una pescadería.

—Usted tuvo un salón de té, ¿verdad que fue eso lo que me dijo?

—Sí, desde luego. —El rostro de la solterona se iluminó. Nunca había pensado que «El Sauce» también era un comercio. Para ella el tener un salón de té era la esencia de la distinción, y comenzó a contarle a Susana cosas de «El Sauce».

El señor Entwhistle, que ya había oído aquello en otra ocasión, dejó que sus pensamientos siguieran otro curso. Cuando Susana le hubo interpelado dos veces sin obtener respuesta se apresuró a disculparse.

—Perdóneme, querida. A decir verdad, estaba pensando en su tío Timoteo. Estoy algo preocupado.

—¿Por tío Timoteo? Yo, de usted, no lo estaría. No creo que le ocurra nada de cuidado. Sólo es un hipocondríaco.

—Sí..., sí, es posible que tenga usted razón. Pero confieso que no es su salud lo que me preocupa. Es su esposa. Al parecer se cayó por la escalera y se ha torcido un tobillo. Tiene que permanecer echada y su tío está de un humor terrible.

—¿Porque ahora tendrá que cuidarla? Esto le hará bien —dijo la joven.

—Sí..., sí. Pero, y su pobre tía, ¿conseguirá que la cuiden? Esa es la cuestión. Y como no tiene servicio...

—La vida es un verdadero infierno para las personas mayores —dijo Susana—. Viven en una especie de casa solariega estilo georgiano, ¿verdad?

El señor Entwhistle asintió con la cabeza.

Salieron con algo de temor de «Las Armas del Rey», pero los fotógrafos ya se habían ido.

Un par de periodistas aguardaban a Susana junto a la puerta de la casita. Con ayuda del señor Entwhistle les dijo algunas palabras que no la comprometían, y luego entró en la casa con la señorita Gilchrist, mientras el abogado regresaba a «Las Armas del Rey», donde había reservado una habitación. Los funerales iban a tener lugar al día siguiente.

—Mi coche todavía está en la cantera —dijo Susana—. Lo había olvidado. Más tarde lo llevaré al pueblo.

La señorita Gilchrist comentó con ansiedad.

—No demasiado tarde. No irá a salir después de anochecido, ¿verdad?

Susana se echó a reír.

—¿No creerá que todavía anda por aquí el asesino?

—No... no, me figuro que no —la solterona pareció avergonzada.

«Pero eso es exactamente lo que cree», pensó Susana.

La señorita Gilchrist había desaparecido en dirección a la cocina.

—Estoy segura de que querrá tomar el té. ¿Le parece bien dentro de media hora, señora Banks?

—Cuando usted quiera, señorita Gilchrist.

Comenzó a dejarse oír el tintinear de los útiles de cocina y Susana se dirigió a la salita. Sólo habían transcurrido unos pocos minutos cuando sonó el timbre de la puerta, seguido de unos golpecitos sobre la madera.

Susana salió al vestíbulo y la señorita Gilchrist hizo aparición en la puerta de la cocina, secándose las manos en el delantal.

—¡Oh, Dios mío! ¿Quién cree usted que puede ser?

—Me figuro que más periodistas —replicó Susana.

—¡Oh, válgame Dios! Qué molesto para usted, señora Banks.

—Bueno, no importa. Los atenderé.

—Estaba haciendo unos bollitos para el té

Susana dirigióse a la puerta principal, y la señorita Gilchrist quedó sin saber qué hacer. Susana se preguntaba si no creería que iba a encontrar a un hombre armado con un hacha al otro lado de la puerta.

El visitante resultó ser un anciano que se quitó el sombrero cuando vio a Susana, a la que saludó mirándola con aire paternal.

—¿La señora Banks?

—Sí, soy yo.

—Mi nombre es Guthrie... Alejandro Guthrie. Era amigo... un viejo amigo de la señora Lansquenet. Usted, según creo, es su sobrina, de soltera la señorita Susana Abernethie.

—Exacto.

—Entonces, puesto que ya sabemos quiénes somos, ¿puedo pasar?

—Claro que sí.

El señor Guthrie restregó las suelas de sus zapatos en el felpudo, y una vez en el vestíbulo, se quitó el abrigo, que dejó con el sombrero sobre un arcón de madera de roble y siguió a Susana a la salita.

—Esta es una ocasión triste —dijo aquel caballero, que más bien parecía predispuesto a la risa—. Sí, muy triste. Me encontraba casualmente viajando por esta parte del país, y pensé que lo menos que podía hacer era asistir a la vista... y al funeral, naturalmente. Pobre Cora... la pobre y tonta Cora. Yo la conocía, mi querida señora Banks, desde los primeros días de su matrimonio. Una muchacha muy alegre... que tomaba el arte muy en serio... y también a Pedro Lansquenet..., quiero decir, como artista. Considerando todas las cosas, no fue tan mal marido. Era un pobre perdido, no sé si me comprende usted, un perdido... Pero por fortuna, Cora lo tomaba como parte de su temperamento artístico. ¡Era un artista y además un inmoral! En resumen, no estoy seguro de que ella averiguara más: era un inmoral y por eso tenía que ser un artista. La pobre Cora carecía de sentido artístico... aunque en otros aspectos, puedo asegurarles que tenía mucho sentido común... Sí... era muy inteligente.

—Eso es lo que dice todo el mundo —expresó Susana—. Yo no la conocía.

—¿No? Se separó de su familia porque no apreciaban a su precioso Pedro. Nunca fue bonita..., pero tenía algo. ¡Era una buena compañera! Nunca se sabía lo que iba a decir ni si su ingenuidad era auténtica o fingida. Nos hacía reír de lo lindo. La niña eterna... Y la verdad, la última vez que la vi, pues seguía viéndola de vez en cuando desde la muerte de Pedro, me sorprendió que todavía se comportara como una chiquilla con sus genialidades y travesuras.

Susana le ofreció un cigarrillo, pero el anciano movió la cabeza.

—No, gracias, querida. No fumo. Debe usted preguntarse a qué habré venido. A decir verdad, sentí remordimientos. Prometí a Cora venir a verla semanas atrás. Solía visitarla una vez al año, y últimamente había tomado la costumbre de comprar cuadros en las subastas, quería que yo los viera. Soy crítico de arte. Claro que la mayoría de sus adquisiciones eran horribles, pero en conjunto no es mal negocio. Las pinturas apenas cuestan nada en las subastas de los pueblos y los marcos ya valen más de lo que se paga por el cuadro completo. Claro que toda compra importante la hacen los expertos, y no es probable adquirir obras maestras, pero el otro día un pequeño Cuyp fue adjudicado por unas pocas libras en una subasta de una aldea. La historia es muy interesante. Fue entregado a una anciana niñera por la familia a quien sirviera fielmente muchos años... y que no tenía ni idea de su valor. La niñera se lo dio al sobrino de un granjero, a quien le gustaba el caballo allí representado. Sí, sí, algunas veces suceden estas cosas. Cora estaba convencida de que tenía ojo para la pintura. Y claro, no era verdad. Quiso que viniera a ver ¡un Rembrandt! que había adquirido el año pasado. ¡Un Rembrandt! ¡Ni siquiera era una copia aceptable! Pero pudo conseguir un grabado de Bartolozzi..., desgraciadamente manchado por la humedad: Lo vendí por treinta libras y eso la animó. Me escribió con gran entusiasmo sobre un cuadro de la Escuela Primitiva Italiana, que había comprado en alguna subasta, y prometí venir a verlo.

—Me figuro que debe estar ahı —dijo Susana. Señalando con un gesto la pared que había a su espalda.

El señor Guthrie se levantó, se puso los lentes y fue a estudiar la pintura.

—¡Pobrecilla Cora! —dijo al fin.

—Hay muchos más —informó la joven.

El señor Guthrie procedió al lento examen de los tesoros artísticos adquiridos por la ilusionada señora Lansquenet. De vez en cuando hacía chasquear la lengua y suspiraba. Finalmente se quitó los lentes.

—El polvo es algo maravilloso, señora Banks. Da cierta pátina de romanticismo a las más horribles muestras del arte pictórico. Me temo que aquel Bartolozzi fue adquirido gracias a la suerte que acompañaba a los novatos. ¡Pobre Cora! No obstante, esto le daba un interés por la vida. Me alegra no haber tenido que desilusionarla.

—Hay algunos cuadros más en el comedor —dijo Susana—, pero creo que son todos obras de su esposo.

El señor Guthrie, estremecióse ligeramente, alzó una mano en señal de protesta.

—No me obligue a verlos otra vez. Siempre procuré que Cora no sufriera. Era una esposa fiel... y muy enamorada. Bien, querida señora Banks, no debo entretenerla más.

—Oh, quédese a tomar el té. Creo que debe estar casi a punto.

—Es usted muy amable. —El señor Guthrie volvió a sentarse en seguida.

—Iré a ver.

En la cocina, la señorita Gilchrist estaba sacando del horno la bandeja de bollitos. La tetera dejaba escapar un chorro de vapor.

—Está aquí un tal señor Guthrie y le he invitado a tomar el té.

—¿El señor Guthrie? Oh, sí, era un gran amigo de la querida señora Lansquenet. Es un celebrado crítico de arte. Qué suerte. He hecho bastantes bollitos y hay también mermelada de fresa y unos pasteles. Ahora haré el té... ya he calentado el agua. Oh, por favor, señora Banks, no lleve esa bandeja, que pesa mucho. Yo puedo llevarlo todo.

No obstante, Susana llevó la bandeja y la señorita Gilchrist la siguió con la tetera y el agua caliente, saludó al señor Guthrie y todos se sentaron.

—Bollitos calientes —dijo el señor Guthrie—. ¡Qué estupendos y qué mermelada tan deliciosa! ¡Qué diferencia hay con lo que uno compra por ahí hoy día!

La señorita Gilchrist enrojeció de placer. Los pastelillos eran excelentes, lo mismo que los bollitos, y todos hicieron honor a la merienda. El espectro de «El Sauce» los acompañó. Era evidente que la señorita Gilchrist se hallaba en su elemento.

—Bueno, muchas gracias —dijo Guthrie, aceptando el

último pastel que le ofrecía la solterona—. Aunque me siento algo culpable... disfrutando de un té tan excelente donde la pobre Cora fue tan brutalmente asesinada.

—¡Oh!, pero la señora Lansquenet también hubiera querido que tomara usted un buen té —replicó la señorita Gilchrist—. Hay que conservar las fuerzas.

—Sí, sí, tal vez tenga razón. El caso es que, ya saben, uno no puede hacerse a la idea de que una de sus amigas pueda haber sido asesinada.

—Estoy de acuerdo con usted —dijo Susana—. Parece... fantástico.

—Y menos todavía por un maleante cualquiera que entra de improviso para atacarla. Yo puedo imaginar ciertas razones por las que la pobre Cora pudo haber sido asesinada...

Susana intervino rápidamente.

—¿Es posible? ¿Qué razones?

—Pues Cora no era discreta. Nunca lo fue, y disfrutaba... ¿cómo diría yo...? demostrando lo aguda que era. Como una niña que conoce un secreto. Si Cora lograba enterarse de un secreto deseaba hablar de él, aunque hubiera prometido no hacerlo. No era capaz de contenerse.

Susana no dijo nada, ni tampoco la señorita Gilchrist, que parecía más preocupada. El crítico de arte continuó:

—Sí, un poco de arsénico en una taza de té... eso no me hubiera sorprendido, o una caja de bombones recibida por correo... Pero un crimen tan brutal... me resulta altamente incongruente. Puede que esté equivocado, pero yo hubiera dicho que tenía bien poco para robarle. No tenía mucho dinero en la casa, ¿verdad?

—Muy poco —repuso la solterona.

—¡Ah! Andan sueltos muchos malhechores. Desde la guerra los tiempos han cambiado.

Y dándoles las más efusivas gracias por el té, se despidió cortésmente de las dos mujeres. La señorita Gilchrist le acompañó hasta la puerta y le ayudó a ponerse el abrigo. Desde la ventana de la salita, Susana contemplaba cómo se iba alejando por el jardincillo hasta la verja.

La señorita Gilchrist volvió a entrar en la habitación con un cartelito en la mano.

—El cartero debió dejarlo mientras estábamos en el Juzgado. Lo ha echado en el buzón y había caído detrás de la puerta. Y me extraña esto..., porque, claro, esto debe ser un trozo de pastel de boda.

Y alegremente desenvolvió el paquete, apareciendo una cajita blanca atada con una cinta plateada.

—¡Y lo es! —Desató el lazo y en el interior de la caja apareció un pedazo de rico pastel con pasta de almendras y azúcar cande—. ¡Qué bueno! pero ¿quién? —Consultó la tarjeta adjunta—. *Juan y María.* ¿Quiénes pueden ser? ¡Qué tontería no poner los apellidos!

Susana, saliendo de su abstracción, dijo:

—A veces resulta difícil identificar a las personas que sólo utilizan su nombre de pila. El otro día recibí una postal que firmaba una tal Juana. Conozco a más de ocho Juanas... y ahora que casi siempre se utiliza el teléfono, a menudo se desconce la letra de nuestras amistades.

La solterona iba repasando todas las Marías y Juanas que contaba entre sus amigas.

—Podría ser la hija de Dorotea... se llama María, pero no he oído decir que tuviera novio, y menos que se casara. Tal vez sea Juanita Banfield... Supongo que ya estará en edad de casarse... O la niña de Enfield... No, se llama Margarita. Ni siquiera viene la dirección. ¡Oh!, ya me acordaré...

Cogió la bandeja y se dirigió a la cocina.

Susana se puso en pie y dijo:

—Bueno, será mejor que vaya a meter el coche en alguna parte.

Y, tras decir eso, salió de la casa.

CAPÍTULO X

SUSANA sacó el automóvil de la cantera donde lo dejara para llevarlo al pueblo. Había un poste de gasolina, pero ningún garaje, y le aconsejaron que fuese a «Las Armas del Rey». Allí tenían sitio para él y lo puso junto a un gran Daimler que estaba a punto de salir conducido por un chófer, y en cuyo interior, arrellanado en el asiento posterior, iba un anciano extranjero de grandes bigotes.

El muchacho con quien Susana estaba hablando acerca de su coche la miraba con tal atención que apenas entendía ni la mitad de lo que le decía.

Al fin le preguntó con voz atemorizada:

—Usted es su sobrina, ¿verdad?

—¿Qué?

—Es usted la sobrina de la víctima —repitió el muchacho con embeleso.

—Oh... sí... sí...

—¡Oh! Me preguntaba dónde la había visto antes.

«Es un vampiro», pensó Susana mientras regresaba a la casita.

La señorita Gilchrist la recibió con estas palabras:

—Ya está usted de vuelta, sana y salva —dichas con tal alivio, que todavía la molestaron más. La solterona agregó con ansiedad—: ¿Le gustan los *spaguetti*? He pensado que para mañana...

—Oh, sí, cualquier cosa. No como mucho.

—La verdad es que me enorgullezco de saber hacer unos macarrones *au gratin* estupendos.

Su alabanza no era vana. La señorita Gilchrist era una excelente cocinera. Susana se ofreció para lavar los platos, pero la solterona, aunque complacida por su oferta, se negó, alegando que había poco quehacer.

Al poco rato volvió a entrar en la salita con unas tazas de café. El café era menos bueno que el té, y muy flojo. La señorita Gilchrist le ofreció un pedazo de pastel de boda, que Susana rechazó.

—Es riquísimo —insistió, probándolo después de asegurarse que debía habérselo enviado «la hija de la querida Elena; ya sabía que estaba prometida para casarse, pero no pudo recordar su apellido».

Susana dejó que la señorita Gilchrist se cansase de hablar antes de iniciar el tema que le interesaba.

—Mi tío Ricardo vino aquí antes de morir, ¿verdad?

—Sí.

—¿Cuándo exactamente?

—Déjeme pensar... Debió ser uno, dos... casi tres meses antes de que nos anunciaran su muerte.

—¿Parecía... enfermo?

—Pues no. Yo no diría eso precisamente. Tenía unos ademanes muy enérgicos. La señora Lansquenet se sorprendió mucho al verle. Dijo: «¡Vaya, Ricardo, después de todos estos años!» Y él repuso: «Vine a ver por mí mismo cómo te van las cosas.» La señora respondió: «Estoy muy bien.» ¿Sabes?, yo creo que estaba un poquitín ofendida porque hubiera aparecido tan de repente... después de tanto tiempo. De todas formas, el señor Abernethie le dijo: «De nada sirve el guardar antiguos rencores. Timoteo, tú y yo somos los únicos que quedamos... y con Timoteo no se puede hablar, como no sea sobre su salud. Parece que Pedro te hizo feliz, así es que yo estaba equivocado. Vamos, ¿te satisface esto?» Lo dijo de un modo muy agradable.

—¿Cuánto tiempo permaneció aquí?

—Se quedó a comer. Le hice unas cuantas chuletas de ternera.

—¿Parecían llevarse bien?

—Oh, sí.

—¿Se sorprendió tía Cora cuando... cuando murió tío Ricardo?

—Oh, sí, fue muy de repente, ¿verdad?

—Sí... de repente... Me refería a que si le sorprendió. ¿No le había comunicado lo enfermo que estaba?

—Oh... ya comprendo a lo que se refiere. —La señorita Gilchrist hizo una pausa—. No, no; creo que tal vez tenga usted razón. Dijo que estaba muy envejecido... que chocheaba.

—Pero usted no lo cree.

—Bueno, no lo parecía, aunque no hablé mucho con él, naturalmente. Los dejé solos en seguida.

Susana la miró fijamente mientras pensaba: ¿Será de esas mujeres que escuchan detrás de las puertas? Honrada, sí, de eso estaba segura; no sisaría, ni abriría las cartas; pero la curiosidad puede darse aun en las personas más rectas. La señorita Gilchrist pudo considerar necesario el cortar unas flores cerca de una ventana abierta, o barrer el vestíbulo... Eso está permitido... y luego, claro, tal vez le fuera imposible evitar oír algo.

—¿No oiría usted algo de lo que hablaron? —le preguntó Susana.

Demasiada brusquedad. La señorita Gilchrist sintióse ofendida.

—¡Desde luego que no, señora Banks! ¡Nunca tuve la costumbre de escuchar detrás de las puertas!

Eso quiere decir que lo hace, pensó la joven, de otro modo se hubiera limitado a contestar: «No».

—Lo siento, señorita Gilchrist. No quise decir eso. Pero algunas veces, en estas casas tan pequeñas es inevitable oír todo lo que se habla, y ahora que ambos han muerto, es de suma importancia para la familia conocer lo que hablaron en aquella entrevista.

—Claro que lo que usted dice es bien cierto, señora Banks; esta casa es muy pequeña, y yo comprendo que usted desee saber lo que pasó entre ellos, pero la verdad, temo no poder ayudarla mucho. Creo que estuvieron hablando de la salud del señor Abernethie y de ciertas... bueno, imaginaciones. No lo aparentaba, pero debía ser un hombre enfermizo, como sucede muy a menudo, y su dolencia de esas que no trascienden a los órganos exteriores. Creo que es un síntoma muy corriente. Mi tía...

La señorita Gilchrist le describió a su tía, y Susana, lo mismo que el señor Entwhistle, desvió políticamente la cuestión.

—Sí —le dijo—. Es lo que hemos pensado. Los criados de mi tío le apreciaban mucho y, naturalmente, están dolidos de su modo de pensar... —Hizo una pausa.

—¡Oh, claro! Los criados son muy susceptibles para esa clase de cosas... Recuerdo que mi tía... —empezó a decir la señorita Gilchrist.

Susana le interrumpió de nuevo en sus evocaciones.

—¿Es que era de los criados de quienes sospechaba? Que le estaban envenenando, quiero decir.

—No lo sé... yo... la verdad...

—No era de los criados. ¿De alguna persona en particular?

—No lo sé, señora Banks. La verdad, no lo sé...

Pero evitaba el mirarla a los ojos, cosa que le hizo pensar que sabría más de lo que quería admitir.

Era posible que la señorita Gilchrist supiera muchas cosas...

Resuelta a no insistir por el momento, Susana le dijo:

—¿Cuáles son sus planes para el futuro, señorita Gilchrist?

—Pues, la verdad, iba a hablar de ello con usted, señora Banks. Le dije al señor Entwhistle que me quedaría gustosa hasta que todo esté arreglado.

—Lo sé, y se lo agradezco mucho.

—Y quisiera preguntarle cuánto tiempo va a ser, porque, claro, debo comenzar a buscarme otro acomodo.

—No hay mucho quehacer aquí. En un par de días puedo ordenar las cosas para que sean vendidas en pública subasta.

—Entonces, ¿está decidida a venderlo todo?

—Sí. No creo que haya dificultad en alquilar la casa.

—¡Oh, no! Estoy segura de que habrá cola. Hay tan pocas casas por alquilar, que uno casi siempre tiene que comprarlas.

—Entonces, ya ve usted, es muy sencillo —Susana vaciló unos momentos—. Quería decirle... que espero que acepte el sueldo de tres meses.

—Es usted muy generosa, señora Banks. Se lo agradezco mucho. ¿Y estaría usted dispuesta a... quiero decir, si podría pedirle... en caso necesario... que... que me recomendara? A decir que he estado con una pariente suya y que mi comportamiento ha sido... satisfactorio.

—Oh, desde luego.

—No sé si debiera decirlo. —La señorita Gilchrist comenzó a temblar y trató de asegurar su voz—. Pero, ¿sería posible no mencionar las circunstancias... ni tan siquiera el nombre.

—No la comprendo.

—Es porque no lo ha pensado, señora Banks. Se trata de un asesinato. Un crimen que ha aparecido en los periódicos y que todo el mundo ha leído. ¿No lo comprende? La gente podría pensar: «Dos mujeres viviendo juntas, y una de las dos muere asesinada... tal vez la mató su compañera.» ¿No lo ve usted, señora Banks? Estoy segura de que si buscara a alguien... pues lo pensaría dos veces antes de comprometerme. No sé si me comprende. ¡Porque nunca se sabe! Esto me ha estado preocupando mucho, señora Banks. Me he pasado la noche sin dormir pensando que quizá no podría volver a encontrar otro empleo... de esta clase. ¿Y qué otra cosa hay que yo pueda hacer?

—Pero si encuentran al culpable... —dijo Susana.

—Oh, entonces, claro, no habrá dificultad. Pero ¿le encontrarán? No creo que la policía tenga la menor idea de quién ha sido. Y si no le cogieran..., bueno, eso me colocaría en una posición difícil... no sería la más sospechosa, pero sí alguien que pudo hacerlo.

Susana asentía pensativa. Era cierto que la señorita Gilchrist no se había beneficiado con la muerte de Cora Lansquenet... Pero ¿quién iba a saberlo? Y además, se dicen tantas cosas... desagradables... sobre las enemistades que surgen entre mujeres que viven juntas... y que llegan a la violencia. Alguien que no las hubiera conocido podría imaginar que Cora Lansquenet y la señorita Gilchrist vivieron en esos términos.

—No se preocupe, señorita Gilchrist. Estoy segura de que podré encontrarle una colocación entre mis amistades. No será nada difícil.

—Me temo —repuso la solterona recobrando algo de su tono normal— que no podría soportar cualquier trabajo realmente rudo. Sólo hacer comidas sencillas y cuidar del arreglo de la casa...

Sonó el teléfono y la señorita Gilchrist pegó un salto.

—¡Válgame Dios! ¿Quién será?

—Supongo que mi esposo —dijo Susana poniéndose en pie—. Dijo que me llamaría esta noche.

Se dirigió al teléfono.

—¿Sí...? Sí, es la señora Banks quien habla... —Hubo una pausa y su voz cambió, se hizo dulce y cálida—. Hola, querido... sí, soy yo... Oh, muy bien... Asesinato por alguien desconocido... Lo de costumbre... Sólo el señor Entwhistle... ¿Qué?... Es difícil de decir, pero creo que sí... Sí, como habíamos pensado... según el plan trazado... Venderé el mobiliario. No hay nada que pueda servirnos... Un día o dos... Absolutamente espantoso... No te preocupes. Sé lo que hago... Greg, no habrás... ¿Tuviste cuidado de...? No, nada. Nada en absoluto. Buenas noches, querido.

Y colgó. La proximidad de la señorita Gilchrist la detuvo. Desde la cocina, donde se había retirado discretamente, era posible que oyera todo lo que hablaba. Había algunas cosas que hubiera querido preguntar a Greg, pero prefirió no hacerlo.

Quedó inmóvil junto al teléfono con el ceño fruncido.

—Claro —murmuró—. Es precisamente lo que necesitan; eso es.

Y volviendo a descolgar el auricular pidió un número a Informaciones.

Un cuarto de hora más tarde una voz le decía:

—No contestan.

—Por favor, siga llamando.

Escuchó el lejano sonar de un timbre telefónico. Luego, de pronto, una voz de hombre ligeramente indignada dijo:

—Sí, sí. ¿Quién es?

—¿Tío Timoteo?

—¿Qué es esto? No oigo bien.

—¿Tío Timoteo? Soy Susana Banks.

—¿Susana qué?

—Banks. De soltera Abernethie. Tu sobrina Susana.

—¡Oh!, eres Susana. ¿Qué ocurre? ¿Para qué me llamas a estas horas de la noche?

—Todavía es temprano.

—No lo sé. Estaba en la cama.

—Debes acostarte muy pronto. ¿Cómo está tía Maude?

—¿Para esto has llamado? Tu tía tiene mucho dolor y no puede hacer nada. Nada en absoluto. Puedo asegurarte que estamos en un bonito apuro. El tonto del médico dice que no ha podido encontrar ni siquiera una enfermera. Quería llevar a Maude al hospital. Yo me opuse. Está tratanto de encontrar a alguien que nos ayude. Yo no puedo hacer nada, ni siquiera me atrevo a intentarlo. Hay una tonta del pueblo que ha venido para pasar la noche aquí, pero ya está murmurando que quiere marcharse con su marido. No sé lo que vamos a hacer.

—Por eso te he llamado. ¿No querrías que fuese la señorita Gilchrist?

—¿Quién es? Nunca oí hablar de ella.

—La compañera de tía Cora. Es muy agradable y capaz.

—¿Sabe guisar?

—Sí, guisa muy bien, y podría cuidar de tía Maude.

—Todo eso está muy bien, pero ¿cuándo podría venir? Aquí estoy solo con estas mujeres estúpidas del pueblo, que van y vienen a horas extrañas, y esto no me hace ningún bien. Mi corazón no lo resiste.

—Lo arreglaré para que pueda ir lo más pronto posible. Tal vez pasado mañana.

—Bien, muchísimas gracias —dijo la voz, de mala gana.

Susana colgó el teléfono y fue a la cocina.

—¿Le gustaría ir a Yorkshire y cuidar de mi tía? Se cayó y se ha roto un tobillo. Mi tío es completamente inútil. Tiene bastante mal genio, pero tía Maude es de muy buena pasta. Van a ayudarlos algunas mujeres del pueblo, pero usted podría guisar y cuidar de tía Maude.

La señorita Gilchrist dejó caer la cafetera.

—¡Oh, gracias, gracias!; eso sí que es ser amable. Puedo asegurarle que sirvo para cuidar enfermos. Estoy segura de que sabré manejar a su tío y hacerle buenas comidas. Es usted muy buena, señora Banks, y crea que la aprecio.

CAPÍTULO XI

SUSANA permaneció echada sobre la cama en espera de que el sueño cerrara sus párpados. Estaba segura de que se iba a dormir en seguida. Nunca tuvo dificultad en ello, y no obstante, allí estuvo, hora tras hora, completamente despierta mientras volaba su pensamiento. Había dicho que no le importaba dormir en aquella habitación... en aquella cama. La cama donde Cora Abernethie...

No, debía apartarlo de su mente. Siempre se preció de no dejarse llevar de sus nervios. ¿Para qué volver sobre algo ocurrido casi una semana atrás? Era mejor pensar en el futuro... Su futuro y el de Greg. Aquellos locales de la calle Cardigan... precisamente lo que andaban buscando. El negocio en la planta baja y encima un piso encantador. En la habitación posterior montarían el laboratorio; Greg volvería a ser el de antes. Ya no le atormentarían aquellas crisis cerebrales, cuando la miraba como si no la conociera. Una o dos veces llegó a asustarse mucho... Y el viejo señor Cole había anunciado amenazador: «Si esto vuelve a suceder...» Y hubiera podido volver a ocurrir... Hubiera vuelto a ocurrir si tío Ricardo no hubiese muerto precisamente ahora...

Tío Ricardo... Pero ¿por qué considerarlo así? No tenía por qué vivir... Viejo, cansado..., enfermo. Su hijo, muerto. La verdad, fue casi una gracia el morir tranquilamente, durante su sueño. Tranquilamente... dormido... ¡Si ella consiguiera dormir! Era una estupidez permanecer despierta hora tras hora... oyendo el crujir de los muebles, y el rumor del viento en las ramas de los árboles y entre los arbustos, y algún que otro lamento melodramático de... los mochuelos. En cierto modo, qué siniestro era el campo. Tan distinto de la ciudad, ruidosa e indiferente. Uno se siente tan seguro allí... rodeado de gente... nunca solo. Mientras que aquí...

Las casas donde se ha cometido un crimen, algunas veces están encantadas. Tal vez aquella casita llegara a ser conocida como la Casa Encantada. Encantada por el espíritu de Cora Lansquenet... tía Cora. Realmente era extraño... desde que había llegado se sentía como si tía Cora estuviese muy cerca de ella... a su alcance. Todo aquello era producto de sus nervios y su fantasía. Cora Lansquenet había muerto e iba a ser enterrada al día siguiente. En la casa no había nadie más que ella y la señorita Gilchrist. Entonces... ¿por qué sentía como si hubiera otra persona en aquella habitación... y muy cerca de ella?

Estaba tendida en la cama cuando cayó el hacha... Durmiendo confiada... Sin darse cuenta de nada hasta que cayó el hacha... Y ahora no dejaba dormir a Susana...

Volvió a crujir un mueble... ¿Habría sido una pisada? Susana encendió la luz. Nada. Nervios, nada más que nervios. Descansa... cierra los ojos.

Seguro que aquello era un lamento... un lamento o un gemido ahogado. Alguien que sufría... alguien que estaba muriendo...

«No debo imaginar esas cosas, no debo hacerlo, no debo hacerlo», murmuró Susana.

La muerte era el fin... Bajo ninguna circunstancia era posible regresar. ¿O es que estaba reviviendo una escena del pasado? Los lamentos de una mujer agonizante...

Volvió a oírlo... más fuerte... Alguien gemía, presa de un dolor intenso.

Pero... aquello era real. Otra vez volvió a encender la luz, sentóse en la cama para escuchar. Los gemidos eran auténticos y procedían de la habitación contigua.

Susana saltó de la cama, se echó la bata y saliendo al

pasillo llamó con los nudillos en la puerta de la señorita Gilchrist antes de entrar. La luz de la habitación estaba encendida, y la solterona sentada sobre la cama. Su rostro estaba contraído por el dolor.

—Señorita Gilchrist, ¿qué le ocurre? ¿Está usted enferma?

—Sí. No sé lo que tengo... yo —Intentó bajar de la cama, pero le acometió un vómito y volvió a caer sobre las almohadas murmurando—: Por favor... llame al médico. Debo haber comido algo...

—Le traeré un poco de bicarbonato. Mañana por la mañana, si no está mejor, le llamaremos.

—No, no, avísele ahora. Me... encuentro muy mal.

—¿Sabe qué número tiene? ¿O quiere que lo busque en la guía?

La señorita Gilchrist le dio el número.

Le respondió una voz masculina y somnolienta.

—¿Quién? ¿Gilchrist? En Mead's Lane. Sí, ya sé. Iré en seguida.

Y fue fiel a su palabra. Diez minutos más tarde su automóvil se detenía ante la puerta y Susana le abrió la puerta.

Mientras subían la escalera le explicó lo ocurrido.

—Yo creo que debe haber comido algo que le ha sentado mal —le dijo—. Pero tiene muy mal aspecto.

El doctor la escuchaba con el aire de quien sabe reprimir su mal humor y tiene la experiencia de haber sido llamado inútilmente más de una vez; pero tan pronto hubo examinado a la señorita Gilchrist cambió de expresión. Dio varias órdenes terminantes a Susana y bajó a telefonear; luego se reunió con la joven en la salita.

—He pedido una ambulancia. Debo trasladarla al hospital.

—¿Entonces está grave?

—Sí. Le he puesto una inyección de morfina para calmarle el dolor, pero me parece... —Se interrumpió—. ¿Qué ha comido?

—Tomamos macarrones *au gratin* para cenar y *pudding*. Después café.

—¿Usted tomó lo mismo?

—Sí.

—¿Y se encuentra bien? ¿No siente dolor ni molestias?

—No.

—¿Ella no ha tomado alguna otra cosa

—No. Comimos en «Las Armas del Rey»... después de la vista.

—Sí, claro. ¿Usted es la sobrina de la señorita Lansquenet?

—Sí.

—Fue un asunto muy desagradable. Espero que cojan al culpable.

—Sí, desde luego.

Llegó la ambulancia. Sacaron a la señorita Gilchrist y el médico la acompañó, luego de decirle a Susana que le telefonearía por la mañana. Cuando se hubieron marchado subió a acostarse, y esta vez quedóse dormida en cuanto apoyó la cabeza sobre la almohada.

2

El funeral se vio muy concurrido. Asistió a él casi todo el pueblo. Susana y el señor Entwhistle eran los únicos representantes del duelo; pero varios miembros de la familia habían enviado coronas. El señor Entwhistle preguntó por la señorita Gilchrist y la joven le explicó lo ocurrido, en un susurro apresurado. El abogado alzó las cejas.

—Es bastante extraño.

—Oh, esta mañana estaba mejor. Me telefonearon desde el hospital. Hay personas que sufren estos trastornos, y algunas arman más alboroto que otras.

El señor Entwhistle no dijo nada. Iba a regresar a Londres inmediatamente después de que se hubiese celebrado el funeral.

Susana volvió a la casita. Encontró unos huevos y se preparó una tortilla. Luego fue a la habitación de Cora y comenzó a repasar detenidamente los efectos personales de la difunta.

Fue interrumpida por la llegada del médico.

Estaba muy preocupado, y contestó a las preguntas de Susana diciendo que la señorita Gilchrist estaba mucho mejor.

—Dentro de un par de días ya podrá salir, pero fue una suerte que me llamaran tan pronto. De otro modo... pudiera no haberse salvado.

Susana se sorprendió. ¿Tan grave estaba?

—Señora Banks, vuélvame a decir exactamente lo que la señorita Gilchrist comió y bebió ayer. Todo, es muy importante.

Susana reflexionó antes de hacerle un resumen detallado. El doctor meneó la cabeza con un gesto descontento.

—Debe haber algo que ella tomara y usted no.

—No lo creo... Pasteles, bollitos, mermelada, té... y luego la cena. No, no recuerdo nada más.

El médico comenzó a pasear de un lado a otro de la habitación.

—¿Es que tiene que haber sido algo que comió? ¿Algo que estaba envenenado?

El doctor le dirigió una inquisitiva mirada y luego tomó una decisión.

—Era arsénico —le dijo.

—¿Arsénico? ¿Quiere decir que alguien le dio arsénico?

—Eso es lo que parece?

—¿No podría haberlo tomado ella? Quiero decir, deliberadamente.

—¿Suicidio? Ella dice que no. Además, si hubiera querido suicidarse no es probable que hubiera escogido ese medio. Tenía píldoras para dormir. Pudo haber tomado una dosis extra de ellas.

—¿Y no podría ser que hubiera caído arsénico por accidente en alguna cosa?

—Eso es lo que me estaba preguntando. Pero si las dos comieron las mismas cosas...

—Parece imposible... —de pronto exclamó—: ¡Pues claro, el pastel de boda!

—¿Qué es eso? ¿Pastel de boda?

Susana se lo explicó, mientras el doctor la escuchaba con suma atención.

—Qué extraño. ¿Y dice usted que no estaba segura de quién lo enviaba? ¿No ha quedado nada? ¿O por lo menos la caja en que venía?

—No lo sé. Miraré.

Buscaron juntos y por fin encontraron sobre la mesa de la cocina la cajita blanca de cartón en la que quedaban algunas migajas de pastel. El doctor las recogió con gran cuidado.

—Yo me haré cargo de esto. ¿Tiene usted idea en dónde puede estar el papel que envolvía la caja?

En eso no tuvieron suerte y Susana dijo que debía haberlo quemado en el horno.

—Usted no se marchará todavía, ¿verdad, señora Banks?

Su tono era jovial, pero hizo que Susana se sintiera intranquila.

—No, tengo que recoger las cosas de mi tía. Estaré aquí unos días.

—Bien. Comprenda. Es probable que la policía quiera hacerle algunas preguntas. ¿No conoce a nadie que... bueno... que pudiera haberle enviado esto a la señorita Gilchrist?

—La verdad, apenas la conozco desde ayer. Estuvo varios años con mi tía... Eso es todo lo que sé.

—Bien, bien. Siempre me había parecido una mujer sin importancia... completamente corriente. No de esas que tienen enemigos, por así decir..., ni nada parecido. Un pedazo de pastel de boda enviado por correo. Parece como si alguna mujer celosa... Pero ¿quién iba a sentir celos de la señorita Gilchrist? No encaja.

—No.

—Bueno, tengo que marcharme. No sé lo que le ha pasado a nuestro tranquilo Lychett Saint Mary. Primero un crimen brutal y ahora un intento de envenenamiento por correo. Es extraño que hayan sido tan seguidos.

El doctor cruzó el patio en dirección a su automóvil. La casa tenía el aire enrarecido y Susana dejó la puerta abierta, y se dispuso a volver al piso superior.

Cora Lansquenet no había sido una mujer cuidadosa o metódica. Sus cajones eran un revoltijo de las más diversas cosas: productos de belleza, cartas y pañuelos viejos, y pinceles para pintar. En uno de los cajones de ropa blanca había además algunas cartas antiguas y facturas. En otro, debajo de algunos jerseys de lana, una caja de tarjetas conteniendo dos flequillos postizos. Y otra llena de fotografías y libretas con apuntes. Susana contempló una de aquellas fotos, en la que aparecía un grupo, y que al parecer fue tomada en algún lugar de Francia varios años atrás y en la que Cora, mucho más joven y delgada, daba el brazo a un hombre larguirucho de enmarañada barba y vestido con una especie de chaqueta de pana, y que Susana tomó por Pedro Lansquenet.

Las fotografías interesaron a la joven, que las puso aparte. Luego, reuniendo todos los papeles que había encontrado, hizo con ellos un montón y comenzó a repasarlos cuidadosamente. Al cabo de un cuarto de hora tropezó con una carta. Volvía a leerla por segunda vez cuando una voz a sus espaldas le hizo proferir un grito de alarma.

—¿Qué estás haciendo aquí, Susana? Hola, ¿qué te ocurre?

Susana enrojeció, contrariada. Su grito había sido completamente involuntario y sentíase avergonzada y ansiosa de explicarse.

—¡Jorge! ¡Cómo me has asustado!

Su primo sonrió.

—Eso parece.

—¿Cómo has llegado hasta aquí?

—Pues la puerta estaba abierta y entré. Al parecer no

había nadie en la planta baja, así que vine aquí. Si te refieres a cómo he venido a esta parte del mundo, te diré que llegué esta mañana para asistir al funeral.

—No te vi.

—Ese viejo autobús me jugó una mala pasada. Se le obturó el conducto de gasolina. Estuvimos luchando un rato con él, y al final pareció arreglarse solo. Entonces era ya demasiado tarde para el funeral, pero quise llegarme lo mismo. Sabía que tú estabas aquí.

Hizo una pausa y prosiguió:

—A decir verdad, te llamé por teléfono y Greg me dijo que habíais venido a tomar posesión. Pensé que tal vez pudiera echarte una mano.

—¿Es que no te necesitan en la oficina? ¿O puedes faltar siempre que quieras?

—Un funeral siempre ha sido una excusa para faltar al trabajo, y éste es auténtico. Además, un asesinato siempre fascina a la gente. De todas maneras, no voy a ir mucho por la oficina en lo sucesivo... Ahora soy un hombre de recursos. Tendré otras cosas mejores que hacer.

Se detuvo y sonrió.

—Lo mismo que Greg —concluyó.

Susana le miraba pensativa. No había tratado mucho con su primo, y cuando se encontraban siempre le pareció muy difícil de manejar.

—¿Para qué has venido, en realidad, Jorge? —le preguntó.

—Tal vez para hacer un poco el detective. He estado pensando mucho acerca del último funeral al que asistimos. Ciertamente, tía Cora aquel día nos sorprendió a todos. Me he estado preguntando si fue su irreflexión y *joie de vivre* lo que le impulsó a hablar de aquella forma o si sentía algo en qué basarse. ¿Qué es eso que leías cuando entré?

—Es una carta que tío Ricardo escribió a Cora después de haber venido a verla.

Qué negros eran los ojos de Jorge. Creía que los tenía castaños, pero eran pardos... y había algo impenetrable y extraño en los ojos negros... No dejaban adivinar los pensamientos que se esconden tras ellos.

—¿Dice algo interesante? —preguntó Jorge, despacio.

—No..., no es eso exactamente.

—¿Puedo leerla?

Vaciló unos momentos, pero al fin depositó la carta en su mano extendida.

Celebro haberte visto después de tantos años... Estás muy bien... Tuve un buen viaje de regreso y no llegué demasiado cansado...

Su voz cambió de pronto, se hizo más aguda:

Por favor, no digas nada a nadie de lo que te dije. Puede ser un error. Tu hermano que te quiere, Ricardo.

—¿Qué significa esto? —dijo, mirando a Susana.

—Puede significar cualquier cosa... Puede que se refiera a su salud, o tal vez a cualquier chisme sobre un amigo común.

—Sí; puede querer decir muchas cosas. No es definitivo... pero sí sugestivo... ¿Qué le dijo a Cora? ¿Lo sabe alguien?

—La señorita Gilchrist puede que lo sepa —repuso Susana pensativa—. Creo que les escuchó.

—¡Oh, sí!, su compañera. A propósito, ¿dónde está?

—En el hospital. Sufre envenenamiento producido por haber ingerido arsénico.

—¿Hablas en serio?

—Sí. Alguien le envió un trozo de pastel de boda envenenado.

Jorge se sentó en una de las butacas del dormitorio.

—Parece —dijo— que tío Ricardo no andaba, por lo visto, equivocado.

3

A la mañana siguiente el inspector Morton se presentó en la casita.

Era un hombre de mediana edad, con ligero acento pueblerino. Sus ademanes eran lentos y apacibles, pero en sus ojos brillaba la astucia.

—¿Comprende de lo que se trata, señora Banks? —le dijo—. El doctor Proctor me ha contado lo de la señorita Gilchrist. Las migas del pastel de boda que se llevó para analizar contenían arsénico.

—¿De modo que alguien quiso envenenarla intencionadamente?

—Eso parece. La propia señorita Gilchrist no nos ha ayudado mucho. No cesa de repetir que es imposible... que nadie haría una cosa semejante. Pero alguien lo hizo. ¿Usted no podría darnos alguna luz sobre este asunto?

—No. Estoy completamente asombrada —dijo Susana—. ¿No se ha podido averiguar algo por el matasellos o la caligrafía?

—Olvida usted que el papel que envolvía la caja debió ser quemado. Y dudamos de que hubiera llegado por correo. El joven Andrés, el conductor de la camioneta de Correos, no recuerda haberlo llevado. Tiene un largo trayecto, y no puede asegurarlo..., ¿cómo pudo ser?

—Lo más seguro, señora Banks, es que utilizaran un pedazo de papel viejo, color rojizo, que ya estuviera el nombre y la dirección de la señorita Gilchrist, y pusieran un sello usado. Luego lo depositarían en el buzón de las cartas, o detrás de la puerta para dar la impresión de que había llegado por correo. Ha sido muy buena idea la de escoger el pastel de boda. Las solteronas son sentimentales y les gusta que las recuerden. Una caja de bombones o algo parecido pudiera haber despertado sospechas.

—La señorita Gilchrist estuvo un buen rato tratando de

adivinar quién se lo enviaba, pero no con recelo... como usted dice, estaba satisfecha y sí... halagada.

Agregó:

—¿Había suficiente veneno para... matarla?

—Es difícil de precisar hasta que reconozcamos el análisis definitivo. Eso depende bastante de si se lo comió todo. Parece ser que no. ¿Lo recuerda usted?

—No... no, no estoy segura. Me ofreció, pero yo no acepté. Comió algo y me dijo que era muy bueno, pero no recuerdo si llegaría a terminarlo.

—Si no le importa, señora Banks, quisiera impeccionar arriba.

—Suba usted.

Le siguió hasta la habitación de la señorita Gilchrist, diciendo a modo de disculpa:

—Me temo que esté todo revuelto, pero no tuve tiempo de hacer nada, con el funeral de mi tía, y luego cuando vino el doctor Proctor pensé que tal vez fuera mejor dejarlo como estaba.

—Ha hecho usted muy bien, señora Banks. No todo el mundo hubiera sido tan inteligente.

Se aproximó a la cama y metió una mano bajo la almohada. Una expresiva y triunfal sonrisa apareció en su rostro.

—Aquí está —dijo.

Un pedazo de pastel de boda apareció debajo de la almohada.

—¡Qué extraordinario! —exclamó Susana.

—¡Oh, no! No lo es. Tal vez las jóvenes de su generación no lo hagan ya. Ahora no necesitan hacer tantas cosas para casarse, pero es una antigua costumbre. Se pone un pedazo de pastel de boda debajo de la almohada y se sueña con el futuro esposo...

—Pero seguramente la señorita Gilchrist...

—No habrá querido decírnoslo, porque le dará vergüenza que se sepa que a su edad hace estas cosas; pero yo tenía el presentimiento de que lo había hecho —su rostro se ensombreció—. Y si no hubiera sido por su tontería sentimental, la señorita Gilchrist ahora no estaría con vida.

—¿Pero quién pudo haber querido matarla?

Sus ojos se encontraron con los de la joven con una mirada que la llenó de inquietud.

—¿Usted no lo sabe? —le preguntó.

—No... claro que no.

—Entonces tendremos que averiguarlo —repuso el inspector Morton.

CAPíTULO XII

Dos hombres de avanzada edad hallábanse sentados en una habitación cuyos muebles eran del más moderno estilo. No había ni una sola curva en aquella estancia; todo era rectilíneo. La única excepción era Hércules Poirot, que estaba lleno de ellas. Su vientre estaba suavemente redondeado, su cabeza recordaba un huevo por su forma, y las guías de su bigote curvábanse hacia arriba con extravagancia.

Mientras tomaba su vaso de jarabe, contempló pensativo al señor Goby.

Míster Goby era menudo, enjuto y encogido. Siempre fue un ser insignificante, pero en aquellos momentos parecía como si ni siquiera estuviera allí. No miraba a Poirot, porque míster Goby nunca miraba a nadie.

Las observaciones que hizo en aquellos momentos parecían dirigidas a la esquina izquierda de la chimenea.

Míster Goby era famoso por su habilidad para conseguir informes. Muy pocas personas le conocían y poquísimas utilizaban sus servicios, pero éstas eran extremadamente ricas. Tenían que serlo, puesto que míster Goby cobraba muy caro. Su especialidad era el adquirir informaciones con gran rapidez. Ahora estaba prácticamente retirado de los negocios, pero de vez en cuando «atendía» a algunos clientes antiguos. Hércules Poirot era uno de éstos.

—Tengo lo que usted deseaba —dijo míster Goby dirigiéndose a la chimenea en un susurro casi confidencial—. Envié a los muchachos. Hacen lo que pueden... pobres chicos... pero no son como los de antes. Ahora han cambiado mucho. No tienen deseos de aprender, eso es lo que les pasa. Cuando llevan un par de años en el oficio, se creen que ya han visto y hecho cuanto tenían que realizar y que ya lo saben todo.

Meneó la cabeza tristemente y dirigió su mirada a una bombilla eléctrica.

—Tiene la culpa el Gobierno —agregó—, y toda esa educación revolucionaria. Les meten ideas en la cabeza. Se atreven a darnos sus opiniones y la mayoría de ellos no piensan. Sacan todas esas cosas de los libros. Eso no va bien para nuestro negocio. Hay que traer respuestas... que es lo que necesitamos... no pensar.

Míster Goby se recostó en la butaca haciendo un guiño a la pantalla.

—¡No obstante, no debemos hablar mal del Gobierno! La verdad, no sé qué haríamos sin él. Le digo que hoy día se puede entrar en todas partes con un bloc y un lápiz con tal de vestir correctamente y hablar como un locutor de radio, para preguntar a la gente los detalles más íntimos de sus vidas cotidianas, su pasado y lo que comieron el veintitrés de noviembre pasado, sólo con decir que se está haciendo una encuesta sobre los gastos de la clase media... o lo que sea; eso sí, dándoles más categoría de la que tienen, para que se sientan halagados, y nueve veces de cada diez les atenderán encantados, e incluso cuando le echen con cajas destempladas, no dudarán ni por un minuto de que no sea lo que dice que es... y que el Gobierno quiere saber realmente la vida de los ciudadanos por alguna oculta razón. Le aseguro, señor Poirot, que es el mejor medio que hemos tenido siempre; mucho mejor que fingir que hay que arreglar el contador de la luz... o el teléfono... sí, o visitarlos con unas monjitas, *boy-scouts*, o representantes de alguna sociedad piadosa para pedirles suscripciones... aunque también empleamos estos recursos. Sí, ¡la curiosidad del Gobierno es un don del cielo para los investigadores, y ojalá continúe!

Poirot no dijo nada. Míster Goby se había vuelto muy

locuaz con los años, pero ya llegaría al grano a su debido tiempo.

—¡Ah! —dijo el hombrecillo sacando un librito de notas muy ajado, y tras humedecer su pulgar comenzó a pasar las páginas—. Aquí está. Jorge Crossfield. Empezaremos por él. Sólo los hechos concretos. Usted no desea saber cómo los he obtenido. Hace bastante tiempo que se halla bastante comprometido. Carreras de caballos, apuestas... no tiene mucho éxito con las mujeres. Va de vez en cuando a Francia y también a Montecarlo. Pasa buenas temporadas en el casino. No ha ingresado ningún cheque allí, pero tiene más dinero que el que le proporciona su empleo de corredor. No he profundizado más porque no es eso lo que le interesa, pero no tiene escrúpulos en cuanto a evadir la ley... y siendo abogado sabe cómo hacerlo. Existen algunas razones para creer que ha estado utilizando fondos que le habían sido confiados para hacer inversiones. Últimamente ha hecho algunas jugadas fuertes de bolsa bastante arriesgadas. Tuvo mala suerte. Durante tres meses ha ido mal alimentado. En la oficina se mostró preocupado e irritable. Pero desde la muerte de su tío todo ha cambiado. Está como los huevos del desayuno, si es que aún los tomamos: ¡Tostaditos de arriba!

»Ahora —prosiguió— los informes particulares que me pidió. Su declaración de que se encontraba en las carreras en Hurst Park el día de autos, casi seguro que es falsa. En esos sitios siempre tienen a los mismos apostantes profesionales, y no le vieron aquel día. Es posible que saliera de Paddington en tren y con destino desconocido. Un taxista que hizo ese trayecto le identificó por la fotografía, aunque no estaba del todo seguro. Pero yo no me guiaría por eso. Es un tipo muy corriente. No tuvimos éxito con los porteros, etc... de Paddington. Desde luego no llegó a la estación de Cholsey... que es la más próxima a Lychett Saint Mary. Es una estación muy pequeña, donde los forasteros no pasan inadvertidos. Pudo apearse en Reading y tomar el autobús. Los ómnibus van muy llenos, y pasan muy a menudo, pues hay varias rutas que llegan hasta cosa de una milla de Lychett Saint Mary y también el que hace el servicio hasta el pueblo. No debió tomarlo... Es muy listo. No fue visto en Lychett Saint Mary, pero no era forzoso que le vieran. A propósito, en Oxford formó parte del cuadro escénico. Si fue aquel día a la casita pudo haber tenido otro aspecto bien distinto al de Jorge Crossfield. Le conservaré en mi libreta, ¿le parece? Hay un punto... del mercado negro, que quisiera averiguar.

—Bien. Puede conservarle —asintió Hércules Poirot.

Míster Goby, volviendo a humedecer su pulgar, pasó otra de las páginas.

—Míster Miguel Shane. Está bastante considerado en su profesión. Tiene una opinión de sí mismo mejor que la de los demás. Quiere llegar a ser una estrella y pronto. Le gusta el dinero y vestir bien. Tiene mucho éxito con las mujeres. A él también le gustan, pero... el negocio es lo primero, como diríamos. Ha estado saliendo con Sorrel Dainton, la protagonista de la última obra en que trabajó. Sólo tenía un pequeño papel, pero hizo una verdadera creación, y el esposo de la Dainton no le puede ver. Su mujer ignora esta amistad con la artista. Al parece no sabe nada. No es gran cosa como actriz, pero agradable de ver. Está loca por su marido. Hubo algunos rumores sobre una posible separación, no hace mucho; pero ahora ya no... desde la muerte de Ricardo Abernethie.

Míster Goby dio más énfasis a esta última frase, acompañándola con un significativo movimiento de cabeza dirigido al sofá.

—El día en cuestión, el señor Shane dice que se reunió con los señores Rosenheim y Oscar Lewis para tratar de ciertos asuntos relacionados con la escena, pero no fue así. Les envió un telegrama diciéndoles que le era completamente imposible. Lo que hizo en realidad, fue ir al establecimiento «Coches Emeraldo» para alquilar un automóvil. Salió de allí a las doce para regresar cerca de las seis de la tarde. Según el cuentakilómetros había recorrido una distancia aproximada a la que andamos buscando. No ha habido confirmación en Lychett Saint Mary. Al parecer no se vio ningún coche extraño aquel día. Pudo dejarlo en mil sitios algo alejados del pueblo. Incluso hay una cantera a poca distancia de la casita. Existen tres pueblecitos cercanos que tienen mercado y a los que se puede ir a pie; aparcando en una calle lateral, la policía ni se da cuenta. Qué le parece, ¿le dejamos de momento en la libretita?

—Desde luego.

—Ahora la señora Shane —el señor Goby se rascó la nariz y continuó dirigiéndose a su... puño—. Dice que estuvo de compras. Sólo de compras... Las mujeres que van de tiendas... son unas cabezas de chorlito. Y ella se enteró, el día antes, que iba a entrar en posesión de algún dinero. Naturalmente, no pudo contenerse. Tenía una o dos cuentas corrientes, pero las había agotado de sobras y le apremiaban para que pagase, puesto que no ingresó nada más. Es evidente que anduvo de un lado a otro probándose trajes, mirando joyas, preguntando el precio de esto y lo otro... y lo más probable es que no comprase nada. Fue fácil aproximarse a ella. Envié a una de mis muchachas, bastante conocida en el medio teatral, para que hiciera algunas averiguaciones. Se detuvo junto a su mesa en un restaurante y exclamó, como suelen hacerlo las artistas: «Querida no te había visto desde *Por el camino abajo*. ¡Estuviste maravillosa! ¿Has visto a Huber últimamente?» Ése era el productor de la señora Shane. Comenzaron a charlar de cosas del teatro y mi muchacha le dijo: «Creo que el otro día (el que nos interesa) te vi en tal sitio y tal otro...» La mayoría de mujeres hubieran contestado: «¡Oh, no!, si estuve en...» donde sea, pero la señora Shane, no. Sólo repuso: «¡Oh, no recuerdo!» ¿Qué se puede hacer con una mujer así? —Goby meneó la cabeza con severidad, mientras miraba al radiador.

—Nada —replicó Poirot con sentimiento—. ¿Es que no tengo motivos para saberlo? Nunca olvidaré el asesinato de lord Edgware. Casi me vi derrotado... sí, yo, Hércules Poirot, por la redomada astucia de una cabeza sucia. Las mentalidades sencillas tienen a veces la genialidad de cometer un crimen sin complicaciones y luego lo dejan en paz. Esperemos que nuestro asesino... si es que lo hay en este asunto... sea lo bastante inteligente, superior y satisfecho de sí mismo como para no poder dormirse sobre los laureles. Pero continúe...

Míster Goby miró su librito de notas una vez más.

—El señor y la señora Banks... que dicen haber pasado todo el día en casa. ¡Pues ella salió! Fue al garaje y sacó el coche a eso de la una. Rumbo desconocido. Regresó cerca de las cinco. No podemos precisar los kilómetros recorridos, puesto que ha seguido saliendo todos los días y nadie se preocupó de controlarlo. Y en cuanto al señor Banks, hemos descubierto algo verdaderamente curioso. Para empezar le diré que no sabemos lo que hizo ese día. No fue a trabajar. Al parecer, había pedido un par de días libres para asistir al funeral, y desde entonces ha dejado el trabajo sin ninguna consideración para la razón social. Es una farmacia-droguería muy bien puesta. No se mostraron muy interesados; parece ser que suele tener bastante mal genio. Bien, como le decía, no sabemos lo que estuvo haciendo el día del fallecimiento de la señora Lansquenet. No fue con su mujer. Podría ser que se hubiera quedado todo el día en su pisito. No hay portero y nadie sabe si los inquilinos han salido o no. Mas sus antecedentes son interesantes. Hasta hará unos cuatro meses, justamente entonces conoció a su esposa, estuvo en una Clínica Mental... no es que estuviera loco, sólo sufrió lo que llaman «una crisis mental». Al parecer cometió algún error al preparar una medicina. Entonces trabajaba en la razón social Mayfair. La mujer que ingirió la medicina curó, la firma se deshizo en disculpas y no le persiguieron judicialmente. Después de todo, estos accidentes suceden a veces, y la mayoría de las personas decentes sienten compasión por el pobre que cometió la equivocación, siempre que no haya ocasionado gran daño, se entiende. No le despidieron... pero él se resintió... dijo que aquello había alterado sus nervios. Pero luego le vino la depresión y le dijo al médico que estaba obsesionado por un complejo de culpabilidad... que todo lo hizo intencionadamente... que aquella mujer se puso muy insolente la última vez que estuvo en la tienda, quejándose de que le preparaba mal las medicinas... y que él se había enfadado y deliberadamente le puso una dosis mortal de cierta droga. ¡Tenía que castigarla por hablarme de aquel modo!, dijo. Luego se echó a llorar diciendo que era demasiado malo para seguir viviendo y un montón de cosas así. Los médicos están acostumbrados a esto... le llaman complejo de culpabilidad... y no creen que lo hiciera a propósito, sino por descuido, pero que quería darse importancia.

—*Ça se peut* —dijo Hércules Poirot.

—¿Cómo dice? De todas maneras, le internaron en el Sanatorio donde le trataron hasta verle curado, y entonces conoció a la señorita Abernethie. Encontró un empleo en esta droguería respetable, aunque de poca importancia. Les dijo que había estado un año y medio fuera de Inglaterra y les dio informes suyos de cierta tienda de Eastbourne, en los que se decía que no tenían nada contra él, pero uno de los dependientes dijo que era muy vivo de genio y algunas veces un poco extraño. Cuentan de él que una vez un cliente le preguntó en broma: «¿Quiere venderme algo para envenenar a mi mujer?», y Banks le repuso muy serio y tranquilo: «Puedo vendérselo... Pero le costará unas doscientas libras». El hombre se sintió violento y quiso echarlo a broma. Es posible, pero yo no creo que Banks sea un bromista.

—*Mon ami* —le dijo Hércules Poirot—. Realmente me sorprende cómo puede conseguir tales informes.

Los ojillos de míster Goby recorrieron toda la habitación y murmuró mirando expectante a la puerta:

—Existen ciertos medios... —y siguió consultando su libretita—: Ahora llegamos al campo. El señor Timoteo Abernethie y su esposa. Su casa está situada en un lugar muy bonito, pero necesita muchas reparaciones. Parece que viven muy estrechamente, mucho. Los impuestos, inversiones desgraciadas... El señor Abernethie disfruta estando enfermo y exagerando sus dolencias. Se queja de lo lindo y tiene a todo el mundo en vilo de un lado a otro buscándole y trayéndole cosas. Sólo toma alimentos sustanciosos, y al parecer está muy fuerte físicamente. No tienen más que una interina, y el señor Abernethie no consiente que nadie entre en sus habitacions a menos que él haya llamado. El día anterior al funeral estuvo de muy mal humor. Le soltó unas cuantas palabrotas a la señora Jones. Apenas se desayunó, y dijo que no iba a comer nada... pues había pasado mala noche... que la cena que le dejaron preparada estaba incomible y muchas cosas más. Permaneció solo en la casa y sin ser visto por nadie desde las nueve y media de la mañana hasta el día siguiente.

—¿Y la señora Abernethie?

—Salió de Enderby en automóvil a la hora que usted dijo. Llegó a pie a un pequeño garaje de un pueblecito llamado Catchtone, explicando que su coche había sufrido una avería a un par de millas de distancia. Volvió junto al coche con un mecánico, quien tras examinarlo, dijo que había que remolcarlo y no quiso asegurarle que lo terminaría de arreglar aquel día. La dama se disgustó mucho, pero se fue a una pequeña posada, donde pidió habitación para pasar la noche, y unos bocadillos, mientras agregaba que le gustaría ver algo de los alrededores... Está cerca de los eriales... y no regresó hasta muy tarde. Mi informador dice que no le extraña: ¡Es un mesón repelente!

—¿Y las horas?

—Se tomó los bocadillos a las once. Si anduvo hasta la carretera principal que dista una milla, es posible que alcanzara el expreso de la costa sur de Wealcaster, que se detiene en Reading West. No he entrado en detalles sobre autobuses, etc. Podría haberlo hecho si usted pudiera situar el... ataque a última hora de la tarde.

—Tengo entendido que el doctor ha fijado la hora límite a las cuatro y media.

—Yo no creo que fuese ella. Parece una mujer agradable y apreciada por todos. Está muy enamorada de su marido, y le trata como a un chiquillo.

—Sí, sí, el complejo maternal.

—Es fuerte y maciza, corta leña en el bosque y a menudo acarrea grandes haces de troncos. También es bastante buena mecánica.

—Ahora iba a eso. ¿Qué es lo que le pasaba exactamente al coche?

—¿Quiere saber los detalles exactos, señor Poirot?

—Cielos, no. No entiendo de mecánica.

—Era algo difícil de localizar, y que pudo haberlo preparado alguien, con mala intención, alguien que estuviera familiarizado con la mecánica del coche.

—*C'est magnifique!* —dijo Poirot con amargo entusiasmo—. Todo tan a propósito, tan posible. *Bon Dieu*, ¿es que no podemos eliminar a nadie? ¿Y la esposa de Leo Abernethie?

—También es una señora muy agradable. El difunto Abernethie la tenía en gran estima. Fue a pasar unos quince días en su compañía antes de su fallecimiento.

—¿Después de que él fuera a Lychett Saint Mary a ver a su hermana?

—No, antes. Su renta ha mermado mucho desde la guerra. Dejó su casa por un pisito en Londres. Tiene una villa en Chipre, donde pasa parte del año. Ayuda a educar a un sobrino suyo, y también, de vez en cuando, ayuda económicamente a un par de artistas jóvenes.

—¡Ave María Purísima! —dijo Poirot cerrando los ojos—. ¿Y es completamente imposible que hubiera salido de Enderby sin que se enteraran los criados? Dígame que sí, ¡se lo suplico!

Míster Goby posó los ojos en uno de los relucientes zapatos de Poirot, murmurando:

—Lamento no poder decírselo. La señora Abernethie fue

a Londres para buscar algunos trajes más y objetos personales, puesto que había acordado con el señor Entwhistle quedarse para recoger las cosas.

—*Il ne manquait que ça!* (1) —exclamó Poirot.

(1) No faltaba sino esto. (*N. del T.*)

CAPÍTULO XIII

Las cejas de Hércules Poirot se alzaron cuando le presentaron la tarjeta del inspector Morton, de Berkshire.

—Hazle pasar, Jorge, hazle pasar, y trae... ¿qué es lo que prefieren los policías?

—Creo que cerveza, señor.

—¡Qué horrible! Pero muy británico. Trae cerveza.

El inspector Morton fue derecho al asunto.

—Tuve que venir a Londres —dijo— y he conseguido hacerme con su dirección, señor Poirot. Tenía interés en hablar con usted sobre la vista del jueves.

—Entonces, ¿me vio usted allí?

—Sí. Me sorprendió, y como le digo, me sentí interesado. Usted no se acordará de mí, pero yo le recuerdo muy bien... El caso Pangbourne...

—¿Tuvo alguna relación con ese caso?

—Muy poca. Hace ya mucho tiempo de eso, pero no le he olvidado.

—¿Y me reconoció en seguida el otro día?

—No era difícil, señor —el inspector Morton reprimió una sonrisa—. Su aspecto resulta... poco corriente.

Sus ojos consideraron la perfecta pulcritud de Poirot y finalmente se detuvieron en las guías de su bigote.

—Usted estaba en una población campesina —dijo.

—Es posible, es posible —repuso Poirot, complacido.

—Me interesó saber por qué estaba usted allí. Esta clase de crímenes... robo y asalto... no suelen interesarle.

—Eso es lo que me he estado preguntando.

—¿Es que este crimen pertenece al tipo corriente?

—Desde el principio, ¿no es cierto?

—Sí, señor Poirot. Hay algunos factores desacostumbrados. Desde entonces hemos trabajado siguiendo la rutina. Interrogando a un par de personas, pero todo el mundo ha podido probar satisfactoriamente dónde se encontraba aquella tarde. No se trata de lo que llamamos «un crimen corriente», señor Poirot. Estamos seguros de ello. El inspector jefe está de acuerdo conmigo. Fue cometido por alguien que quiso darle esa apariencia. Pudo haber sido esa mujer llamada Gilchrist, pero no parece que existan motivos... ni razones sentimentales.

Hizo una pausa.

—Así que parece que hay que mirar algo más lejos. He venido a pedirle que si puede ayudarnos. Algo debió llevarle a usted allí, señor Poirot.

—Sí, desde luego: un magnífico automóvil «Daimler», pero no fue eso sólo.

—¿Le hicieron alguna... denuncia?

—No fue precisamente eso, ni nada que pudiera considerar como prueba.

—¿Pero sí algo que pudiera constituir un indicio?

—Sí.

—Ha habido algunas revelaciones, señor Poirot.

Y con todo detalle, le contó el hallazgo del veneno en las migajas del pastel de boda.

—Ingenioso... sí, muy ingenioso —dijo Poirot tras un suspiro—. Ya le advertí al señor Entwhistle que vigilara a la señorita Gilchrist. Siempre existía la posibilidad de que la atacaran, pero debo confesar que no esperaba que utilizaran veneno; había anticipado una repetición del tema hacha. Y creí peligroso el que paseara sola por caminos poco frecuentados después de anochecido.

—¿Pero por qué supuso usted que iban a atacarla?

—El señor Entwhistle no se lo dirá, porque es abogado, y los abogados no gustan de hablar de suposiciones o deducciones construidas sobre el modo de ser de una mujer, ya muerta, o unas palabras irresponsables. Pero no le molestará que yo se lo diga... no, sino más bien se sentirá aliviado. No quiere parecer un tonto fantasioso, pero desea que usted sepa lo que pudieran, sólo pudieran, ser los hechos.

Poirot hizo una pausa mientras Jorge entraba portando un gran vaso de cerveza.

—Un refresco, inspector.

—¿No me acompaña?

—Yo no bebo cerveza, pero tomaré un vaso de jarabe *cassis*. Los ingleses no lo aprecian mucho, ya lo sé.

El inspector Morton miró su cerveza agradecido.

Poirot sorbió delicadamente el oscuro líquido purpurino de su copa y dijo:

—Todo esto comenzó en un funeral, o mejor dicho, para ser exacto, después del funeral.

Y gráficamente, con muchos ademanes, comenzó a relatarle la historia tal como se la contara el señor Entwhistle con todos los adornos que le sugería su naturaleza exuberante. Casi podía creerse que Hércules Poirot había sido testigo presencial de aquella escena.

El inspector Morton poseía una clara inteligencia y en seguida se hizo cargo de los detalles sobresalientes.

—¿Entonces el señor Abernethie pudo haber sido envenenado?

—Cabe esa posibilidad.

—Y el cuerpo ha sido incinerado y no existen pruebas.

—Exacto.

—Interesante. Nosotros no podemos hacer nada. Nada, es decir, para abrir una investigación sobre la muerte de Ricardo Abernethie. Sería perder el tiempo.

—Sí.

—Pero queda esa gente, los que estaban allí... los que oyeron las palabras de Cora Lansquenet, uno de los cuales pudo haber pensado que era posible que las repitiera y con más detalles.

—Como sin duda lo hubiera hecho. Como usted dice, inspector, quedan esas personas. Y ahora, ya sabe por qué estaba yo presenciando el juicio, y por qué me intereso por este caso... Porque siempre son las personas quienes me interesan.

—Entonces el ataque a la señorita Gilchrist...

—Era de esperar. Ricardo Abernethie estuvo en la casita, habló con Cora y tal vez le indicó algún nombre. La única persona que pudo enterarse, u oír algo, fue la señorita Gilchrist. Una vez muerta Cora, el asesino es posible que volviera a sentir inquietud. ¿La otra mujer sabría algo... o todo? Claro que si el asesino es inteligente lo deja así; pero los criminales, inspector, afortunadamente para nosotros, rara vez lo son. Empiezan a pensar, se sienten intranquilos y quieren asegurarse... del todo. Están convencidos de su clarividencia. Y por eso, al final, ellos mismos se ahorcan, como usted dice.

El inspector Morton sonrió mientras Poirot proseguía:

—Este intento de hacer callar para siempre a la señorita Gilchrist es una equivocación. Porque ahora tenemos dos cosas sobre las que poder investigar. Y además la escritura de la tarjeta que acompañaba el pastel. Es una lástima que quemaran el papel.

—Sí. Pues estaríamos seguros de si llegó o no por correo.

—¿Usted tiene razones para inclinarse por esto último?

—Es sólo la opinión del cartero... que no está muy seguro. Si el paquete hubiera pasado por la estafeta de Correos del pueblo, es casi seguro de que la encargada lo hubiera visto, pero actualmente el correo llega directamente en una camioneta desde Market Keymes y el muchacho hace un gran recorrido y entrega montones de cosas. Cree que sólo llevó una carta a la casita y ningún paquete... pero no está seguro. A decir verdad, tiene algunos conflictos sentimentales y no puede pensar en otra cosa. Le he sometido a un test para comprobar su memoria, y no es de fiar. Si de verdad lo llevó él, me parece muy extraño que no lo encontrasen hasta después de la visita del señor..., ¿cómo se llama...?

—Gunthrie.

—¡Ah!, el señor Gunthrie —el inspector sonrió—. Sí, señor Poirot. Estamos haciendo las averiguaciones pertinentes. Después de todo sería muy sencillo llegar con el cuento de haber sido amigo de la señora Lansquenet. La señora Banks no podía saber si lo era o no, y pudo haber dejado el paquetito. No es difícil simular que un paquete ha sido enviado por correo. Con un corcho quemado puede conseguirse un buen matasellos.

Se detuvo antes de agregar:

—Y existen otras posibilidades.

Poirot asentía.

—¿Usted cree...?

—Jorge Crossfield estuvo por esta parte del país... pero al día siguiente. Dijo que quiso asistir al funeral, pero que tuvieron una avería por el camino. ¿Sabe usted algo de él, señor Poirot?

—Un poco. Pero no tanto como usted supone.

—Como todos, ¿verdad? Interesado por el testamento del señor Abernethie, según tengo entendido. Espero que eso no signifique tenerlos que perseguir a todos.

—Tengo recogidos algunos informes. Están a su disposición. Naturalmente, yo carezco de autoridad para interrogar a esas personas. En resumen, no daría muestras de inteligencia si lo hiciera.

—Yo también iré despacio. No quiero confundir a su pájaro tan pronto; para cuando lo haga, hacerlo bien.

—Una técnica muy eficaz. Para usted entonces la rutina... con toda la maquinaria que tiene a su disposición. Es lenta... pero segura. En cuanto a mí...

—¿Qué, señor Poirot?

—Pienso ir al Norte. Como le dije, son las personas lo que me interesa. Sí... un pequeño *camouflage* preparatorio... y al Norte a mi gestión. Fingiré que voy a comprar una casa en el campo para refugiados extranjeros. Seré un representante de la A.N.U.O.C.R.

—¿Y qué es la A.N.U.O.C.R.?

—La ayuda de Naciones para la Organización de Centros para Refugiados. ¿Qué le parece? No está mal, ¿verdad?

El inspector Morton sonrió.

CAPITULO XIV

HÉRCULES Poirot le decía a la malcarada Juanita:

—Muchísimas gracias. Ha sido muy amable.

Juanita, todavía con los labios crispados, abandonó la estancia. ¡Aquellos extranjeros! ¡Valientes preguntas hacían! ¡Qué impertinentes! Muy bien que fuera un especialista en estudiar las enfermedades del corazón, tales como la del señor Abernethie... Su amo había muerto tan de repente... el médico se sorprendió mucho; pero, ¿por qué tenía que meter las narices en lo que no le importaba aquel doctor extranjero?

A la viuda del señorito Leo le bastó decir:

—Haga el favor de responder a las preguntas de monsieur Pontarlier. Tiene sus buenas razones para hacerlas.

Preguntas. Siempre preguntas. Algunas veces hay que rellenar páginas enteras lo mejor que se puede... ¿Y para qué quiere el Gobierno o quienquiera que sea conocer todos los asuntos privados? Preguntan la edad, para el censo... ¡Vaya una impertinencia! Y ella tampoco la dijo. Se quitó cinco años. ¿Por qué no? Si no se sentía mayor de cincuenta y cuatro, confesaba cincuenta y cuatro.

De todas formas, monsieur Pontarlier no quiso saber su edad. Tenía cierta decencia. Sólo le preguntó sobre las medicinas que había tomado el señor, dónde las guardaban y si era posible que hubiera tomado demasiada cantidad, puesto que no estaba bien... o si se había vuelto olvidadizo. Por lo que ella recordaba, el amo supo siempre lo que hacía. También quiso saber si quedaban medicamentos en la casa. Claro que no. Luego habló de insuficiencia cardíaca... y otra palabra mucho más larga. Los médicos siempre están inventando cosas nuevas.

El sedicente médico suspiró y fue a la planta baja en busca de Lanscombe. No había sacado gran cosa de Juanita, pero ya se lo supuso. Sólo había querido comprobar su declaración con la que dio previamente Elena Abernethie con mucha más facilidad, ya que Juanita estaba dispuesta a admitir que la viuda de Leo tenía perfecto derecho a hacerle tales preguntas. La propia Juanita había disfrutado durante las últimas semanas de la vida de su amo.

Sí, pensaba Poirot, podría haber confiado en la información dada por Elena, y lo hizo; pero por hábito y por naturaleza no confiaba en nadie hasta haberles probado personalmente.

De todas formas, las pruebas eran poco satisfactorias. Todo conducía al hecho de que Ricardo Abernethie estuvo tomando unas cápsulas con vitaminas que se guardaban en un frasco que estaba casi vacío en el momento del fallecimiento. Cualquiera pudo haber operado en aquellas cápsulas con una aguja hipodérmica volviéndolas a colocar en el frasco de modo que la dosis fatal fuera ingerida semanas después de que ese cualquiera hubiese abandonado la casa. O también pudo haber penetrado en la mansión el día anterior a la muerte de Ricardo Abernethie y haber sustituido una de las tabletas para dormir. O envenenar los alimentos, o las bebidas.

Hércules Poirot hizo sus propios experimentos. La puerta principal estaba cerrada, pero la lateral que daba al jardín permanecía abierta hasta la noche. A eso de la una y cuarto, cuando los jardineros habían ido a comer y el servicio estaba en el comedor, Poirot entró por la puerta del jardín y subiendo la escalera fue derecho a la habitación de Ricardo Abernethie sin tropezarse con nadie. Luego, para variar un poco, empujó una puerta y se escondió en la despensa. Pudo oír algunas voces que llegaban de la cocina, al otro extremo del pasillo; pero nadie le había visto.

—Sí, era posible hacerlo. ¿Pero lo hicieron? No había

nada que lo indicara. No es que Poirot estuviera buscando pruebas... sólo deseaba asegurarse de las posibilidades. El asesinato de Ricardo Abernethie podía resultar tan sólo una hipótesis. Lo que necesitaba eran pruebas para coger al culpable del crimen cometido en la persona de Cora Lansquenet. Deseaba estudiar a las personas que estuvieron reunidas el día del funeral, y formular sus propias conclusiones sobre ellas. Ya tenía su plan, pero primero quiso cruzar algunas palabras más con el viejo mayordomo.

Lanscombe mostróse cortés, pero discreto; menos resentido que Juanita, pero, sin embargo, tratando al intruso forastero con gran reserva.

Dejando a un lado la gamuza con la que limpiaba una tetera georgiana, se enderezó.

—¿Diga, señor? —dijo amablemente.

—El señor Abernethie me ha dicho que espera usted residir en el cobertizo que hay junto a la empalizada norte cuando se retire de su trabajo.

—Es cierto, señor. Claro que ahora todo ha cambiado. Cuando vendan la finca...

Poirot le interrumpió:

—Puede seguir siendo posible. Ya hay casitas para los jardineros. El cobertizo no es necesario ni para los inquilinos ni sus ayudantes. Pudiera hacerse algún arreglo...

—Bien, gracias por su sugerencia, señor. Pero creo que difícilmente... La mayoría de los inquilinos serán extranjeros, me figuro.

—Sí, extranjeros. Entre los que han huido del Continente para venir a este país hay algunos viejos y poco fuertes. De regresar a su patria es posible que fallecieran, compréndalo. Muchos de ellos perdieron a sus familiares. No pueden ganarse la vida aquí, como podría hacer cualquier hombre o mujer joven y fuerte. Para ayudarlos, la organización que yo represento ha ido recogiendo fondos para instalar residencias en el campo, donde albergarlos. Este lugar, según opinión, es muy adecuado. El asunto está prácticamente resuelto.

Lanscombe suspiró:

—Compréndalo, señor. Me resulta doloroso pensar que esta casa ya no será una vivienda privada. Pero ya sé lo que ocurre hoy en día. Ninguna familia puede permitirse el lujo de vivir aquí... y no creo que las señoritas y señoritos quisieran seguir en esta casa. ¡Es tan difícil encontrar servicio! Y aun hallándolo, resulta caro y malo... Me doy perfecta cuenta de que estas magníficas mansiones han pasado a la historia —volvió a suspirar—. Si es que debe convertirse en... en una institución de alguna clase, celebro que sea para lo que usted dice. Nosotros nos libramos gracias a nuestra marina, a nuestra aviación y valientes soldados y a que nuestro país es una isla. Si Hitler llega a desembarcar aquí, no hubiera durado mucho. Mi vista ya no me permite disparar, pero hubiera utilizado una guadaña de haber sido necesario. Los desgraciados siempre han sido bien recibidos en este país, señor; éste ha sido nuestro orgullo, y continuará siéndolo.

—Gracias, Lanscombe. La muerte de su amo debe haber sido un rudo golpe para usted.

—Lo fue, señor. Había estado con el señor desde que era joven. He tenido mucha suerte en esta vida, señor. Nadie ha tenido un amo mejor.

—He estado conversando con mi amigo y... er... colega, doctor Larraby. Nos preguntábamos si su amo no pudo haber tenido algunas preocupaciones extraordinarias... o alguna entrevista desagradable... el día antes de su muerte. ¿Recuerda si recibió alguna visita aquel día?

—Creo que no, señor. No recuerdo que hubiese recibido ninguna.

—¿Nadie vino a verle por aquellas fechas?

—El vicario estuvo a tomar el té el día anterior... unas monjitas vinieron pidiendo una suscripción... y una joven llegó por la puerta de atrás con la pretensión de vender a Marjorie algunos cepillos y estropajos para limpiar cacerolas. Insistió mucho. No vino nadie más.

Una expresión preocupada había aparecido en el rostro

de Lanscombe. Ya se había desahogado con el señor Entwhistle, y no iba a hacerlo también en aquella ocasión con Hércules Poirot.

Con Marjorie, en cambio, Poirot tuvo en seguida éxito. Marjorie carecía de los convencionalismos del «buen servicio». Era una cocinera de primera clase y para llegar a su corazón bastaba alabar su modo de guisar. Poirot la visitó en la cocina, y supo apreciar algunos platos con gran pericia, y Marjorie, viendo que hablaba con alguien que entendía en la materia, le recibió en el acto como si se tratara de una alma gemela a la suya. No le fue difícil averiguar exactamente lo que se ha servido la noche anterior a la muerte de Ricardo Abernethie. Marjorie, desde luego, recordaba lo ocurrido como: «La noche que hice un *soufflé* de chocolate falleció el señor Abernethie. Puse seis huevos que había estado ahorrando. El lechero es amigo mío. También conseguí algo de crema. Será mejor que no me pregunte cómo. Le gustó mucho al señor Abernethie.» El resto de la comida fue detalladamente relatada. Lo que sobró de la mesa fue consumido en la cocina. Con lo dispuesta a hablar que estuvo Marjorie, fue poco lo que Poirot averiguó en su entrevista.

Marchó a buscar su abrigo y un par de bufandas para protegerse del frío aire del Norte, y salió a la terraza reuniéndose con Elena Abernethie, que se hallaba cortando unas rosas tardías.

—¿Ha averiguado algo nuevo? —le preguntó.

—Nada, pero era de esperar.

—Lo sé. Desde que el señor Entwhistle me dijo que iba usted a venir, estuve haciendo averiguaciones; pero, la verdad, sin descubrir nada.

Hizo una pausa y agregó esperanzada:

—Tal vez todo sea una pesadilla.

—¿El ser atacado a hachazos?

—No, pensaba en Cora.

—Pero es en Cora en quien yo pienso. ¿Por qué tuvo alguien que matarla? El señor Entwhistle me dijo que aquel día, en el momento en que soltó su comentario, usted misma sintió que había algo extraño. ¿Qué fue?

—Bien... sí; pero no sé...

—¿Extraño, en qué sentido? ¿Inesperado, sorprendente o cómo diríamos... violento, siniestro?

—¡Oh, no, siniestro, no! Sólo algo que no era... ¡Oh, no lo sé! No lo recuerdo y no era importante.

—Pero, ¿por qué no puede recordarlo? ¿Porque otras cosas la alejaron de su mente?

—Sí..., sí, creo que tiene razón. Me figuro que fue el hecho de que mencionara un asesinato. Eso borró todo lo demás.

—¿Fue, tal vez, la reacción de alguna persona en particular ante la palabra «asesinato»?

—Tal vez... Pero no recuerdo haber mirado a nadie en particular. Todos mirábamos a Cora.

—Pudo ser algo que oyera... algo que cayó en aquellos momentos... que se rompió...

Elena frunció el ceño en su esfuerzo por concentrarse.

—No... no lo creo...

—¡Ah!, bueno, algún día lo recordará. Y tal vez no tenga importancia. Ahora, dígame: de todos los de aquí, ¿quién conocía mejor a Cora Lansquenet?

—Supongo que Lanscombe. La recordaba de niña. La doncella. Juanita, entró cuando se acababa de marchar para casarse.

—¿Y después de Lanscombe?

—Me figuro que yo —repuso Elena pensativa—. Maude apenas la conocía.

—Entonces, considerándola como a la persona que mejor la conocía, ¿por qué cree usted que hizo semejante pregunta?

—¡Eso era muy característico en ella! —contestó.

—Lo que quiero decir es que si fue simple comentario. ¿Dejó escapar sinceramente lo que tenía en su pensamiento? ¿O trató de ser maliciosa... divirtiéndose con el asombro de todos?

—No puede estarse muy· seguro de las intenciones del prójimo. Nunca supe si era una ingenua... o si se trataba de causar impresión. Eso es lo que usted quiere decir, ¿verdad?

—Sí. Estaba pensando: «Supongamos que Cora se hubiera dicho: «¡Qué divertido sería preguntar si Ricardo Abernethie murió asesinado y ver la cara que ponen todos!» Eso sería característico en ella, ¿verdad?

—Es posible. Ciertamente, poseía un sentido del humor algo infantil. ¿Pero qué diferencia habría?

—Subrayaría el hecho de que no es muy inteligente quien hace chistes sobre un asesinato —repuso Poirot con sequedad.

—¡Pobre Cora!

Poirot cambió de tema.

—¿La esposa de Timoteo Abernethie se quedó a pasar la noche después del funeral?

—Sí.

—¿Hablaron de lo que Cora había dicho?

—Sí; dijo que fue una gran atrocidad muy propia de Cora.

—¿No lo tomó en serio?

—¡Oh, no! Estoy segura de ello.

—Y usted, madame, ¿lo tomó en serio?

—Sí, señor Poirot; creo que sí.

—¿Debido a su impresión de que allí hubo algo extraño?

—Tal vez.

Aguardó... Pero al ver que no decía nada más, prosiguió:

—Hubo una constante separación durante muchos años entre la señora Lansquenet y su familia, ¿verdad?

—Sí. A ninguno nos gustaba su marido; ella se ofendió y así fuimos distanciándonos más y más.

—Y entonces, de improviso, su hermano fue a verla; ¿por qué?

—Lo ignoro... Supongo que sabría, o adivinaría, que no le quedaba mucho tiempo de vida y quiso reconciliarse... aunque en realidad no lo sé.

—¿No se lo dijo?

—¿A mí?

—Sí. Usted estaba aquí, viviendo con él, antes de que fuera a ver a Cora. ¿Ni siquiera le indicó su intención de visitarla?

—Me dijo que iba a ver a su hermano Timoteo... lo cual era cierto. No mencionó para nada a Cora. ¿Quiere que entremos? Debe ser ya hora de comer.

Caminó a su lado, llevando las flores que acababa de cortar. Cuando entraban por la puerta lateral, Poirot le dijo:

—¿Está usted segura, completamente segura, de que durante su permanencia aquí el señor Abernethie no le dijo algo sobre algún miembro de la familia que pudiera resultar revelador?

—Habla usted como un policía.

—Antes lo fui. No tengo potestad... ni derecho a interrogarla. Pero usted desea conocer la verdad. O, por lo menos, es lo que se me ha hecho creer.

Entraron en el saloncito verde; Elena dijo, con un suspiro:

—Ricardo estaba desengañado de la joven generación. Es lo que suele pasarles a los viejos. Los desacreditaba de varias maneras... pero no había nada... nada, ¿comprende?, que pudiera constituir un motivo de asesinato.

—¡Ah! —repuso Poirot. Elena cogió un jarrón chino y se dispuso a colocar las rosas. Cuando estuvieron a su gusto buscó con la mirada un lugar donde colocarlas.

—Sabe usted arreglar las flores admirablemente, madame. Creo que todo lo que se proponga debe hacerlo a la perfección.

—Muchas gracias. Me encantan las flores. Supongo que éstas estarán bien sobre esa mesa verde de malaquita.

Encima de aquella mesa había ya un ramo de flores de cera cubiertas por una urna de cristal, y al ir a quitarlas Elena, Poirot dijo casualmente:

—¿Le dijo alguien al señor Abernethie que el esposo de

su sobrina Susana había estado a punto de envenenar a un cliente al equivocarse en la expedición de una receta? ¡Ah, *pardon*!

Y se inclinó hacia delante.

El adorno victoriano había resbalado de entre los dedos de Elena. El gesto de Poirot no fue lo bastante rápido y cayó al suelo, haciéndose añicos la campana de cristal. Elena expresó su contrariedad.

—¡Qué torpe soy! Menos mal que las flores no se han estropeado. Puedo hacer que pongan una nueva urna. Las guardaré en el armario que hay debajo de la escalera.

Una vez la hubo ayudado a colocar las flores donde dijo y cuando hubieron vuelto al saloncito, Poirot se excusó:

—Ha sido culpa mía. No debiera haberla sobresaltado.

—¿Qué es lo que me preguntó usted? No lo recuerdo.

—¡Oh!, no hay necesidad de repetir la pregunta. Además también he olvidado de qué se trataba.

Elena se le acercó, y le puso una mano sobre el brazo.

—Señor Poirot, ¿hay alguien cuya vida deba investigarse íntimamente? ¿Deben ser mezcladas en esto las vidas de personas que no tienen nada que ver con... con...?

—¿Con la muerte de Cora Lansquenet? Sí. Porque hay que examinarlo todo. ¡Oh! Es un antiguo refrán... *todos tienen algo que esconder*. Eso es verdad en todos nosotros... y tal vez lo sea también en usted, madame; pero como le digo, no hay que ignorar nada. Por eso vino a mí su amigo, el señor Entwhistle, porque no pertenezco a la policía. Soy discreto y las cosas que averiguo no me atañen, pero tengo que saber. Y puesto que en este asunto no hay tantas pruebas como personas... será de las personas de quienes voy a ocuparme. Necesito entrevistarme con todo el mundo que estuvo aquí el día del funeral. Y resultaría muy conveniente... sí, de lo más conveniente estratégicamente... que pudiera verlos aquí.

—Me temo —repuso Elena despacio— que eso sería muy difícil.

—No tanto como usted cree. Ya he ideado un medio.

La casa está en venta. El señor Entwhistle puede atestiguarlo. (*Entendu*, algunas veces estas cosas fracasan.) Invitaré a varios miembros de la familia a reunirse aquí para que escojan los muebles que deseen conservar, antes de sacarlos a subasta. Puede llevarse a la práctica un fin de semana que les vaya bien a todos.

Hizo una pausa y agregó:

—Ya lo ve, es sencillo, ¿verdad?

Elena le miraba. Sus ojos azules eran en aquel momento fríos, casi crueles.

—¿Está tendiendo una trampa a alguien, señor Poirot?

—¡Cielos! Ojalá supiera lo bastante para hacerlo. No, todavía conservo una mentalidad amplia. Pero puede que haya... ciertos cuestionarios...

—¿Cuestionarios? ¿Qué clase de cuestionarios?

—Todavía no me los he formulado a mí mismo. Y de todos modos, madame, será mejor que no los conozca.

—¿Así que yo también tendré que someterme a ello?

—Usted, madame, ha sido sorprendida entre bastidores. Ahora hay una cosa de la que no estoy seguro. La gente joven creo que acudirá en seguida, pero es posible que no sea fácil asegurar la presencia de Timoteo Abernethie. He oído decir que nunca abandona su casa.

—Me parece que en esto tiene suerte, señor Poirot —expresó Elena sonriendo de pronto—. Les están pintando la casa, y a Timoteo le molesta extraordinariamente el olor a pintura. Dice que afecta a la salud. Creo que él y Maude celebrarán poder venir... tal vez para quedarse una o dos semanas. Maude todavía no puede valerse..., ¿ya sabe usted que se rompió un tobillo?

—No lo sabía. ¡Qué mala suerte!

—Por fortuna, ahora tienen a la compañera de Cora, la señorita Gilchrist. Al parecer ha resultado ser un valioso tesoro.

—¿Qué dice usted? —Poirot volvióse bruscamente hacia Elena—. ¿Le pidieron ellos que fuera a su casa? ¿De quién fue la idea?

—Creo que lo arregló Susana. Susana Banks.

—¡Ajá! —replicó Poirot en tono particular—. Conque fue cosa de la pequeña Susana? Le gusta arreglarlo todo.

—Susana me dio la impresión de ser una muchacha muy competente.

—Sí. Lo es. ¿Sabe usted que esa señorita Gilchrist estuvo a punto de morir envenenada con un pastel de boda?

—¡No! —Elena estaba muy sorprendida—. Ahora recuerdo que Maude me dijo por teléfono que esa señorita Gilchrist acababa de salir del hospital; pero no tenía ni idea de por qué estuvo en él. ¿Envenenada? Pero, señor Poirot..., ¿por qué?

—¿De verdad me lo pregunta?

—¡Oh, tráigalos todos aquí! —exclamó Elena con vehemencia—. ¡Descubra la verdad! No debe haber más asesinatos.

—¿Está dispuesta a ayudar?

—Sí.

CAPÍTULO XV

Este linóleum le ha quedado muy bien, señora Jones. ¡Qué mano tiene usted para encerar! La tetera está encima de la mesa de la cocina; vaya y tome lo que quiera. Yo iré en cuanto le sirva el desayuno al señor Abernethie.

La señorita Gilchrist subió la escalera llevando una bandeja abundantemente provista. Dio unos golpecitos en la puerta de la habitación de Timoteo, e interpretando su gruñido como una invitación para que pasara, penetró en la estancia.

—El café y los bizcochos, señor Abernethie. Espero que hoy se encuentre mejor. Hace un día precioso.

Timoteo gruñó y dijo receloso:

—¿Tiene nata esta leche?

—¡Oh, no, señor Abernethie! La he quitado con sumo cuidado, y de todas formas le he traído un coladorcito por si quería volver a colarla.

—¡Tonterías! —repuso Timoteo—. ¿Qué clase de bizcochos son éstos?

—Son muy buenos y digestivos.

—Las galletas de jengibre son las únicas que valen la pena.

—Lamento que no las tuvieran esta semana en el colmado. Pero estos bizcochos son realmente buenos. Pruébelos y verá.

—Ya sé cómo son, gracias. Deje esas cortinas en paz, ¿quiere?

—Pensé que le agradaría un poco de luz. Hace un sol espléndido.

—Quiero que la habitación esté a oscuras. Me duele terriblemente la cabeza. Es ese olor a pintura. Me está envenenando...

—Desde aquí no se huele apenas. Los pintores están al otro lado de la casa.

—Usted no es tan sensible como yo. ¿Es que todos los libros que estoy leyendo tiene que esconderlos?

—Lo siento mucho, señor Abernethie. No creí que los leyera todos a la vez.

—¿Dónde está mi mujer? No la he visto desde hace más de media hora?

—La señora está descansando en el sofá.

—Dígale que venga a descansar aquí.

—Se lo diré, señor Abernethie; pero puede que se haya quedado dormida. ¿Esperamos un cuarto de hora?

—No, dígale que quiero que venga ahora. No mueva esa alfombra; está como a mí me gusta.

—Lo siento. Creí que se había ladeado.

—Me gusta ladeada. Vaya a buscar a Maude. Quiero que venga.

La señorita Gilchrist dirigióse a la planta baja entrando de puntillas en pleno salón, donde Maude Abernethie reposaba con una pierna extendida mientras leía una novela.

—Perdone, señora, pero el señor Abernethie la llama.

—Oh, Dios mío. Subiré en seguida —dijo cogiendo su bastón.

Timoteo exclamó cuando su esposa entraba en su habitación:

—¡Al fin apareces!

—Lo siento, querido; no tenía la menor noticia de que me necesitabas.

—Esa mujer que has metido en casa me volverá loco. No para de hablar y moverse como una gallina. Es el tipo clásico de la solterona; eso es lo que es.

—Lamento que te moleste. Sólo trata de ser amable.

—No quiero que sea amable. No quiero oírla siempre gorjeando a mi alrededor. Es tan entrometida...

—Tal vez lo sea un poquitín.

—¡Me trata como si fuera un chiquillo!

—Debe de serlo; pero, por favor, por favor, Timoteo, procura no ser brusco con ella. Todavía no puedo hacer nada; y tú mismo dices que guisa bien.

—Sí, guisa bien —tuvo que admitir Abernethie de mala gana—. Sí, es una cocinera bastante aceptable; pero que se quede en la cocina es todo lo que pido. No la dejes que venga a molestarme.

—Sí, querido, desde luego. ¿Cómo te encuentras?

—Muy mal. Creo que será mejor que envíes a buscar a Barton para que venga a verme. Este olor a pintura me ataca el corazón. Tómame el pulso... fíjate qué irregular está.

Maude se lo tomó sin hacer comentarios.

—Timoteo, ¿quieres que nos vayamos a un hotel hasta que terminen de pintar la casa?

—Sería un despilfarro.

—¿Es que eso importa mucho... ahora?

—Eres como todas las mujeres... ¡de lo más extravagante! Sólo porque hemos heredado una ridícula parte de los bienes de mi hermano, crees que podemos vivir definitivamente en el Ritz.

—Yo no digo eso, querido.

—Te digo que el dinero que me ha dejado Ricardo apenas va a notarse. El Gobierno se encargará de ello. Fíjate bien en mis palabras: todo se lo llevarán los impuestos.

La señora Abernethie movió la cabeza tristemente.

—Este café está frío —dijo el inválido mirando con disgusto la taza, que aún no había llevado a sus labios—. ¿Por qué no puedo tomar nunca una taza de verdadero café caliente?

—Iré a calentártelo.

En la cocina, la señorita Gilchrist estaba tomando el

té y conversando amigablemente aunque con ligera condescendencia con la señora Jones.

—¡Tengo tantos deseos de evitar a la señora Abernethie todos los trabajos que pueda! —decía—. Este continuo subir y bajar le es muy doloroso.

—Está pendiente de él —dijo la señora Jones sirviéndose azúcar.

—Es muy triste estar inválido.

—No lo es tanto —comentó la señora Jones—. Le encanta estar echado y tocar el timbre, y que le suban y bajen bandejas. Pero es capaz de ir de un lado a otro. Incluso le he visto en el pueblo cuando ella estuvo fuera, caminando tan de prisa como usted quiera. Cualquier cosa que necesita realmente... tabaco o un sello... puede ir a buscarlo él mismo. Y por eso cuando ella se fue a los funerales y él me pidió que me quedara a pasar la noche, me negué. «Lo siento, señor —le dije—, pero tengo que cuidar a mi marido. Está bien que trabaje por las mañanas; pero tengo que estar en casa para recibirle cuando vuelve del trabajo.» Pensé que le haría bien el moverse por casa y tener que mirar por sí mismo aunque sólo fuera por una vez. Tal vez de ese modo viera lo que los demás hacen por él. Así que me mantuve firme.

La señora Jones exhaló un profundo suspiro y tomó un largo sorbo de té dulce y cargado.

—¡Ah! —dijo.

Dejando la taza, dijo afablemente:

—Voy a barrer la cocina y luego me marcharé. Las patatas ya están peladas, querida; las encontrará junto a la fregadera.

Aunque ligeramente ofendida por el «querida», la señorita Gilchrist apreció su buena voluntad.

Antes de que pudiera responder nada sonó el teléfono y se apresuró a atender la llamada. El aparato, que pertenecía al tipo anticuado que se usaba hace cincuenta años, estaba situado en un pasillo que había detrás de la escalera.

Maude Abernethie apareció en el rellano superior cuando la señorita Gilchrist todavía estaba hablando. Ésta alzó los ojos para decirle:

—Es la señora viuda del señorito Leo... Aquí casa Abernethie.

—Dígale que voy en seguida.

Maude comenzó a descender la escalera lenta y trabajosamente.

—Siento que haya tenido que volver a bajar, señora. ¿Ha terminado de desayunar el señor? Yo iré a retirar la bandeja.

Y comenzó a subir la escalera mientras la señora Abernethie decía:

—¿Elena? Aquí Maude.

El inválido recibió a la señorita Gilchrist con una mirada sombría. Mientras recogía la bandeja le preguntó de mal humor:

—¿Quién llama por teléfono?

—La esposa del señorito Leo Abernethie.

—Oh, ya tienen conversación para rato. Las mujeres pierden la noción del tiempo cuando cogen el teléfono. Nunca piensan en el dinero que gastan.

La señorita Gilchrist dijo que sería la esposa del señorito Leo la que tendría que pagar la conferencia, y Timoteo refunfuñó.

—¿Quiere correr esa cortina? No, ésa no; la otra. No quiero que me dé la luz en los ojos. Así está mejor. Aunque esté inválido no hay razón para tener que estar a oscuras todo el día. —Y agregó—: Podría buscarme en esa librería un libro de color verde... ¿Qué pasa ahora? ¿Por qué corre?

—Llaman a la puerta, señor Abernethie.

—Yo no he oído nada. ¿No está abajo esa mujer? Pues deje que vaya a abrir.

—Sí, señor. ¿Qué libro quiere que le busque, tiene preferencia por alguno?

El inválido cerró los ojos.

—Ahora no puedo acordarme. Me lo ha quitado de la cabeza; será mejor que se marche.

La señorita Gilchrist recogió la bandeja y salió a toda prisa. Luego de dejarla sobre la mesa de la despensa corrió al vestíbulo pasando junto a la señora Abernethie que seguía al teléfono.

—Siento interrumpirla. Es una monja. Viene a pedir. Del Corazón de María, creo que ha dicho que era. Trae un libro. Parece ser que le suelen dar media corona o cinco chelines.

—Espera un momento, Elena —dijo al teléfono, y luego a miss Gilchrist—. No me suscribo a Asociaciones Católicas. Nosotros también tenemos nuestras secciones de caridad.

La señorita Gilchrist volvió a salir corriendo.

Maude terminaba su conversación momentos después con esta frase:

—Hablaré de ello con Timoteo.

Volvió a colocar el auricular en su soporte y salió al vestíbulo. La señorita Gilchirist estaba de pie, completamente inmóvil, junto a la puerta del saloncito. Tenía el ceño fruncido y pegó un respingo cuando le habló Maude.

—¿Ocurre algo, señorita Gilchrist?

—Oh, no, señora. Me temo que sólo estaba pensando. Es una tontería por mi parte cuando hay tanto quehacer.

La señorita Gilchrist volvió a su papel de hormiga laboriosa, y Maude Abernethie subió lentamente la escalera para dirigirse a la habitación de su esposo.

—Era Elena. Parece que la casa ya está vendida... a no sé qué Institución pro Refugiados Extranjeros...

Hizo una pausa mientras Timoteo expresaba su sentimiento por la pérdida de la casa donde había nacido y fue educado.

—Ya no quedan tipos decentes en este país. ¡Mi vieja casa! Apenas puedo soportar la idea de verla vendida.

Maude continuó:

—Elena comprende lo que tú... nosotros... sentimos. Y

sugiere que tal vez nos gustase pasar allí unos días antes de que se cierre el trato. Está preocupada por tu salud y por lo mucho que te afecta el olor a pintura. Y ha pensado que bien pudieras preferir pasar una temporada allí que en un hotel. Los criados todavía siguen allí, de modo que estarías bien atendido.

Timoteo, que había abierto la boca varias veces dispuesto a protestar de mala manera, volvió a cerrarla. Sus ojos se tornaron astutos, y movió la cabeza aprobadoramente.

—Elena ha estado muy acertada —dijo—, muy certada... No hay duda de que ese olor me está envenenando. Claro que aún no estoy decidido, tendré que pensarlo... Creo que la pintura tiene arsénico. Me parece que he oído algo de eso. Por otra parte, el traslado puede ser un esfuerzo demasiado grande para mí. Es difícil saber qué sería mejor.

—Tal vez prefieras un hotel, querido. Un buen hotel resulta muy caro, pero cuando se trata de tu salud no importa el dinero...

Timoteo la interrumpió.

—Quisiera hacerte comprender que no somos millonarios, Maude. ¿Para qué vamos a ir a un hotel cuando Elena ha sido tan amable al invitarnos a ir a Enderby? ¡No es que sea ella quién para invitarnos! La casa no es suya. No entiendo de sutilezas legales, pero me figuro que nos pertenece a todos por igual hasta que sea vendida y se proceda al reparto de su importe. ¡Refugiados extranjeros! Esto debe haber estremecido al viejo Cornelio en su tumba. Sí —suspiró—. Me gustaría volver allí antes de morir.

Maude jugó su última carta con habilidad.

—Según parece el señor Entwhistle ha sugerido que cada miembro de la familia escoja algún mueble, o porcelana, o algo que le guste... antes de que lo saquen a subasta.

—Debemos ir. Tiene que hacerse una valoración exacta de lo que escoja cada persona. Esos hombres... que se han casado con las chicas... no confiaría en ninguno de ellos, por lo que he oído decir, Elena es demasiado amable. ¡Como cabeza de familia· es mi deber hallarme presente!

Y levantándose paseó de un lado a otro de la habitación con pasos rápidos.

—Sí, es un plan excelente. Escribe a Elena diciéndole que aceptamos. Pero en quien pienso realmente es en ti, querida. Has estado trabajando demasiado. Los decoradores pueden seguir mientras estamos fuera y esa mujer Gillespie puede quedarse y cuidar de la casa.

—Gilchrist —apuntó Maude.

Timoteo dio a entender con un gesto que le daba lo mismo.

2

—No puedo —dijo la señorita Gilchrist.

Maude la miró sorprendida.

La señorita Gilchrist temblaba, y sus ojos miraron a Maude suplicantes.

—Soy una estúpida, lo sé... pero no puedo quedarme sola en la casa. Si hubiera alguien que quisiera venir... y... dormir aquí también...

Miró esperanzada a la otra mujer, pero Maude movió la cabeza. Sabía muy bien las dificultades que había para encontrar en la vecindad a alguien que quisiera «vivir allí».

La señorita Gilchrist proseguía en tono desesperado:

—Sé que me juzgará tonta e histérica... Yo nunca me hubiera imaginado que iba a sentirme así. Nunca fui nerviosa... ni fantasiosa. Pero ahora todo parece distinto. Estaría aterrorizada... sí, literalmente aterrorizada... si me quedara aquí sola.

—Claro —dijo Maude—. Soy muy tonta. Después de lo que pasó en Lychett Saint Mary...

—Supongo que debe ser por eso... No es lógico, lo sé. Y al principio no me sentía así. No me importó quedarme sola en la casita, después... después de lo que había ocurrido. Esos sentimientos van saliendo poco a poco. No me juzgue mal, señora Abernethie; pero desde que vine aquí me he sentido... asustada, ¿sabe? No por nada en particular, sólo atemorizada... Es una tontería y me avergüenzo de ello. Es como si siempre estuviera esperando que ocurriese algo terrible... Hasta esa monja que llamó a la puerta me sobresaltó. ¡Oh, Dios mío, qué mal estoy!

—Supongo que debe ser eso que llaman un *shock* retardado —dijo Maude.

—¿Sí? No lo sé. Oh, Dios mío, lamento tanto parecer... tan desagradecida, después de todas sus atenciones. ¿Qué pensará usted?

Maude la tranquilizó:

—Debemos buscar otro arreglo —dijo.

CAPÍTULO XVI

JORGE Crossfield se detuvo vacilante unos momentos, mientras observaba una figura femenina que desaparecía por una puerta. Tomando una decisión, siguió tras ella. La puerta en cuestión era la de una tienda, una tienda cerrada al público. Los cristales de los escaparates dejaban ver el interior vacío y desolado. La puerta estaba cerrada, mas Jorge llamó con energía y le abrió un joven con lentes que se le quedó mirando.

—Perdóneme —dijo Jorge—. Pero me parece que mi prima acaba de entrar aquí.

El joven se hizo a un lado y Jorge penetró.

—¡Hola, Susana! —saludó.

La muchacha que se hallaba junto a una caja de embalaje con una cinta métrica en la mano, volvió sorprendida la cabeza.

—Hola, Jorge. ¿De dónde sales?

—Te vi de espaldas. Estaba seguro de que eras tú.

—¡Qué inteligente eres! Me figuro que todas las espaldas son distintas.

—Mucho más que los rostros. Ponte barba y patillas y tíñete el pelo y nadie te conocerá cuando te vean cara a cara... pero ten cuidado de volverte de espaldas.

—Lo recordaré. ¿Podrás acordarte de cinco pies y siete pulgadas hasta que tenga tiempo de anotarlo?

—Desde luego. ¿Qué es esto, las medidas de una librería, acaso?

—No, de una pared. Ocho pies nueve pulgadas... y tres con siete...

—Perdóneme, señora Banks; pero si desea permanecer aquí algún tiempo...

—Sí, desde luego —repuso Susana—. Si me entrega las llaves cerraré la puerta y luego se las dejaré en la oficina, cuando pase por allí. ¿Le parece bien?

—Sí, gracias. Si no fuera porque esta mañana tenemos mucho trabajo...

Susana aceptó su intento de disculpa y el joven salió a la calle.

—Celebro que nos hayamos librado de él —dijo Susana—. Estos agentes son un estorbo. No paran de hablar precisamente cuando estoy sumando.

—¡Ah! —exclamó Jorge—. Asesinato en una tienda vacía. Qué emocionante sería para los transeúntes ver el cadáver de una mujer joven y hermosa a través del cristal del escaparate. Acudirían como moscas.

—No existe razón alguna para que me asesines, Jorge.

—Bueno, obtendría una cuarta parte de lo que te corresponde por la herencia de nuestro querido tío. Para cualquier aficionado al dinero ésta sería una razón suficiente.

Susana dejó de tomar medidas para volverse hacia su primo.

—Pareces otro, Jorge. Realmente es... extraordinario.

—¿Otro? ¿Por qué otro?

—Como esos anuncios. *Éste es el mismo hombre que ve usted... en la fotografía anterior, pero después de haber tomado... Sales de Frutas Uppington.*

Se sentó sobre otra caja de embalaje y encendió un cigarrillo.

—Debiste esperar ansiosamente tu parte de la herencia del pobre Ricardo, ¿verdad, Jorge?

—Nadie puede decir con sinceridad que el dinero no es bien venido en la actualidad —dijo Jorge en tono ligero.

—Estabas en un aprieto, ¿verdad?

—Eso no es asunto tuyo, Susana.

—Sólo es interés.

—¿Vas a alquilar esta tienda para abrir un negocio?

—Voy a comprar todo el edificio.

—¿Con la vivienda?

—Sí. Arriba hay dos pisos. Uno está vacío y va con la tienda, y el otro pienso desalojar a los inquilinos, pagándoles una indemnización.

—Es agradable tener dinero, ¿verdad, Susana?

—Por lo que a mí respecta es maravilloso. Como una respuesta mis plegarias.

—¿Es que las oraciones eliminan a los parientes ancianos?

Susana no prestó atención.

—Este local es precisamente lo que necesitaba. Para empezar, es una buena muestra de la arquitectura actual. De la vivienda de la parte superior puedo hacer algo único. Hay dos techos con moldura y preciosos, y las habitaciones tienen una forma muy bonita. Y esta planta baja la transformará en algo muy moderno.

—¿Y qué va a ser esto? ¿Una tienda de modas?

—No. Un Instituto de Belleza. Recetas. Cremas faciales.

—¿Todos esos potingues?

—Como antes. Da dinero. Siempre da dinero. Lo que hay que hacer es conferirle personalidad, y yo puedo hacerlo.

Jorge contempló a su prima apreciativamente, admirando los finos rasgos de su rostro, la boca carnosa y su radiante carmín. En conjunto, resultaba una cara original y llena de vida, y supo ver en ella aquella extraña e indefinible cualidad: la del éxito.

—Sí —le dijo—. Creo que has hallado lo que buscabas, Susana. Recuperarás el dinero que inviertas en este proyecto, y harás negocio.

—Está en el barrio adecuado, en una calle llena de establecimientos y se puede aparcar el coche ante la misma puerta.

—Sí, Susana, vas a tener éxito. ¿Hace tiempo que tenías ese proyecto?

—Hará cosa de un año.

—¿Por qué no se lo expusiste a Ricardo? Te hubiera podido ayudar.

—Se lo dije.

—¿Y no le pareció bien? Quisiera saber por qué. Yo hubiera dicho que habría reconocido en ti la misma pasta de la que él estaba hecho.

Susana no contestó, mientras en la mente de Jorge aparecía la imagen de un hombre joven, nervioso, delgado y de mirar receloso.

—¿Es que... cómo se llama... Greg... tiene algo que ver en esto? Me figuro que él preparará las píldoras par adelgazar y los polvos, ¿verdad?

—Claro. Estableceremos un laboratorio en la parte de atrás. Tendremos nuestras propias fórmulas para cremas faciales y productos de belleza.

Jorge contuvo una sonrisa y hubiera querido decir: «El niño tendrá un juguete nuevo», pero no lo dijo. Como primo, no le importaba mostrarse malicioso.

Volvió a mirar a Susana, que estaba tranquila y radiante.

—Tú posees la verdadera personalidad de los Abernethie. Eres la única de la familia que la tiene. Es una lástima que seas una mujer, por lo que respecta a tío Ricardo. De haber sido un chico, apuesto a que te hubiera dejado único heredero.

—Sí, creo que lo hubiera hecho.

Hizo una pausa y continuó:

—Ya sabes que no le agradaba, Greg...

—¡Ah! —Jorge —alzó las cejas—. Éste fue su error.

—Sí.

—Oh, bueno. De todas maneras, ahora van bien las cosas... todas a medida de nuestros deseos.

Al pronunciar aquellas palabras diose cuenta de que podían aplicarse especialmente a Susana, y esta idea, por un instante, le causó una ligera inquietud. No le agradaban las mujeres tan eficientes y con semejante sangre fría.

Cambiando el tema, dijo:

—A propósito; ¿te ha escrito Elena? ¿Sobre Enderby?

—Sí. Recibí la carta esta mañana. ¿Y a ti?

—También. ¿Qué piensas hacer?

—Greg y yo pensamos ir allí un fin de semana; éste no, el próximo... si les va bien a los demás. Parece ser que Elena quiere que vayamos todos al mismo tiempo.

Jorge rió astutamente.

—O de otro modo: alguien podría escoger una pieza de más valor que la de otros.

—Oh, me figuro que las valorarán adecuadamente. Aun que supongo que esa valoración será mucho más baja que si se tratara de sacarlas al mercado. Y además, quisiera tener algún recuerdo del fundador de la fortuna de la familia. Creo que sería divertido conservar en nuestra tienda una o dos cosas realmente absurdas y encantadoras de la época victoriana. ¿No te lo imaginas? Ese período vuelve a ponerse de moda. En el salón había una mesa de malaquita verde; podría pintar un rincón de ese color... y tal vez colocar encima una jaula de colibríes... o alguno de esos cacharros de cristal con flores de cera... Algo así... sólo como nota original... puede resultar de gran efecto.

—Confío en tu buen gusto.

—Supongo que tú también irás.

—Oh, iré... nada más para ver si se hace justicia.

—¿Qué te apuestas a que habrá una gran discusión familiar?

—Es probable que Rosamunda quiera tu mesa de malaquita verde para la escena.

Susana frunció el ceño.

—No había visto a mi hermosa prima Rosamunda desde que íbamos a la tercera clase.

—Yo la he visto una o dos veces...

—¿Qué le ocurría? ¿No das con ello?

—No. Parecía... bueno... preocupada.

—¿Preocupada por entrar en posesión de un montón de dinero y poder montar una obra en la que Miguel pudiera hacer bien el asno?

—Oh, eso suena muy mal... Pero de todos modos, pudiera ser un éxito. Miguel es bueno, ya sabes. Puede ponerse ante las candilejas... o como se llamen. No es como Rosamunda, que sólo es una bonita mujer que tiene buena figura.

—¡Pobre Rosamunda!

—De todas formas, no es tan tonta como uno pudiera suponer. Algunas veces dice cosas muy acertadas. Cosas en las que nunca hubiera pensado que hubiese reparado. Es... muy desconcertante.

—Como nuestra tía Cora.

—Sí.

Por unos momentos sintiéronse invadidos por cierta inquietud...

Luego Jorge agregó con forzado aire indiferente:

—Hablando de Cora... ¿Qué hay de esa compañera suya? Creo que debiéramos hacer algo por ella.

—¿Hacer algo por ella? ¿Qué quieres decir?

—Bien, corresponde a la familia. He estado pensando que Cora era nuestra tía... y se me ha ocurrido que tal vez no le resulte fácil encontrar otro empleo.

—Se te ha ocurrido, ¿eh?

—Sí. La gente tiene tanto apego a la vida... No digo que pensaran que esa señorita Gilchrist iba a emprenderla a hachazos con ellos, pero en el fondo pueden creer que trae mala suerte. La gente es tan supersticiosa.

—¡Qué raro que hayas pensado todo eso, Jorge!

—Olvidas que soy abogado —repuso con sequedad—. Y que veo el lado extraño e ilógico de las personas. Lo que quiero decir es que hay que hacer algo por esa mujer, darle una pequeña cantidad, o algo, buscarle una oportunidad, o algún trabajo en una oficina si es capaz de desempeñarlo. Debiéramos estar en contacto con ella.

—No necesitas preocuparte —dijo Susana. Su voz tenía un matiz irónico—. Ya lo he arreglado. Está con Timoteo.

Jorge se sorprendió.

—Oye, Susana... ¿crees que hiciste bien?

—Fue lo mejor que se me ocurrió... de momento.

—Estás muy segura de ti, ¿verdad, Susana? Sabes lo que haces y no tienes remordimientos.

—El tener remordimiento... es una pérdida de tiempc —repuso la joven con ligereza.

CAPÍTULO XVII

MIGUEL tendió la carta a Rosamunda por encima de la mesa.

—¿Qué opinas?

—Oh, iremos. ¿No te parece?

—Puede ser que sea lo mejor.

—Es posible que haya algunas joyas... Claro que todo lo de la casa es horrible... pájaros disecados y flores de cera... ¡Uf!

—Sí. Una especie de mausoleo. A decir verdad, me gustaría hacer un par de bocetos... en particular del salón. La chimenea, por ejemplo, y ese sofá de forma tan curiosa. Serían muy apropiados para *El Progreso del Barón*... si volviéramos a representarla.

Se puso en pie mirando su reloj.

—Eso me recuerda que debo ver a Rossenheim. Esta noche no me esperes hasta tarde. Ceno con Oscar y vamos a tratar de si aceptamos esa oferta y si es compatible con la proposición americana.

—El querido Oscar estará contento de verte después de todo este tiempo. Dale recuerdos muy afectuosos de mi parte.

Miguel la miró con acritud. Ya no sonreía y su rostro había adquirido una expresión de alerta.

—¿Qué quieres decir... después de todo este tiempo? Cualquiera diría que no le he visto hace meses.

—Bueno y ¿le has visto acaso?

—Sí, comimos juntos hará sólo una semana.

—¡Qué extraño! Debe haberlo olvidado. Me telefoneó ayer y dijo que no te había visto desde el estreno de *Tilly va al Oeste*.

—Este viejo estúpido habrá perdido la memoria.

Miguel rió, mientras Rosamunda le miraba con sus ojos azules muy abiertos y sin emoción alguna.

—Crees que soy tonta, ¿verdad, Mick?

—Claro que no, querida.

—Sí, lo crees; pero no lo soy tanto. Aquel día no viste a Oscar. Yo sé a dónde fuiste.

—Querida Rosamunda, ¿qué quieres decir?

—Quiero decir que sé dónde estuviste realmente...

Miguel contempló a su esposa desconcertado. Ella le devolvió la mirada plácida y sin alterarse.

Miguel pensó en aquel momento en lo desconcertante que resultaba una mirada vacía.

—No sé dónde quieres ir a parar...

—Sólo quiero decir que es bastante tonto decirme tantas mentiras.

—Escucha, Rosamunda...

Había comenzado a irritarse... pero se detuvo sorprendido mientras su esposa le decía:

—Lo que deseamos es aprovechar esa oportunidad y poner en escena esa obra, ¿verdad?

—¿Desearlo? ¡Si es el papel que siempre he soñado!

—Sí... eso es lo que quise decir.

—¿A qué te refieres?

—Bueno... cuesta bastante, ¿verdad? Pero no hay que correr demasiados riesgos.

—Es tu dinero... ya lo sé —repuso él mirándola—. Si no quieres arriesgarlo...

—Escucha, querida. El papel de Eileen... es posible que soporte algunas enmiendas.

Rosamunda sonrió.

—La verdad... no creo que quiera representarlo.

—Pero criatura... —Miguel estaba atónito—. ¿Qué es lo que te ocurre?

—Nada.

—Sí, algo te ocurre; últimamente has estado desconocida, de mal humor... nerviosa, ¿qué es ello?

—Nada. Sólo quiero que seas... prudente, Mick.

—¿Prudente? Siempre lo he sido.

—No, no lo eres. Siempre has creído que puedes hacer lo que te plazca y que todo el mundo va a creer lo que tú digas. Fue una tontería decir que estuviste con Oscar.

Miguel enrojeció.

—Y tú, ¿qué? Dijiste que habías estado de compras con Juana, y no es cierto. Juana está en América desde hace semanas.

—Sí —admitió Rosamunda—. Eso también fue una estupidez. La verdad es que fui a dar un paseo... por Regent's Park.

—¿Regent's Park? —Miguel la miraba con curiosidad—. En tu vida fuiste a pasear por Regent's Park. ¿Qué es lo que ocurre? ¿Acaso tienes alguna amistad masculina? Puedes decir lo que quieras, Rosamunda; has estado muy cambiada últimamente. ¿Por qué?

—He estado... pensando muchas cosas...

Miguel dio vuelta a la mesa para acercarse a ella con ademán espontáneo. Su voz expresaba su amor al decirle amorosamente:

—¡Querida, tú sabes que te quiero con locura!

Ella correspondió a su abrazo pero al separarse, Miguel volvió a encontrarse con la mirada calculadora de aquellos hermosos ojos.

—Cualquier cosa que hubiera hecho... tú me perdonarías, ¿verdad?

—Supongo que sí —repuso Rosamunda—. Ésa no es la cuestión. Es una especie de comienzo y luego hay que preparar lo que conviene hacer de inmediato y pensar en lo que es importante y en lo que no lo es.

—Rosamunda...

Permaneció con la mirada perdida en la distancia... en un lugar que al parecer no ocupaba Miguel.

Al llamarla por tercera vez, se sobresaltó ligeramente, despertando de su ensimismamiento.

—¿Qué decías?

—Te preguntaba en qué estás pensando.

—Oh, sí; me estaba preguntando si debía ir a... ¿cómo se llama...? Lychett Saint Mary, y ver a esa señorita Nosé-cuántos... la que estaba con tía Cora.

—Pero ¿por qué?

—Pues porque ella no tardará en marcharse, ¿verdad? Con algunos pariente o con quien sea. Y no creo que debamos dejarla marchar hasta que se lo hayamos preguntado.

—¿Preguntarle qué?

—Preguntarle quién mató a tía Cora.

—¿Quieres decir... que tú crees que ella lo sabe?

—Oh, sí, me fiuro que sí... Ella vivía allí —repuso un tanto ausente.

—Pero se lo hubiera dicho a la policía.

—Oh, no quiero decir que lo sepa así... sino que debe sospecharlo por lo que dijo tío Ricardo cuando estuvo allí. Y él estuvo allí, ¿sabes? Susana me lo contó.

—Pero no pudo oír lo que dijo.

—Oh, sí, claro que lo oyó, querido. —Parecía como si Rosamunda tratara de convencer a un chiquillo.

—¡Tonterías! No puedo imaginar a Ricardo Abernethie hablando de sus sospechas ante un extraño.

—Bueno, claro. Pudo oírlo a través de la puerta.

—¿Quieres decir que pudo estar escuchando intencionadamente?

—Eso creo... es decir, estoy segura de ello. ¡Debe ser tan aburrido lavar platos, o sacar a paseo el gato! Claro que escucharía detrás de las puertas.

Miguel la miró con un intento de aproximación.

—¿Tú lo hubieras hecho?

—Yo no iría a vivir al campo para servir de compañera a nadie —repuso Rosamunda—. Preferiría la muerte

—Quiero decir... ¿no leerías las cartas... y lo demás?

—Si quisiera enterarme de algo, sí —repuso Rosamunda con calma—. Todo el mundo lo hace, ¿verdad?

Su límpida mirada se encontró con la suya.

—Una sólo quiere saber —dijo Rosamunda—. No quiere intervenir para nada. Me figuro que es eso lo que sintió... Me refiero a la señorita Gilchrist. Pero estoy segura de que lo sabe.

—Rosamunda, ¿quién crees tú que asesinó a Cora... y al viejo Ricardo?

Una vez más le miraron los límpidos ojos:

—Querido... no seas absurdo... Lo sabes tan bien como yo. Pero es mejor... mucho mejor, no mencionarlo nunca...

CAPÍTULO XVIII

Desde su asiento, junto a la chimenea de la biblioteca, Hércules Poirot contempló a los allí reunidos.

Sus ojos pensativos pasaron a Susana, sentada muy erguida y con aspecto de gran animación, a su esposo, sentado a su lado con expresión ausente y cuyos dedos retorcían un pedazo de cordel luego a Jorge Crossfield, que satisfecho de sí mismo hablaba de los caballeros de industria que actúan en los grandes transatlánticos, a Susan, que decía mecánicamente:

—¡Qué extraordinario, querido! Pero, ¿por qué?

Y luego a Miguel, con su atractivo físico y su aparente encanto; Elena, ligeramente distraída; Timoteo, cómodamente arrellanado en la mejor butaca y con un almohadón colocado a su espalda; Maude, atenta, y por fin a la figura sentada un poco aparte, como temerosa de mezclarse en el círculo familiar... la figura de la señorita Gilchrist, luciendo una bata bastante vistosa. No tardaría en levantarse con cualquier pretexto para ir a su habitación. Sabía cuál era su lugar y lo apreció del modo más duro.

Hércules Poirot tomó un sorbo de su café, y con los párpados entornados fue haciendo apreciaciones.

Quiso verles allí... a todos juntos, y ya los tenía reunidos. ¿Y ahora qué iba a hacer con ellos? Sintió un repentino disgusto por tener que continuar aquel asunto. ¿Por qué? ¿Sería acaso por la influencia de Elena Abernethie? En ella encontró una resistencia pasiva... mucho más fuerte de lo que debía suponer. Es que con su aparente gracia y desenfado había logrado comunicarle su propia desgana. Ella era contraria a que se volviera sobre los detalles de la muerte de Ricardo, lo sabía. Hubiera querido que se dejase correr aquel asunto... hasta que fuera olvidado. A Poirot no era eso lo que le extrañaba, sino su propia disposición a estar de acuerdo con sus propósitos.

Se daba cuenta de que la descripción que el señor Entwhistle hiciera de la familia había sido admirable. A pesar de ello, Poirot quiso verlos por sí mismo, imaginando que al conocerlos íntimamente tendría la idea... no de cómo o cuándo... (ésas eran preguntas que no le concernían. El crimen, era posible... eso era todo lo que necesitaba saber), sino de quién. Pues Hércules Poirot tenía toda una vida de experiencia, y como el entendido en pintura puede reconocer el artista por sus obras, así Poirot creía poder reconocer al tipo de asesino *amateur*, quien estaría preparado para volver a matar... de surgir complicaciones.

Pero no era tan sencillo como se imaginara.

Ya se podía suponer a casi todas aquellas personas como posible, aunque no probables, asesinos. Jorge pudo matar... como mata una rata al verse acorralada. Susana con calma... y eficiencia y siguiendo un plan. Gregorio, porque poseía aquella extraña mentalidad que invita y casi desea ser castigado. Miguel, por ser vanidoso y tener la seguridad de sí mismo propia de los asesinos. Rosamunda, por su inofensividad... aparente. Timoteo, porque había odiado a su hermano y envidiado el poder que su dinero hubiera podido darle. Maude, porque Timoteo era su niño, y por él hubiera sido capaz de todo. Incluso la señorita Gilchrist pudo haber matado, si con ello hubiera recobrado «El Sauce» y su antigua posición.

¿Y Elena? No podía imaginarla cometiendo un crimen. Era tan civilizada... tan contraria a la violencia.

Poirot suspiró. No iba a ser fácil llegar a la verdad. Tendría que adoptar un método lento, pero seguro: La conversación. Mucha conversación. Porque a la larga, bien gracias a una mentira o a una verdad, hablando todos se comprometen...

Había sido presentado por Elena a los reunidos, y tuvo que comenzar a trabajar para vencer el casi total disgusto causado a todos por su presencia... ¡Un extranjero desconocido en aquella reunión familiar! Utilizó sus ojos y oídos. Observando y escuchando... abiertamente y detrás de las puertas. Pudo notar afinidades, antagonismos y las discusiones que brotan espontáneamente siempre que se trata de dividir una propiedad. Se las ingenió para conseguir algunas entrevistas, paseos por la terraza y fue haciendo sus deducciones. Paseo con la señorita Gilchrist, hablando de las glorias pasadas de su salón de té, sobre la composición de *brioches* y *eclairs* (1) de chocolate y fue con ella hasta la huerta para discutir la utilidad de las hierbas aromáticas en los guisos. Pasó largos ratos escuchando a Timoteo disertar sobre su salud y el efecto que le producía el olor a pintura. ¿Pintura? Poirot frunció el entrecejo. Alguien más había dicho algo sobre pintura... ¿Fue el señor Entwhistle?

También hubo discusiones sobre otras clases de pinturas. De Pedro Lansquenet como pintor y los cuadros de Cora Lansquenet, tan apreciados por la señorita Gilchrist. En cambio, Susana dijo de ellos con desprecio:

—Parecen tarjetas postales. Debió copiarlos de postales.

La señorita Gilchrist, muy enfadada, había protestado diciendo que su querida señora Lansquenet siempre pintaba del natural.

—Pero apuesto a que mentía —le dijo Susana a Poirot cuando la señorita Gilchrist hubo salido de la estancia—. Estaba segura, pero entonces no quise molestarla insistiendo.

—¿Y cómo lo sabe?

Poirot observaba la línea enérgica de su barbilla. «Siem-

(1) Dulces variados.

pre debe estar segura —pensó—. Y alguna vez puede que demasiado.»

—Se lo diré —prosiguió Susana—; pero que no se entere la señorita Gilchrist. Uno de los cuadros representa Polflexan, la ensenada, el faro y la escollera... desde el ángulo que lo toman todos los artistas aficionados. Pero la escollera fue destruida durante la guerra, y puesto que el apunte de Cora fue hecho hace un par de años, no es posible que lo copiara del natural, ¿no le parece? Sin embargo, las postales que se venden son las mismas de antes, es decir, de cuando la escollera estaba entera. Encontré una en el dormitorio. Por lo visto, tía Cora lo empezaría aquí, y luego, una vez en su casa, lo terminaría copiándolo de una postal. Es curioso lo pronto que se descubre todo.

—Sí, como usted dice, es curioso —hizo una pausa, considerando aquel detalle como un buen comienzo.

—Usted no se acuerda de mí, madame; pero yo sí la recuerdo. Ésta no es la primera vez que la veo.

Ella le miró sorprendida. Poirot asintió con satisfacción.

—Sí, sí; como le digo. Yo estaba en el interior de un automóvil, bien arropado en mi manta de viaje, y la vi por la ventanilla. Estaba hablando con uno de los mecánicos del garaje. Usted no se fijó en mí, es natural, un extranjero viejo dentro de un coche. Pero yo sí me fijé en usted, porque es joven y bonita y estaba a pleno sol. Así que cuando llegué aquí me dije: «¡Vaya! ¡Qué casualidad!»

—¿Un garaje? ¿Dónde? ¿Cuándo fue eso?

—Oh, hace poco... cosa de una semana... no, un poco más. De momento —dijo Poirot con disimulo y recordando mentalmente el garaje de «Las Armas del Rey»—, no puedo decirle dónde. Viajo tanto por esta parte del país...

—¿En busca de una casa que comprar para sus refugiados?

—Sí. Hay que considerar tantas cosas, ¿sabe usted? Precio... vecindad... posibilidad de adaptación.

—Me figuro que tendrán que hacer muchas reformas en la casa. Divisiones, tirar tabiques y otras cosas por el estilo.

—En los dormitorios, sí, desde luego; pero casi toda la planta baja se dejará como está —hizo una pausa antes de proseguir—. ¿Le resulta doloroso que esta vieja mansión familiar vaya a parar a manos de... extranjeros?

—Claro que no —Susana parecía divertida—. Creo que es una excelente idea. Es un lugar imposible para que nadie piense en vivir aquí tal como está. Y no tengo motivos de índole sentimental. No es mi viejo hogar. Mis padres vivían en Londres. Sólo veníamos algunas veces, por Navidad. Ahora la considero algo horrible... es casi un templo dedicado a la riqueza.

—Pero ahora los altares son distintos. Observe el interior del edificio la luz indirecta y su elegante sencillez. Pero la riqueza todavía tiene sus templos, madame. Tengo entendido, espero no ser indiscreto, que usted está preparando uno de ellos. Todo lo que signifique *luxe* sin reparar en el precio.

—No se trata de un templo... sólo un negocio.

—Tal vez no sea el nombre lo que importe, pero costará mucho dinero. Esto es cierto, ¿verdad?

—Hoy en día todo está carísimo, mas creo que el desembolso inicial bien valía la pena.

—Cuénteme cuáles son sus planes. Me sorprende encontrar una mujer y bonita tan práctica y competente. Cuando yo era joven, de eso hace ya mucho tiempo, confieso que las mujeres hermosas sólo se preocupaban de sus diversiones, cosméticos y la *toilette*.

—Las mujeres siguen preocupándose mucho de sus rostros... y ahí es precisamente donde intervengo yo.

—Cuénteme.

Y se lo contó con todo lujo de detalles y sin darse cuenta de que descubría al mismo tiempo su modo de ser: su perspicacia para los negocios, su audacia constructiva y su capacidad para apreciar el menor detalle. Sus planes eran osados y barrían toda suerte de obstáculos. Tal vez con algo de rudeza, como todo aquel que se propone llegar a una meta.

—Sí, tendrá usted éxito —le dijo Poirot sin dejar de observarla—. Llegará lejos. Qué suerte el no tener que preocuparse por la falta de dinero. Hoy en día no se puede ir muy lejos sin emplear primero un capital. Tener estas ideas creadoras y no poder ponerlas en práctica por falta de medios... hubiera sido insoportable.

—¡Yo no hubiera podido resistirlo! Pero habría conseguido el dinero de un modo u otro... buscando alguien que me respaldara.

—¡Ah, claro! Su tío, el propietario de esta casa, era rico. Aunque no hubiera muerto, la hubiera respaldado, como usted dice.

—¡Oh, no qué va! Tío Ricardo era un poquito testarudo en cuanto a mujeres se refiere. Si yo hubiera sido un hombre... —un relámpago de ira cruzó por sus ojos—. Me puso furiosa.

—Ya comprendo... sí, ya comprendo...

—Los viejos no debieran interponerse en el camino de los jóvenes. Yo... ¡Oh, le ruego que me perdone!

Hércules Poirot rió espontáneamente mientras retorcía su bigote.

—Sí, soy un viejo, pero no me interpongo en el camino de la juventud. No hay nadie que necesite esperar mi muerte.

—Qué idea más terrible.

—Pero es realista, madame. Admitamos que el mundo está lleno de jóvenes... e incluso de personas de mediana edad que aguardan pacientes o impacientes la muerte de alguien, cuyo fallecimiento les proporcionará si no la opulencia... por lo menos oportunidad.

—¡Oportunidad! —exclamó Susan, exhalando un profundo suspiro—. Eso es lo que hace falta.

Poirot, mirando por encima de su hombro, dijo alegremente:

—Ahí viene su esposo para unirse a nuestra pequeña polémica. Señor Banks, estábamos hablando de oportunidad. La dorada oportunidad... la que hay que asir con ambas manos. En conciencia, ¿hasta dónde le parece que se puede llegar? Oigamos su opinión.

Pero no estaba llamado a oír las opiniones de Gregorio Banks sobre oportunidades ni sobre nada. De hecho le fue imposible hacerle hablar. Banks poseía una cualidad: era escurridizo como una anguila. Al parecer, no tenía ganas de confidencias ni amigables discusiones. El método «conversación» había fallado con Gregorio.

Poirot había hablado con Maude Abernethie también sobre pintura; mejor dicho, sobre su olor, y de lo afortunado que era Timoteo al poder trasladarse a Enderby, y de lo amable que había sido Elena el extender la invitación a la señorita Gilchrist.

—Porque, la verdad, es muy útil. Timoteo a veces se pone bastante difícil... y no se puede pedir demasiado al servicio, pero hay un fogón de gas en el cuartito de la despensa, y así la señorita Gilchrist puede calentarle la Ovaltina o lo que sea sin molestar a nadie. Y siempre está dispuesta a ir a buscarle cosas, y no le importa subir y bajar la escalera una docena de veces al día. Oh, sí, creo que fue verdaderamente providencial que se negara a quedarse sola en la casa, aunque confieso que entonces me preocupó su estado de nervios.

—¿Es que acaso perdió el dominio? —Poirot estaba interesado y escuchó con toda atención el resumen que Maude le hizo de lo ocurrido.

—¿Dice usted que estaba atemorizada? ¿Y que no pudo decir exactamente por qué? Eso es interesante. Muy interesante.

—Yo lo atribuí a los efectos de un *shock* nervioso algo «retrasado».

—Es posible.

—Una vez, durante la guerra, recuerdo que una bomba cayó a una milla de distancia de nosotros y Timoteo...

Poirot procuró que no se apartara de la cuestión.

—¿Había sucedido algo de particular aquel día? —preguntó.

—¿Qué día?

—El día que la señorita Gilchrist estaba tan nerviosa.

—Oh, ése... no, creo que no. Parece ser que le fue entrando ese desasosiego desde que dejó Lychett Saint Mary, o por lo menos eso dijo. Cuando estuvo allí parecía que no le importaba quedarse sola.

Y el resultado, pensaba Poirot, había sido un trozo de pastel envenenado. No era de extrañar que la señorita Gilchrist se sintiera asustada... y aunque se había trasladado al tranquilo pueblecito de Stansfield Grange, el miedo persistió. Más que persistir, había aumentado. ¿Por qué? ¿Es que el atender a un hipocondríaco excitable como Timoteo debe ser tan extenuador que los temores nerviosos se acrecentaban hasta la exasperación?

Pero hubo algo en aquella casa que le dio miedo a la señorita Gilchrist. ¿Qué fue? ¿Lo sabía ella?

Al encontrarse a solas con la solterona un ratito antes de comer, Poirot trató del asunto con exagerada curiosidad de forastero.

—Comprenda que para mí resulta imposible mencionar el asesinato a cualquier miembro de la familia. Pero estoy interesado. ¿Quién no lo estaría? Un crimen brutal... una artista delicada y sensible asesinada en una casita solitaria. ¡Qué terrible para su familia! Pero terrible también, me figuro, para usted. Puesto que la esposa de Timoteo Abernethie me ha dado a entender que usted estaba entonces con ella.

—Sí. Y si usted quiere perdonarme, señor Pontarlier, preferiría no hablar de ello.

—Comprendo... oh, sí; la comprendo perfectamente.

Y una vez dicho esto, aguardó. Y como había pensado, la señorita Gilchrist inmediatamente comenzó a hablar de ello.

—No le dijo nada que él no supiera, pero representó su

papel de escucha con toda simpatía, murmurando exclamaciones de comprensión y demostrando su interés que la señorita Gilchrist no pudo por menos de encontrar halagador.

Una vez que hubo agotado hasta la saciedad lo que ella había sentido, lo que dijo el médico y lo amable que había sido el señor Entwhistle, Poirot pasó a tratar del tema que le interesaba.

—Creo que hizo bien en no quedarse sola en aquella casa.

—No hubiera podido, señor Pontarlier. La verdad, no me hubiera sido posible.

—No. Y también comprendo que temiera permanecer sola en la casa del señor Timoteo Abernethie mientras ellos venían aquí.

—Me siento terriblemente avergonzada. Fui muy tonta. Me invadió una especie de pánico... y no sé por qué reaccioné así.

—Pues está bien claro. Acababa usted de reponerse del atentado sufrido... Quisieron envenenarla...

La señorita Gilchrist dijo que no acababa de comprenderlo. ¿Por qué iba nadie a querer envenenarla?

—Pues es evidente, señorita, porque ese criminal, ese asesino, pensó que usted sabía algo que pudiera conducir a la policía hasta él.

—Pero, ¿qué podía saber yo? Debe tratarse de algún vagabundo o un ser medio loco.

—Si fuera un vagabundo, me parece poco probable...

—Oh, por favor, señor Pontarlier... —la señorita Gilchrist pareció trastornarse—. No sugiera tales cosas. No quiero creerlas.

—¿Qué es lo que no quiere creer?

—No quiero creer que se trate de... quiero decir... que fuera...

Se detuvo confundida.

—Y no obstante —dijo Poirot con astucia—, lo cree.

—Oh, no. ¡No!

—Pues yo creo que sí. Por eso está atemorizada... porque sigue asustada, ¿verdad?

—Oh, no, desde que vine aquí, ya no. Hay tanta gente, y un ambiente tan familiar. Oh, no. Aquí todo marcha perfectamente.

—A mí me parece... debe perdonar mi interés... soy un hombre de edad y dedico parte de mi tiempo a pensar ociosamente en asuntos que me interesan... A mí me parece que debió ocurrir algo en Stansfield Grange, por así decir, que volvió a suscitarle esos temores. Los médicos nos hablan hoy día de las cosas que ocurren en nuestro subconsciente.

—Sí,... sí... eso dicen.

—Y yo creo que sus temores subconscientes pudieron resurgir ante algún hecho concreto, algo tal vez extraño y ajeno por completo al punto inicial.

—Estoy segura de que tiene usted razón.

—Ahora, ¿no podría pensar cuál fue esta... extraña circunstancia?

La solterona meditó unos instantes y luego dijo inesperadamente:

—¿Sabe, señor Pontarlier? Me parece que fue seguramente la monja.

Antes de que Poirot pudiera replicar, Susana y su marido se unieron a ellos, seguidos de Elena.

«La monja —pensó Poirot—. Veamos, en todo esto, ¿cuándo oí algo acerca de una monja?

Y resolvió llevar la conversación hacia este tema durante el transcurso de la velada.

CAPÍTULO XIX

La familia había recibido amablemente al señor Pontarlier, representante de la A.N.U.O.C.R. ¡Y qué bien hizo en designarla por las iniciales! Todo el mundo lo había aceptado como cosa hecha... e incluso dando a entender que sabían de lo que se trataba. ¡Qué reacios somos los seres humanos a confesar nuestra ignorancia! La única excepción fue Rosamunda.

—Pero, ¿qué es eso? —le preguntó—. Nunca lo había oído.

Por suerte, en aquellos momentos estaban solos. Poirot le explicó en qué consistía de tal manera, que debió sentirse avergonzada de no haber oído hablar de una institución mundialmente conocida. Rosamunda, sin embargo, sólo dijo con vaguedad:

—¡Oh, otra vez refugiados! Estoy harta de refugiados.

Así exteriorizaba la reacción de muchos que tenían demasiados convencionalismos para expresarse con franqueza.

Y de este modo el señor Pontarlier fue aceptado... como un estorbo y al mismo tiempo como un cero a la izquierda. Se había convertido en una pieza decorativa. La opinión general era que Elena había evitado que estuviera allí precisamente durante aquel fin de semana, pero ya que no había remedio trataron de soportarle lo mejor posible. Por fortuna, aquel extraño forastero parecía no saber mucho inglés, y cuando hablaba más de una persona se quedaba completamente *in albis*. Sólo se interesaba por los refugiados y la situación de postguerra, y su conversación se reducía a estos temas. Más o menos olvidados por todos, Hércules Poirot recostóse en su butaca, y mientras sorbía su café iba observando, como hacen los gatos con las idas y venidas de una bandada de pájaros, cuando aún no están preparados para saltar.

A las veinticuatro horas de deambular por la casa examinándolo todo, los herederos de Ricardo Abernethie estaban dispuestos a manifestar sus preferencias, y en caso de ser necesario, a luchar por ellas.

En primer lugar, el tema de discusión fue cierta vajilla de porcelana, en la que acababan de comer.

—Yo no creo que viviré mucho —dijo Timoteo en tono ligeramente melancólica—. Y Maude y yo no tenemos hijos. No vale la pena que nos rodeemos de objetos inútiles, pero por razones sentimentales quisiera quedarme con la vajilla de Spode. Me recuerda los viejos tiempos. Claro que está pasada de moda y no debe tener gran valor... pero ahí tenéis. Me doy por satisfecho con eso... y el pisapapeles del saloncito blanco.

—Llegas tarde, tío —repuso Jorge con talante indiferente—. Esta mañana le pedí a Elena que separase esa vajilla para mí.

—¿Separarla...? ¿Qué quieres decir? Todavía no se ha acordado nada. ¿Y para qué quieres tú una vajilla? No estás casado.

—La verdad es que colecciono porcelanas. Y ésta es una espléndida muestra en su género; pero puedes quedarte con el pisapapeles, tío. No lo quiero como recuerdo.

—Vamos, Jorge. No seas así. Soy mayor que tú... y el único hermano de Ricardo que queda con vida. Esa vajilla es mía.

—¿Por qué no te quedas la de Dresde, tío? Es muy bonita y creo que tendrá para ti tantos recuerdos sentimentales como ésta. De todas formas, la de Spode es mía. Yo llegué primero.

—¡Tonterías... nada de eso! —Timoteo se irritaba, y Maude intervino.

—Por favor, no disgustes a tu tío, Jorge. No le conviene. ¡Claro que tendrá la de Spode, si así lo desea! El primero en escoger debe ser él; los jóvenes, después. Es el hermano de Ricardo, como bien dice, y tú solamente un sobrino.

—Y oye bien esto, jovencito —dijo Timoteo, muy agitado—. Ricardo hubiera hecho un testamento como es debido al disponer que todo lo que contiene esta casa hubiera sido cosa mía. Así es cómo ha debido ser, y si no ha sido así, sospecho que fue debido a influencias ilícitas. Sí, lo repito... influencias ilícitas.

Echóse hacia atrás apoyando su mano en el pecho.

—Ha sido un testamento descabellado —agregó Timoteo mirando a su sobrino—. Sí. ¡Descabellado!

—Esto es fatal para mí —gimoteó—. Si pudiera tomar... un poco de coñac...

La señorita Gilchrist corrió a buscarlo, volviendo con una botella. Sirvió una copita.

—Aquí tiene, señor Abernethie. Por favor, no se excite. ¿Está seguro de que no estaría mejor en la cama?

—No sea tonta —Timoteo se tomó el coñac de un trago—. ¿Acostarme? Lo que intento es proteger mis intereses.

—La verdad, Jorge, me sorprendes —dijo Maude—. Lo que tu tío dice es absolutamente cierto. Sus deseos están por encima de todo. Si desea la vajilla de porcelana de Spode, la tendrá.

—De todas formas, es bastante fea —dijo Susana.

—Cállate la lengua, Susana —le ordenó Timoteo.

El muchacho delgado que se sentaba al lado de la joven alzó la cabeza, y con voz más chillona de la que empleaba normalmente, dijo:

—¡Haga el favor de no hablar así cuando se dirija a mi mujer!

Se había levantado de su asiento y Susana apresuróse a decir:

—Está bien, Greg. No me importa.

—Pero a mí, sí.

—Creo que sería una delicadeza por tu parte el dejar esa vajilla a tu tío —dijo Elena.

Timoteo exclamó indignado:

—¡Aquí, en lo que se refiere a esta cuestión, no hay delicadeza que valga!

Pero Jorge, inclinándose ligeramente ante Elena, dijo:

—Tus deseos son órdenes para mí, tía Elena. Retiro mi petición.

—¿De verdad ya no la quieres, de verdad? —preguntóle Elena.

—Lo que te ocurre, tía Elena, es que eres demasiado lista. Ves mucho más de lo que parece. No te preocupes, tío Timoteo, la vajilla es tuya. Sólo he querido divertirme un poco.

—¡Valiente manera de divertirte! —Maude Abernethie estaba indignada—. ¡Y tu tío podía haber sufrido un ataque al corazón!

—No lo creas —repuso Jorge alegremente—. Es probable que tío Timoteo nos sobreviva a todos. Le pasa lo mismo que a las puertas herrumbrosas nunca las ve uno destruidas.

—No me extraña —dijo Timoteo inclinándose hacia delante— que decepcionaras a Ricardo.

—¿Qué quieres decir? —el buen humor de Jorge había desaparecido.

—Viniste aquí después de la muerte de Mortimer con la esperanza de convertirte en la horma de su zapato... para que te dejara único heredero, ¿verdad? Pero mi pobre hermano pronto descubrió tu modo de ser. Supo ver adónde iría a parar el dinero si eras tú quien lo fiscalizaba. Me sorprende incluso que te haya dejado parte de su fortuna, pues ya sabía dónde iría a desaparecer: en caballos, apuestas, Montecarlo, casinos extranjeros. Tal vez en cosas peores. Sospechaba que no llevaba una vida muy recta, ¿eh?

Jorge repuso con la totalidad de los músculos de su rostro tensos:

—¿No sería mejor que tuvieras más cuidado con lo que dices?

—No estuve lo bastante bien como para venir al funeral —dijo Timoteo despacio—, pero Maude me contó lo que dijo Cora. Cora siempre fue una tonta..., pero puede que tuviera alguna razón. Y de ser así, yo sé de quién sospecharía...

—¡Timoteo! —Maude se puso en pie con calma, simbolizando la torre de la fortaleza—. Has tenido un día agotador. Debes pensar en tu salud. No puedo consentir que vuelvas a empeorar. Ven conmigo. Debes tomar un calmante y acostarte en seguida. Elena, Timoteo y yo nos llevaremos la vajilla de Spode y el pisapapeles del gabinete, como recuerdos de Ricardo. Espero que no haya ningún inconveniente.

Su mirada recorrió toda la estancia. Nadie habló y se dispuso a salir de la habitación dando el brazo a Timoteo, y apartando a la señorita Gilchrist, que rondaba junto a la puerta.

Cuando hubieron salido, Jorge rompió el silencio.

—*Femme formidable* —dijo—. Es la definición que mejor cuadra a tía Maude. No quisiera por nada del mundo impedir su progreso triunfante.

La señorita Gilchrist volvió a sentarse mientras murmuraba:

—La señorita Abernethie es muy amable.

Su observación sonó a insincera.

Miguel Shane soltó una carcajada, exclamando:

—¿Sabéis que todo esto es muy divertido? A propósito, Rosamunda y yo queremos la mesa de malaquita del salón.

—Oh, no —exclamó Susana—. Ésa la quiero yo.

—Ya empezamos otra vez —dijo Jorge, alzando los ojos al cielo.

—Bueno, no necesitamos enfadarnos por eso —Susana quiso mostrarse amable—. La quiero para mi nuevo Salón de Belleza. Será una nota de color... y pondré encima un gran ramo de flores de cera. Quedará estupendamente bien. Es fácil encontrar flores de cera, pero una mesa de malaquita verde no es tan corriente. Por eso es por lo que la necesito.

—Pero, querida —intervino Rosamunda—, por eso precisamente la queremos nosotros. Para el escenario de la nueva obra. Y como tú dices, será una nota de color... y tan adecuada a la época... Y también pondré encima flores de cera o una jaula de colibríes. Quedará perfecta con el resto de la decoración.

—Te comprendo muy bien, Rosamunda —dijo Susana—. Pero no creo que tu mesa haya de ser tan buena como la mía. Para el escenario puede pintarse cualquier mesa de ese color... y hace el mismo efecto. Pero para mi salón tiene que ser auténtica.

—Atención, señoras —dijo Jorge—. ¿Qué les parece si lo decidieran deportivamente? ¿Por qué no echarlo a cara o cruz, o que se la lleve la que saque la carta más alta? Estaría más adecuado con la época de la mesa.

—Rosamunda y yo hablaremos de esto mañana.

Como de costumbre, parecía muy segura de sí misma. Jorge observó su rostro y el de Rosamunda. Ésta tenía una expresión ausente... lejana...

—¿Por cuál de las dos apuestas, tía Elena? —le preguntó—. Una oportunidad más de ganar algún dinero. Susana tiene seguridad, pero Rosamunda es de una obstinación verdaderamente maravillosa.

—O tal vez no ponga colibríes —decía Rosamunda—, sino uno de esos grandes jarrones chinos convertidos en lámpara, con una pantalla dorada.

La señorita Gilchrist apresuróse a apaciguar los ánimos, que estaban exaltados.

—Esta casa está llena de cosas maravillosas —dijo—. Esa mesa verde estoy segura de que quedará perfectamente en su nuevo establecimiento, señora Banks. Nunca vi nada parecido. Debe valer mucho dinero.

—Naturalmente su valor será descontado de la parte que me corresponde en la herencia —dijo Susana.

—Lo siento... no quise decir... —la señorita Gilchrist estaba confundida.

—Puede ser descontada de nuestra parte —intervino Miguel—. Con las flores de cera y todo.

—¡Quedan tan bien sobre esa mesa! —murmuró la señorita Gilchrist—. Muy artísticas y bonitas.

Pero nadie prestaba atención a las bien intencionadas trivialidades de la solterona.

Greg volvió a hablar, elevando su muy chillona y nerviosa voz.

—Susana quiere esa mesa.

Hubo unos momentos de inquietud, como si con sus palabras Greg hubiera pulsado otra nota musical.

Al fin dijo Elena:

—¿Y qué es lo que tú quieres en realidad, Jorge? Has renunciado a la vajilla de Spode.

—Ha sido bastante vergonzoso atormentar al viejo Timoteo. Pero, la verdad, resulta insoportable. Hace tanto tiempo que se sale siempre con la suya, que se ha convertido en un caso patológico.

—A un inválido hay que llevarle siempre la corriente, señor Crossfield —dijo la señorita Gilchrist.

—Es un viejo hipocondríaco; eso es lo que es —replicó Jorge.

—Claro que sí —convino Susana—. Yo no creo que le ocurra nada de particular, ¿verdad, Rosamunda?

—¿Qué?

—Que tío Timoteo no tiene nada.

—...no...; no lo creo —Rosamunda estaba distraída y se disculpó—. Lo siento. Estaba pensando en el modo más conveniente de iluminar la mesa.

—¿Lo veis? —dijo Jorge—. Es una mujer de ideas fijas. Miguel, tu esposa es una mujer peligrosa. Espero que sepas darte cuenta de ello.

—Me doy cuenta —repuso Miguel bastante serio.

Jorge continuó en tono alegre:

—¡La batalla de la mesa! Se librará mañana... cortésmente... pero con firme determinación. Cada uno que apueste por su favorita. Yo me inclinó por Rosamunda, que parece tan dócil y complaciente y no lo es. Los maridos es de presumir que estén al lado de sus esposas. ¿Y la señorita Gilchrist? Sin duda de parte de Susana.

—Oh, señor Crossfield; yo no me atrevería a...

—Tía Elena —Jorge no le prestó atención—, tu voto es el que decide. Oh, me olvidaba... ¿señor Pontarlier?

—*Pardon* —Hércules Poirot se hizo teatralmente el sorprendido.

Jorge iba a darle toda suerte de explicaciones, pero cambió de idea. Según él, aquel pobre hombre no había entendido una sola palabra de lo que estaba hablando. Le informó brevemente.

—Sí, sí, comprendo perfectamente —Poirot sonrió con amabilidad.

—Así que tu voto es el definitivo, tía Elena. ¿De parte de quién estás?

—Tal vez yo también la quiera, Jorge —repuso Elena sonriente.

Y cambió de tema volviéndose al huésped extranjero.

—Me temo que debe resultarle esto algo aburrido, señor Pontarlier.

—En absoluto, madame. Considero un privilegio el haber sido admitido en la intimidad familiar —se inclinó—. Quisiera decirles... no puedo expresar exactamente mis sentir... mi pena de que esta casa tenga que pasar a manos extranjeras. Es, sin duda, una gran tristeza.

—No, por cierto; nosotros no lo sentimos en absoluto —le aseguró Susana.

—Son ustedes admirables, madame. Permítame decirle que éste es el lugar para mis ancianos perseguidos. ¡Qué cielo! ¡Qué paz! He oído decir que también quisieron instalar aquí un colegio... un convento... dirigido por religiosas... por monjas. ¿Lo hubieran preferido así tal vez?

—Desde luego que no —repuso Jorge.

—El Sagrado Corazón de María —continuó Poirot—. Por

fortuna, debido a la amabilidad de un benefactor desconocido pudimos subir nuestra oferta —se dirigió directamente a la señorita Gilchrist—. ¿Creo que a usted no le agradan las monjas?

—Oh, la verdad, señor Pontarlier, no debe... quiero decir, que no es nada personal. Pero nunca comprendí por qué tienen que encerrarse fuera del mundo... aunque, claro, eso no reza con las que se dedican a la enseñanza, o las que cuidan de los pobres... porque estoy segura de que hacen muchísimo bien.

—Yo no puedo imaginar que nadie quiera meterse a monja —dijo Susana.

—Pues resulta favorecedor el hábito —replicó Rosamunda—. ¿Recuerda cuando repusieron *El Milagro*, el año pasado? Sonia Wells estuvo magnífica.

—Yo lo considero poco práctico y antihigiénico —dijo Jorge.

—Y hace que todas parezcan iguales, ¿verdad? —dijo la solterona—. Es una tontería, pero me llevé un buen susto cuando estaba en casa de la señora Abernethie y llamó a la puerta una monja que venía a pedir. Se me metió en la cabeza que era la misma que fue a Lychett Saint Mary el día de la vista sobre el asesinato de la pobre señora Lansquenet. Sentía como si por todas partes me estuvieran persiguiendo.

—Siempre creí que las monjas iban a pedir por parejas —dijo Jorge.

—Sólo iba una —dijo la señorita Gilchrist—. Tal vez tengan que economizar —y agregó vagamente—: Y de todas maneras, no pudo haber sido la misma, pues una pedía para un orfelinato de San Bernabé, me parece... y la otra para algo muy distinto... algo relacionado con los pequeños.

—¿Y las dos se parecían? —quiso saber Hércules Poirot, interesado de pronto. La solterona volvióse hacia él.

—Me figuro que sí. En el labio superior... casi parecía como si tuviera bigote. Creo que eso fue lo que me alarmó en realidad... dado mi estado nervioso, y recordando las historias que me contaban durante la guerra... que era un disfraz utilizado por los de la Quinta Columna que se arrojaban en paracaídas. Claro que, fue una tontería por mi parte. Después lo comprendí.

—Es un buen disfraz —dijo Susana pensativa—. Oculta hasta los pies.

—La verdad es que nadie produce la misma impresión a todo el mundo —explicó Jorge—. Por eso en un juicio se oyen tan distintas opiniones sobre la misma persona dadas por los testigos. Les sorprendería conocer detalles sobre esto. Un hombre, el mismo, es descrito, como alto, bajo, delgado, grueso, vestido de oscuro, de claro. Suele haber un buen observador, pero hay que averigual cuál de entre ellos lo es.

—Otra cosa curiosa —dijo Susana— es que algunas veces uno se ve inesperadamente en un espejo y no se identifica. Le parece contemplar una cara familiar y se dice: «Es alguien a quien yo conozco mucho», y entonces se cae en la cuenta de que es uno mismo.

—Todavía resultaría más difícil si pudiéramos vernos tal como somos... y no como la imagen que refleja el espejo —dijo Jorge.

—¿Por qué? —preguntó Rosamunda intrigada.

—Porque nadie se ve a sí mismo... como le ven los demás, sino reflejado en un espejo... es decir, vemos la imagen invertida.

—¿Y hay diferencia?

—Oh, sí —repuso Susana rápidamente—. Debe haberla, puesto que el rostro de las personas no es igual en los dos lados. Las cejas son distintas, la boca puede subir en una de las comisuras, la nariz no ser muy recta... Eso puede comprobarse con un lápiz..., ¿quién tiene uno?

Alguien proporcionó lo que pedía y se entretuvieron colocando el lápiz a cada lado de la nariz y viendo con regocijo tan notable diferencia de ángulo.

Ahora la atmósfera se había aligerado ostensiblemente. Todo el mundo estaba de buen humor. Ya no eran los herederos de Ricardo Abernethie reunidos para repartir sus bienes sino un grupito alegre y normal de personas dispuestas a pasar un fin de semana en el campo.

Sólo Elena Abernethie permanecía silenciosa.

Con un suspiro, Hércules Poirot se puso en pie y deseó buenas noches a su anfitriona.

—Y tal vez sea mejor que me despida ya. Mi tren sale a las nueve de la mañana. Es muy temprano, así que le doy ahora las gracias por su hospitalidad. El día que pueda tomar posesión... bueno, eso ya lo arreglaré con el señor Entwhistle. Cuando a usted le convenga, desde luego.

—Cuando usted guste, señor Pontarlier. Ya... ya he terminado todo lo que vine a hacer aquí.

—¿Piensa regresar a su villa de Chipre?

—Sí —una ligera sonrisa curvó los labios de Elena.

—Está usted satisfecha, ya lo veo. ¿No siente una gran pena?

—¿De dejar Inglaterra o de dejar esta casa?

—Me refiero a dejar esta casa.

—No... no. ¿Es que sirve de algo vivir pensando en el pasado? Hay que irlo dejando a nuestra espalda.

—Si se puede —y parpadeando inocentemente, Poirot sonrió al grupo de rostros amables que le rodeaban.

—Algunas veces el pasado no quiere ser abandonado... ¿No sufrirá al verse relegado al olvido? Se queda con uno diciendo: Todavía no he terminado.

Susana soltó una risita incrédula.

—Pues sí, hablo en serio.

—¿Quiere decir —preguntó Miguel— que cuando vengan aquí sus refugiados no serán capaces de olvidar por completo los sufrimientos pasados?

—No me refería a mis refugiados.

—Sino a nosotros, querido —intervino Rosamunda—. Se refiere a tío Ricardo, tía Cora, el hacha y todo lo demás que se relaciona con esos crímens.

Se volvió a Poirot.

—¿No es así?

Hércules la miró sin que su rostro se alterase y le dijo:

—¿Por qué lo cree así, madame?

—Porque usted es un detective. Por eso ha venido aquí. La N.O.R., o como se llame, es sólo un pretexto. ¿Verdad?

CAPITULO XX

HUBO unos instantes de enorme tensión. Poirot podía percibirla, aunque no apartó los ojos del rostro plácido y encantador de Rosamunda.

—Es usted muy perspicaz, madame —dijo con una ligera reverencia.

—No mucho —dijo Rosamunda—. Pero recuerdo que una vez me lo indicaron en un restaurante.

—¿Y cómo no lo había dicho hasta ahora?

—Pensé que sería más divertido.

—Mi querida pequeña —dijo Miguel con voz poco segura—. Estaba furioso. Furioso y algo más... ¿receloso?

Poirot observó todos los rostro. Susana, contrariada y expectante; Gregorio, abstraído y silencioso; la señorita Gilchrist, boquiabierta por el asombro; Jorge, prudente; Elena, desolada y nerviosa...

Todas aquellas expresiones eran normales dadas las circunstancias. Ojalá hubiera visto aquellas caras unos segundos antes, cuando la palabra «detective» salió de labios de Rosamunda. Porque ahora inevitablemente podrían haber cambiado.

Irguió los hombros para encararse con ellos. Su lenguaje y su acento fueron menos extranjeros.

—Sí —aceptó—. Soy un detective.

Jorge Crossfield con los músculos tensos:

—¿Quién le ha enviado aquí?

—Fui encomendado para averiguar las circunstancias que contribuyeron a la muerte de Ricardo Abernethie.

—¿Por quién?

—De momento, eso no es de su incumbencia. Pero sería un descanso, ¿verdad?, poder estar seguros, sin ningún género de dudas, de que el fallecimiento de Ricardo Abernethie fue debido a causas naturales.

—¡Pues claro que lo fue! ¿Quién dice lo contrario?

—Cora Lansquenet lo dijo... y también ha muerto.

Una ola de inquietud parecía invadir la estancia.

—Lo dijo aquí... en esta habitación —dijo Susana—. Pero la verdad, no creí...

—¿De veras, Susana? —Jorge Crossfield volvió su sarcástica mirada hacia ella—. ¿A qué seguir disimulando? No podrás engañar al señor Pontarlier.

—Todos pensamos que tenía razón —dijo Rosamunda—. Y su nombre no es Pontarlier... sino Hércules... No Sé Qué.

—Hércules Poirot... para servirles.

Se inclinó. No hubo exclamaciones de asombro ni de recelo. Al parecer su nombre no significaba nada para ellos. Se alarmaron menos entonces que al oír la palabra «detective».

—¿Puedo preguntarle a qué conclusiones ha llegado? —quiso saber Jorge.

—No va a decírtelo, querido —repuso Rosamunda—. O si te lo dijera no sería la verdad.

Era la única que parecía divertida.

Hércules Poirot la miró pensativo.

2

Hércules Poirot no durmió bien aquella noche. Estaba preocupado sin saber exactamente por qué. Fragmentos de conversaciones, miradas, extraños movimientos... todo parecía cobrar un significado especial en la soledad de la noche. Estaba a punto de dormirse... pero el sueño no llegaba... En el preciso momento que iba a rendirle... algo aparecía en su mente como un relámpago, volviendo a despertarle. Pintura... Timoteo y pintura. Pintura al óleo... el olor de viejas pinturas al óleo... en cierto modo relacionado con el señor Entwhistle. Pintura y Cora. Los cuadros de Cora... las postales... Cora estaba engañada con respecto a su pintura... No, volvía el señor Entwhistle... algo que había dicho..., ¿o fue Lanscombe? Una monja que fue a la casa el día que murió Ricardo Abernethie. Una monja con bigote. Una monja en Stansfield Grange... y en Lychett Saint Mary. ¡Demasiadas monjas! Rosamunda maravillosa con un hábito de religiosa. Rosamunda diciendo que él era un detective... y todos mirándola... como debieron mirar a Cora cuando dijo: *Pero murió asesinado, ¿verdad?* ¿Qué fue lo que Elena Abernethie pudo encontrar extraño en aquella ocasión? Elena Abernethie dejando atrás el pasado... yendo a Chipre... dejando caer el jarrón de flores de cera cuando dijo..., ¿qué fue lo que él le había dicho? Si pudiera recordarlo...

Entonces se durmió y durmiendo, soñaba...

Soñaba con la mesa de malaquita verde. Sobre ella estaba la urna de cristal que contenía las flores de cera... y todo había sido pintado con vieja pintura color escarlata... del color de la sangre. Podía percibir el olor a pintura mientras Timoteo decía: «Me muero... me muero... esto es el fin». Y Maude, junto a él, alta y erguida, con un gran cuchillo en la mano, repetía como un eco: «Sí, es el fin». El fin... un túmulo con cirios y una monja rezando. Si pudiera ver la cara de la monja sabría...

Hércules despertó... sin saberlo.

Sí, fue el fin.

Aunque aún quedaba un gran trecho por recorrer.

Fue ordenando las piezas de aquel rompecabezas.

El señor Entwhistle, el olor a pintura, la casa de Timoteo y algo que debía haber en ella... o pudiera haber... las flores de cera... Elena... la urna rota...

3

Elena Abernethie, una vez en su habitación, tardó algún tiempo en acostarse. Estaba pensando.

Sentada ante el espejo de su tocador, contemplaba sin verla su propia imagen.

Se había visto obligada a admitir a Hércules Poirot en la casa contra su deseo. Pero el señor Entwhistle hizo imposible una negativa, y ahora todo se había descubierto. Ricardo Abernthie ya no podía permanecer tranquilo en su tumba. Y todo comenzó con las palabras de Cora...

Al día siguiente del funeral... ¿Cómo miraron todos a Cora? ¿Con qué expresión? ¿Y la de Cora?

¿Qué es lo que dijo Jorge sobre verse uno mismo?

Hay cierta variación... *Verse como nos ven los demás*... como los demás nos ven a nosotros.

Sus ojos, que antes miraron sin ver, recogieron su imagen. Se estaba viendo... pero no como era en realidad... ni como la veían los otros... ni como Cora la vio aquel día.

Su ceja derecha... no, la izquierda, se alzaba algo más que la derecha. ¿La boca No, la curva de su boca era simétrica. Si pudiera verse como los demás la veían no encontraría mucha diferencia con la imagen reflejada en el espejo. No como Cora.

Cora... la recordó perfectamente... el día después del funeral, con la cabeza ladeada... al hacer su pregunta... mirando a Elena...

De pronto alzó las manos hasta su rostro, mientras se decía:

—*No tiene sentido... es completamente absurdo...*

4

El sonar del timbre del teléfono despertó a la señorita Entwhistle de un sueño, de un sueño delicioso en el que jugaba al *piquet* con la reina Mary.

Trató de no hacer caso... pero seguía sonando. Somnolienta alzó la cabeza de la almohada para mirar el relojito que estaba en la mesita junto a la cama. Las siete menos cinco... ¿Quién podía llamar a aquellas horas? Debía tratarse de un número equivocado.

El irritable ri-rin-rin continuaba. La señorita Entwhistle suspiró, se puso una bata y fue a la salita.

—Aquí Kensington 675498 —dijo con aspereza al descolgar el teléfono.

—Habla la señora Abernethie. La viuda de Leo Abernethie. ¿Puedo hablar con el señor Entwhistle?

—Oh, buenos días, señora Abernethie —el «buenos días» no fue muy cordial—. Soy la señorita Entwhistle. Me temo que mi hermano esté todavía durmiendo. Yo también estaba acostada.

—Lo siento —Elena viose obligada a pedir disculpas—. Pero es de suma importancia que hable en seguida con él.

—¿No podría ser más tarde?

—Me temo que no.

—Oh, muy bien entonces.

La señorita Entwhistle golpeó con los nudillos en la puerta de la habitación de su hermano y entró.

—¡Otra vez esos Abernethie! —le dijo amargamente.

—¡Eh! ¿Los Abernethie?

—La viuda de Leo Abernethie. ¡Llamar antes de las siete de la mañana!

—¿Dices que la viuda de Leo? ¡Dios mío! ¡Qué extraño! ¿Dónde está mi batín? Ahí, gracias.

A los pocos momentos decía:

—Habla Entwhistle. ¿Es usted, Elena?

—Sí. Lamento muchísimo sacarle de la cama de esta manera, pero usted me dijo que le telefoneara en seguida si recordaba lo que me pareció extraño el día que Cora nos dejó a todos de una pieza al decir que Ricardo había sido asesinado.

—¡Ah! ¿Lo ha recordado?

—Sí, pero no tiene sentido.

—Debe permitir que sea yo quien lo juzgue. ¿Fue algo que usted observó en uno de los presentes?

—Sí.

—Cuénteme.

—Parece absurdo. Pero estoy completamente segura. Me di cuenta ayer noche, cuando me estaba mirando al espejo. ¡Oh!...

Su exclamación fue seguida por un ruido extraño... opaco..., que el señor Entwhistle no supo identificar.

—Oiga..., oiga... ¿Elena, está usted ahí? Elena...

CAPITULO XXI

No fue hasta casi una hora más tarde, cuando el señor Entwhistle, después de muchas conversaciones con inspectores y demás, pudo al fin hablar con Hércules Poirot.

—¡Gracias a Dios! —le dijo con perdonable exasperación—. Parece que la oficina central de teléfonos ha encontrado dificultad en encontrar el número.

—No es de extrañar. El aparato estaba descolgado.

—¿Es que ha ocurrido algo? —preguntó irritado Entwhistle.

—Sí. La viuda de Leo Abernethie fue encontrada por la doncella unos veinte minutos más tarde tendida junto al teléfono del despacho. Estaba inconsciente. Sufre una fuerte conmoción.

—¿Quiere decir que la golpearon en la cabeza?

—Eso creo. Es posible que se cayera simplemente dándose con algún saliente, pero yo no lo creo así y el médico tampoco.

—Estaba hablando conmigo por teléfono. Me extrañaba que hubieran cortado la comunicación...

— ¿Así que era usted con quien hablaba? ¿Qué quería?

—En cierta ocasión me dijo que cuando Cora Lansquenet sugirió la posibilidad de que su hermano hubiera muerto asesinado, tuvo la sensación de que había algo raro... extraño... no supo en qué consistía... y desgraciadamente no le fue posible recordar el porqué de aquella impresión.

—¿Y lo recordó de pronto?

—Sí.

—¿Y le telefoneó para decírselo?

—Sí.

—*Eh bien?*

—No hay *eh bien* que valga —repuso el señor Entwhistle—. Estoy seguro que iba a decírmelo, cuando fue interrumpida.

—¿Pudo decirle algo?

—Nada de importancia.

—Usted me perdonará, amigo mío, pero soy yo quien debe juzgar, no usted. ¿Qué fue lo que le dijo exactamente?

—Me recordó que le había pedido me comunicara en seguida si se acordaba de lo que entonces consideró como extraño. Me dijo que ya sabía lo que era... pero que «no tenía sentido». Al preguntarle si tenía relación con alguna de las personas que estuvieron presentes aquel día, me contestó que sí. Y que se le había ocurrido mientras se miraba en el espejo...

—¿Sí?

—Eso fue todo.

—¿No le insinuó... de quién podía tratarse?

—Si me lo hubiera dicho, no dejaría de comunicárselo a usted —repuso Entwhistle, dando a sus palabras un tono mordaz.

—Le ruego me disculpe, amigo mío. Claro que me lo hubiera dicho.

—Tendremos que esperar a que recobre el conocimiento para saberlo.

—Entonces no podrá ser hasta dentro de mucho tiempo —dijo Poirot con gravedad—. Tal vez nunca.

—¿Tan grave ha sido?

—Sí.

—Pero eso es terrible, señor Poirot.

—Sí, es terrible. Y por eso no podemos esperar, porque demuestra que tenemos que habérnoslas con alguien completamente insensible o atemorizado que viene a ser lo mismo.

—Pero escuche, señor Poirot. ¿Qué hay de Elena? Estoy preocupado. ¿Está seguro de que estará a salvo en Enderby?

—No, allí no estaría a salvo, por eso la han trasladado en una ambulancia a una clínica donde tendrá enfermeras especiales y nadie, familiar o no familiar, podrá bajo ningún pretexto visitarla.

El señor Entwhistle suspiró.

—¡Me quita usted un peso de encima! Podía correr peligro.

—¡Seguro!

El señor Entwhistle habló con voz conmovida.

—Siento un gran aprecio por Elena Abernethie. Siempre ha sido así. Es una mujer con un carácter excepcional. Es posible que haya tenido..., ¿cómo diría yo...?, cierta reserva en su vida.

—¡Ah!

—Siempre pensé que debía ser así.

—De aquí esa villa en Chipre. Sí, eso explica muchas cosas...

—No quisiera que usted pensara...

—No puede impedirme que piense, pero ahora hay un pequeño encargo que quiero que haga. Aguarde un momento.

Hubo una pausa, y luego el señor Entwhistle volvió a oír la voz del detective.

—Tenía que asegurarame de que no escuchaba nadie. Está bien. Ahora voy a decirle lo que quiero que haga. Debe prepararse para emprender un viaje.

—¿Un viaje? Oh, ya comprendo... ¿Quiere que vuelva a Enderby?

—No. Yo soy el que me encargo de todo. No, no va a tener que ir tan lejos... no tendrá que alejarse mucho de Londres. Irá a Entierro de San Edmundo... (*Ma foi!*, qué nombre tienen esos pueblos ingleses), y allí alquilará un automóvil para que le lleve a Fordyke. Es una Clínica Mental. Pregunte por el doctor Penrith y averigüe los antecedentes de un paciente recién dado de alta.

—¿Qué paciente? De todas formas, seguramente...

Poirot le interrumpió:

—El nombre del paciente es Gregorio Banks. Averigüe de qué enfermedad fue curado.

—¿Quiere usted decir que Gregorio Banks está perturbado?

—¡Shsss! Tenga cuidado con lo que dice. Y ahora... todavía no me he desayunado, y usted tampoco, supongo...

—Todavía no. Estaba demasiado preocupado...

—Desde luego. Entonces, le ruego que se desayune y descanse. Hay un tren para Entierro de San Edmundo a las doce. Si tuviera alguna noticia más, le llamaría antes de que se marchara.

—Tenga cuidado, señor Poirot —dijo el señor Entwhistle con cierto temor.

—¡Ah, sí! No quiero que me den en la cabeza con un pisapapeles de mármol. Puede estar seguro de que tomaré toda clase de precauciones. Y ahora... nada más por el momento... Adiós.

Poirot oyó el ruido del aparato al ser colgado y luego otro ligero clic, más cercano. Sonrió. Alguien había vuelto a dejar en su sitio, con sumo cuidado, el teléfono del vestíbulo.

Fue a comprobarlo, pero no halló a nadie. De puntillas dirigióse al armario que había debajo de la escalera y lo abrió. En aquel momento Lanscombe entraba por la puerta de servicio llevando una bandeja con tostadas y una cafetera de plata. Pareció algo sorprendido al ver a Poirot salir del armario.

—El desayuno está servido en el comedor, señor —le dijo.

Poirot le observó pensativo.

El viejo mayordomo estaba pálido y tembloroso.

—Valor —Poirot quiso animarle dándole unas palmaditas en el hombro—. Todo se arreglará pronto. ¿Le sería mucha molestia servirme una taza de café en mi habitación?

—No faltaba más, señor. En seguida le diré a Juanita que se a suba, señor.

Lanscombe miró desaprobadoramente a Hércules Poirot cuando éste le volvió la espalda para subir la escalera. El detective vestía un exótico batín con un estampado de cuadros y triángulos.

—¡Extranjeros! —pensó Lanscombe amargamente—. ¡Extranjeros en esta casa! ¡Y la esposa del señorito Leo con conmoción! No sé a dónde vamos a parar. Todo ha cambiado desde la muerte de mi señor.

Cuando Juanita fue a llevarle el café, Hércules Poirot ya se había vestido. Expresó su simpatía por el golpe que debía haber sido para ella semejante descubrimiento.

—Sí, señor, vaya si lo fue. Nunca olvidaré lo que sentí al abrir la puerta del despacho, y ver a la esposa del señorito Leo tendida en el suelo. Estaba segura de que debía estar muerta. Debió darle un vahído mientras estaba hablando por teléfono... ¡Imagínese levantarse a esas horas de la mañana! Nunca lo había hecho.

—¡Ya, ya, desde luego! —y agregó como por casualidad—: Me figuro que no habría nadie más levantado a esa hora.

—Pues sí, la esposa de don Timoteo andaba ya por la casa. Siempre madruga mucho... y a menudo sale a dar un paseo antes de desayunarse.

—Pertenece a la generación de los madrugadores. Y los jóvenes... ¿no se levantaron tan temprano?

—Desde luego que no, señor. Todos estaban bien dormidos cuando les llevé el té... y eso que era bastante tarde, porque con el trastorno de llamar al médico... el susto y todo lo demás... tuve que tomarme una copita para reanimarme.

Se marchó dejando a Poirot entregado a sus meditaciones sobre lo que acababa de oír.

Maude Abernethie había estado levantada a aquella hora, mientras los jóvenes seguían acostados... pero aquello no significaba nada. Cualquiera pudo haber oído salir a Elena de su habitación y haberla seguido... y después simular hallarse profundamente dormido.

—Pero si estoy en lo cierto —pensaba Poirot—, y después de todo es natural que lo esté... pues eso es un hábito en mí... no hay necesidad de indagar quién estuvo aquí y quién allí. Primero debo buscar la prueba donde ha deducido que puede estar. Y después... haré un pequeño discurso y me sentaré a esperar el transcurso de los acontecimientos...

Cuando Juanita hubo salido de su dormitorio, Poirot bebió su taza de café, se puso el abrigo y el sombrero, y tras bajar la escalera salió de la casa por la puerta latera.l Anduvo rápidamente el cuarto de milla de camino hasta la oficina de teléfonos, donde pidió una conferencia. A los pocos minutos volvía a hablar con el señor Entwhistle.

—¡Sí, soy yo otra vez! No haga caso de la misión que le había encomendado. *C'était une blague* (1). Alguien nos estaba escuchando. Ahora, *mon vieux*, voy a decirle lo que quiero que haga. Como le dije, debe tomàr un tren, pero no para ir a Entierro de San Edmundo, sino a la casa de Timoteo Abernethie.

—¡Pero si Timoteo y Maude están en Enderby!

—Exacto. No hay nadie en la casa, excepto una mujer llamada Jones, que ha sido persuadida con la promesa de recompensarla con considerable *largesse* (2) para cuidarla mientras ellos están ausentes. ¡Lo que quiero es que me traiga algo que hay en esta casa!

—¡Mi querido Poirot! ¡No puedo convertirme en un vulgar ladrón!

—No va a parecer que se trata de un robo. Usted le

(1) Fue una broma.

(2) Largueza.

dirá a la excelente señora Jones que el señor y la señora Abernethie le envían a buscar ese objeto para llevarlo a Londres. Ella no sospechará nada.

—No, no, probablemente, no; pero no me gusta. ¿Por qué no va usted mismo y coge lo que sea? También usted podrá hacerlo.

—Porque yo, amigo mío, sería un extraño con apariencia de extranjero y un carácter receloso como la señora Jones habría de poner dificultades. Con usted es totalmente distinto.

—Sí sí, comprendo. Pero, ¿qué van a pensar Timoteo y Maude cuando lo sepan? Los conozco desde hace cuarenta años.

—¡Y también hace cuarenta años que conocía a Ricardo Abernethie! ¡Y a Cora Lansquenet desde que era una chiquilla!

Con voz de mártir, el señor Entwhistle le preguntó:

—¿Está convencido de que es absolutamente necesario, Poirot?

—Es la misma pregunta que hacían en las fronteras durante la guerra. *¿Su viaje es absolutamente necesario?* Y yo le digo: es muchísimo más que necesario. ¡Es de importancia vital!

—¿Y cuál es el objeto que debo traer?

El detective se lo dijo:

—Pero, la verdad, Poirot, yo no veo...

—No es necesario que vea usted nada. Yo soy el que debe ver.

—¿Y qué es lo que quiere que haga con ese condenado chisme?

—Lo llevará a Londres, a una dirección de los Jardines de Elm Park. Si tiene un lápiz, tome nota.

Una vez le hubo obedecido, el señor Entwhistle insistió:

—Espero que sepa lo que hace, Poirot.

—Pues claro que lo sé. Nos estamos aproximando al fin.

—Si pudiéramos adivinar lo que iba a decirme Elena...
—No hay necesidad de adivinar. Lo sé.
—¿Lo sabe? Pero, mi querido señor Poirot...
—Las explicaciones pueden esperar, pero puedo asegurarle una cosa: *Sé lo que Elena Abernethie vio cuando se miraba al espejo.*

3

La comida había transcurrido en una atmósfera de violencia. Rosamunda y Timoteo no aparecieron, y los demás hablaron en voz baja y comieron menos de lo general.

Jorge fue el primero en recobrar su buen humor. Su temperamento era jovial y optimista.

—Espero que tía Elena se cure pronto —dijo—. Los médicos siempre gustan de poner caras largas. Al fin y al cabo, ¿qué es una contusión? A los dos días está uno perfectamente.

—Una conocida mía sufrió una conmoción cerebral durante la guerra —informó la señorita Gilchrist—. Le cayó un ladrillo encima cuando paseaba por la calle Tottenham Court; fue durante la época de bombardeos... y no sintió nada en absoluto. Siguió haciendo vida normal... y doce horas después perdió el conocimiento en un tren que iba a Liverpool. ¿Y quieren ustedes creerlo? No recordaba haber ido a la estación ni subido al tren, ni nada. No sabía cómo explicárselo al despertar en el hospital. Permaneció en él cerca de tres semanas.

—Lo que no puedo comprender —repuso Susana— es por qué Elena tuvo que hablar por teléfono a esa hora tan intempestiva y con quién.

—Se sentiría mal —intervino Maude con decisión—. Probablemente se despertaría encontrándose indispuesta y bajaría a llamar al médico. Entonces debió sufrir un desvanecimiento. Es la única explicación que puede considerarse lógica.

—¡Qué mala suerte que fuera a darse con el tope de mármol que se pone para detener la puerta! —dijo Miguel—. De haber caído sobre la alfombra, con lo gruesa que ésta es, por fuerte que fuese el golpe, no le hubiera pasado nada.

Se abrió la puerta dando paso a Rosamunda, que llegaba con el ceño fruncido.

—No puedo encontrar esas flores de cera —dijo—. Me refiero a las que estaban sobre la mesa de malaquita el día de los funerales de tío Ricardo. —Miró a Susana acusadoramente—. ¿Las has cogido tú?

—¡Pues claro que no! La verdad, Rosamunda. ¿Todavía estás pensando en mesas de malaquita cuando la pobre Elena está en el hospital?

—No veo por qué no. Cuando se sufre conmoción cerebral uno no se entera de lo que ocurre ni le importa. No podemos hacer nada por tía Elena, y Miguel y yo regresamos a Londres mañana a mediodía, porque queremos ver a Jackie Lygo para concretar la fecha del estreno de *El progreso del Barón*. Por eso quiero resolver definitivamente el asunto de la mesa; pero me gustaría echar un vistazo a esas flores. Ahora hay un jarrón chino sobre la mesa... bonito... pero no corresponde a la época. ¿Dónde deben estar...? Tal vez lo sepa Lanscombe. Tendré que preguntárselo cuando venga.

El mayordomo acababa de entrar para ver si habían terminado de comer.

—Ya estamos listos, Lanscombe —le dijo Jorge poniéndose en pie—. ¿Qué le ha ocurrido a nuestro amigo extranjero?

—Ha pedido que le sirviéramos el café en su habitación.

—*Petit déjeuner* para A.N.U.O.R.

—Lanscombe, ¿sabe usted dónde paran aquellas flores

de cera que solían estar sobre la mesa verde del salón? —le preguntó Rosamunda.

—Tengo entendido que la esposa del señorito Leo tuvo un pequeño accidente con ellas, señora. Iba a encargar que hicieran una nueva urna de cristal, pero no creo que se haya preocupado de ello todavía.

—¿Entonces dónde están?

—Seguramente en el armario que hay debajo de la escalera, señora. Ahí es donde se acostumbra guardar las cosas que hay que arreglar. ¿Quiere que vaya a mirarlo?

—Iré yo misma. Ven conmigo, Miguel, cariñito. Es un sitio muy oscuro y no quiero ir sola después de lo que le ha ocurido a tía Elena.

Todos demostraron su asombro. Maude preguntó con voz grave:

—¿Qué ha querido decir, Rosamunda?

—Bueno, alguien le dio un golpe, ¿no?

Gregorio Banks dijo con acritud:

—Sufrió un repentino desvanecimiento y cayó.

—¿Es que te lo ha dicho ella? —rió Rosamunda—. No seas tonto, Greg; claro que la golpearon.

—No debieras decir esas cosas, Rosamunda —intervino Jorge.

—Tonterías. Tuvieron que golpearla. Quiero decir que todo concuerda. Un detective en la casa en busca de una pista, tío Ricardo muere envenenado, tía Cora es asesinada con un hacha, la señorita Gilchrist está a punto de ser envenenada con un pedazo de pastel de boda y ahora tía Elena sufre las consecuencias de un golpe propinado con un objeto contundente. Y se irán sucediendo otras cosas. Uno tras otro seremos asesinados y el único que quede será el... el asesino. Pero no voy a ser yo... quien se deje asesinar así como así.

—¿Y por qué iban a querer asesinarte, hermosa Rosamunda? —quiso saber Jorge, de buen humor.

—¡Oh! —repuso ella—, porque sé demasiado y eso siempre es peligroso.

—¿Qué es lo que sabes? —Maude Abernethie y Gregorio Banks habían hablado casi al unísono.

Rosamunda les dedicó una de sus angelicales sonrisas.

—¿Verdad que os gustaría saberlo? —dijo con intención—. Vamos, Miguel.

CAPÍTULO XXII

A las once de la mañana Hércules Poirot convocó una reunión en la biblioteca. Todos estaban allí y el detective miró pensativo el semicírculo de rostros pendientes de él.

—Ayer noche —les dijo—, la señora Shane les reveló que yo era un detective particular. Por mi gusto, hubiera querido mantener... ¿cómo diría...?, el *camouflage* un poco más. Pero no importa. Y ahora les ruego que escuchen atentamente lo que tengo que decirles. Yo soy una persona célebre dentro de mi profesión... puedo decir la más célebre. Y de hecho, mis cualidades son inigualables.

—Eso es darse bombo, ¿no, señor Poirot... Es Poirot, verdad? Es extraño que nunca haya oído hablar de usted —dijo Jorge Crossfield con sorna.

—No es extraño —repuso Poirot, severo—. ¡Es lamentable! Cielos, hoy día ya no hay educación. Aparentemente, no se aprende más que economía política... y cómo responder a los cuestionarios que comprueban la inteligencia. Pero continuemos con lo de antes. Hace muchos años que conozco al señor Entwhistle...

—¿Ah, sí? ¡Por lo tanto él es culpable!

—Si usted quiere considerarlo así... señor Crossfield. El señor Entwhistle tuvo un gran disgusto con la muerte de su viejo amigo Ricardo Abernethie, y preocupado por ciertas palabras dichas por la señora Lansquenet, hermana del señor Abernethie, que fueron pronunciadas en esta misma habitación al día siguiente del funeral...

—Muy tontas y muy propias de Cora —dijo Maude—. ¡El señor Entwhistle hubiera hecho mejor en no prestarles atención!

Poirot continuó sin hacerle caso:

—El señor Entwhistle sintióse todavía más preocupado ante... ¿cómo diría...?, la coincidencia de la muerte de la señora Lansquenet. Él sólo deseaba una cosa... asegurarse de que aquella muerte fue sólo eso... pura coincidencia. En otras palabras, quiso tener la certeza de que Ricardo Abernethie había fallecido de muerte natural, y para este fin me encargó que hiciera las averiguaciones pertinentes.

Hubo otro silencio.

—Y las hice.

Hubo un silencio.

—*Eh bien* —dijo Poirot echando la cabeza hacia atrás—. Les agradará saber el resultado de mis investigaciones... *no existe razón alguna para creer que el fallecimiento del señor Abernethie fuese debido a otras causas que las naturales.* ¡Ni motivo para creer que hubiera sido asesinado! —Sonrió con ademán triunfante—. Es una noticia, ¿no les parece?

No lo parecía, por el modo como la recibieron. Con una sola excepción, en todos los ojos leíase la misma expresión de duda.

La excepción fue Timoteo Abernethie, que movía la cabeza con gesto de asentimiento.

—Pues claro que Ricardo no fue asesinado —dijo contrariado—. Nunca pude comprobar cómo se le ocurrió a nadie pensarlo ni por un momento. Cora quiso hacer una de las suyas. Su intención era asustarnos. Ése era su modo de divertirse. Aunque fuese mi hermana, tengo que reconocer que la pobre siempre fue algo tonta. Bien, señor Comosellame, celebro que haya llegado a esa conclusión, aunque si quiere saber mi opinión, considero al señor Entwhistle muy entrometido al encargarle que viniera a espiarnos. ¡Y si cree que va a pagar Entwhistle para meterse en nuestras cosas! Si la familia está satisfecha...

—Pero la familia tampoco lo estaba, tío Timoteo —intervino Rosamunda.

—¡Eh...! ¿Qué es eso? —Timoteo la miró frunciendo sus pobladas cejas.

—No estábamos satisfechos. ¿Y qué me dices de lo que le ha ocurrido a tía Elena esta mañana?

—Elena está en la edad en que puede sufrir cualquier ataque repentino. Eso es lo que ha ocurrido —dijo Maude irritada.

—Ya —repuso Rosamunda—. ¿Otra coincidencia, según tú?

Miró a Poirot y, blandamente, preguntó:

—¿No son demasiadas coincidencias?

—Pero son cosas que pueden ocurrir —repuso el detective.

—Tonterías —dijo Maude—. Elena se sintió mal, bajó a telefonear al médico y entonces...

—Pero no telefoneó al médico —replicó Rosamunda—. Yo se lo pregunté a él...

—¿Pues a quién llamó? —quiso saber Susana.

—No lo sé —dijo Rosamunda con disgusto—. Pero me atrevo a asegurar que podré averiguarlo.

2

Hércules Poirot hallábase sentado en la glorieta de estilo victoriano. Sacó de su bolsillo un enorme reloj y lo puso sobre la mesa que tenía al lado.

Había anunciado que iba a marcharse en el tren de las doce. Todavía le quedaba media hora... media hora durante la cual puede que alguien se decidiera a hablar con él. Tal vez más de una persona...

La glorieta era bien visible desde todas las ventanas de la casa. Pronto acudirían, sin duda, pues de lo contrario tendría que admitir que su conocimiento de la humana naturaleza era muy deficiente y sus sospechas erróneas.

Aguardó... Sobre su cabeza, una araña esperaba pacientemente a que se enredase alguna mosca en su tela.

Fue la señorita Gilchrist la primera en aparecer en la glorieta, ruborizada, preocupada y bastante incoherente.

—Oh, señor Pontarlier... no me acuerdo de su otro nombre —le dijo—. He tenido que venir a hablar con usted, aunque no me agrada hacerlo..., pero, la verdad, creo que es mi deber. Quiero decir, que después de lo que ha ocurrido esta mañana a la pobre viuda del señorito Leo... yo creo que la señora Shane tiene razón... que no se trata de una coincidencia, ni de un ataque repentino como sugirió la esposa del señor Abernethie, porque mi padre sufrió un ataque de ésos y fue bien diferente, y de todas formas el doctor dijo bien claro que se trataba de conmoción cerebral.

Hizo una pausa para mirar a Poirot con ojos suplicantes.

—Sí —repuso el detective con amabilidad—. ¿Y quiere contarme algo?

—Como le digo, no me gusta tener que hacerlo... porque ha sido tan amable conmigo. Me encontró acomodo en casa del señor Abernethie... Verdaderamente, es muy amable. Por eso me siento desgraciada... Incluso, me regaló una chaqueta de piel de la señora Lansquenet muy bonita... y que me sienta estupendamente, porque las prendas de piel no importa que sean un poco largas; y cuando quise devolverle el broche de amatistas, no quiso ni oír hablar de ello.

—¿Se refiere a la señora Banks?

—Sí, ¿sabe...? —La señorita Gilchrist bajó los ojos mientras retorcía las manos nerviosamente—. Yo escuché.

—Quiere decir que oyó alguna conversación por casualidad...

—No. —La solterona movió la cabeza con resolución heroica—. Prefiero decir la verdad. Y con usted no me resulta tan difícil porque no es inglés.

Hércules Poirot la comprendió al instante sin tomarlo a mal.

—¿Quiere usted decir que para un extranjero resulta natural que las personas escuchen detrás de las puertas, abran la correspondencia o lean las cartas que encuentran a mano?

—Oh, nunca he abierto ninguna carta que no fuera dirigida a mí —repuso la señorita Gilchrist dignamente ofendida—. Eso no. Pero aquel día escuché... el día que el señor Ricardo Abernethie fue a ver a su hermana. Sentía curiosidad por conocer el porqué de que fuera a verla al cabo de tantos años. Cuando no se tienen muchos amigos y se hace una vida tan sencilla... pues se siente interés... por la vida de las personas con las que se convive.

—Es lo más natural.

—Sí, creo que lo es... Aunque, claro, no está nada bien. ¡Pero lo hice! ¡Y oí lo que él dijo!

—¿Oyó lo que el señor Abernethie dijo a la señora Lansquenet?

—Sí. Fue algo así: «De nada serviría hablar con Timoteo. No hace caso. Ni siquiera escucha, pero creí que debía desahogarme contigo, Cora. Nosotros tres somos los únicos que quedamos. Y aunque siempre te ha gustado hacerte la simple, tienes mucho sentido común. Así que, ¿qué harías tú si te encontrases en mi caso?» No pude oír lo que le respondió la señora Lansquenet, pero capté la palabra policía... y entonces el señor Abernethie alzó la voz, diciendo: «No puedo hacer eso... cuando se trata de mi propia sobrina.» Entonces tuve que ir a la cocina porque había dejado algo sobre la lumbre, y cuando volví el señor Abernethie decía: «Aunque muriese de muerte violenta no quiero, de poder evitarlo, que se llame a la policía. ¿Verdad que tú lo comprendes, pequeña? Pero no te preocupes. Ahora que lo sé tomaré las precauciones posibles.» Luego añadió que iba a hacer nuevo testamento, y que no se olvidaría de Cora. Después hablaron de lo feliz que ésta había sido con su esposo y él reconoció que estuvo equivocado.

El detective comentó:

—Ya... ya comprendo.

—Pero yo nunca quise decirlo. Ni creo que la señora Lansquenet lo hubiera querido tampoco... Pero ahora, después de que la señora ha sido atacada esta mañana... y usted dijo tan tranquilo que había sido mera coincidencia... Pero, señor Pontarlier, ¡no ha sido mera coincidencia!

—No, no lo fue —dijo Poirot sonriendo—. Gracias, señorita Gilchrist, por haber venido a decírmelo. Era muy necesario que lo hiciera.

3

Tuvo alguna dificultad en librarse de la solterona, y era preciso que ésta se alejase, pues esperaba más confidencias.

Su instinto no le engañó. Apenas se había marchado la señorita Gilchrist cuando vio a Gregorio Banks que avanzaba por el jardín en dirección a la glorieta. Estaba muy pálido y su frente perlada de sudor. Sus ojos demostraban bien a las claras su excitación.

—¡Por fin! —exclamó—. Pensé que no se marcharía nunca esa estúpida mujer. Todos ustedes estaban equivocados esta mañana. Ricardo Abernethie fue asesinado. Yo lo maté.

Hércules Poirot dejó que sus ojos miraran al joven de arriba abajo sin demostrar la menor sorpresa.

—¿Así que usted le mató? ¿Cómo?

—No me fue fácil —Gregorio sonreía—. Puede estar seguro. Hay quince o veinte drogas distintas que pasan por mis manos capaces de matar a cualquiera. La manera de administrarlas fue lo que más me preocupó, pero al fin di con una idea ingeniosa. Y su mayor encanto residía en que yo no necesitaba estar presente en el momento crítico.

—Muy inteligente —dijo Poirot.

—Sí —Gregorio Banks bajó los ojos con modestia—. Sí, creo que fue muy ingeniosa.

—¿Por qué lo mató? ¿Para que el dinero fuese a manos de su esposa?

—No, claro que no —Greg se indignó—. No soy un cazador de dotes. ¡Yo no me casé con Susana por disfrutar de su dinero!

—¿No, señor Banks?

—Esto es lo que él pensó —dijo Greg con encono—. ¡Ricardo Abernethie! ¡Le gustaba Susana, la admiraba, estaba orgulloso de ella, considerándola un ejemplar digno de la sangre de los Abernethie! Pero creyó que se había casado con un ser inferior... que yo no era bueno... me despreciaba. Decía que mi acento era diferente, que no sabía vestir. Era un extravagante... un estúpido extravagante.

—Yo no lo veo —repuso Poirot—. Por todo lo que he oído decir no considero que fuese extravagante.

—Lo era. Vaya si lo era. —El joven hablaba casi con histerismo—. Me despreciaba... Siempre me trató con cortesía... pero yo podía comprender que interiormente le desagradaba.

—Es posible.

—¡La gente no puede tratarme así y quedarse tan fresca! ¡Ya lo intentaron en otra ocasión! Una mujer que solía venir a encargar que le preparásemos medicinas... Me trató con rudeza. ¿Sabe lo que hice?

—Sí.

Gregorio pareció sobresaltarse.

—¿Así que ya lo sabe?

—Sí.

—Casi se muere. —Habló en tono satisfecho—. ¡Eso demuestra que conmigo no se puede bromear! Ricardo Abernethie me despreció... ¿y qué le ha ocurrido? Ha muerto.

—Ha sido un crimen perfecto —dijo Poirot felicitándole—. Pero ¿por qué viene a delatarse?

—¡Porque usted dijo que había acabado con todo! Dijo que no había sido asesinato. Tenía que demostrarle que no es tan listo como se cree y además... además...

—Sí... ¿y además?

Greg dejóse caer sobre el banco. Su rostro cambió por completo, adquiriendo una expresión estática.

—Hice mal... muy mal... debo ser castigado, debo volver allí... al lugar de castigo... a purgar mis delitos. Sí, a expiar mi falta. ¡Arrepentirme! ¡Justo castigo!

Su rostro parecía ahora en pleno éxtasis. Poirot le estudió unos instantes con curiosidad.

—Es una pena que quiera separarse de su esposa —le dijo.

—¿De Susana? —La expresión de Gregorio había cambiado completamente—. Susana es maravillosa... ¡maravillosa!

—Sí, Susana es maravillosa. Eso es una carga pesada. Susana le quiere con locura. ¿Esto también es una carga?

Gregorio le miraba fijamente y como un niño malcriado dijo:

—¿Por qué no puede dejarme en paz?

Se puso en pie.

—Ahora viene... por el jardín. Me iré. ¿Querrá decirle lo que acabo de confesarle? Dígale que he ido a la comisaría... a declarar.

4

Susana llegó sin aliento.

—¿Dónde está Greg? ¡Estaba aquí! Le he visto.

—Sí —Poirot hizo una pausa antes de agregar—: Vino a decirme que fue él quien asesinó a Ricardo Abernethie.

—¡Qué cosa más absurda! Supongo que no le habrá creído. Ni siquiera estuvo aquí cuando falleció tío Ricardo.

—Tal vez no. ¿Dónde estaba cuando murió Cora Lansquenet?

—En Londres. Los dos estábamos allí.

Hércules Poirot movió la cabeza.

—No, no; usted, por ejemplo, salió en su automovil y

pasó fuera toda la tarde. Creo saber dónde estuvo. Fue a Lychett Saint Mary.

—¡No hice nada de eso!

—Cuando la encontré aquí, madame, no era la primera vez que la veía, como le dije. Después de la vista de la causa por el asesinato de la señora Lansquenet, estuvo usted en el garaje de «Las Armas del Rey». Estuvo hablando con un mecánico y junto a ustedes había un automóvil con un anciano extranjero. Usted no se fijó en él, pero él sí en usted.

—No sé lo que quiere decir. Eso fue el día en que se celebró la vista.

—¡Ah, pero recuerde lo que le dijo el mecánico! Le preguntó si era pariente de la víctima y usted dijo que era su sobrina.

—Era un vampiro. Todos lo son.

—Y sus palabras siguientes fueron: «Ah, me preguntaba dónde la había visto antes.» ¿Dónde la vio a usted antes, madame? Tuvo que ser en Lychett Saint Mary, puesto que se acordó de ella al saber que era la sobrina de la señora Lansquenet. ¿La vio cerca de la casita? ¿Cuándo? Y el resultado de estas averiguaciones que usted estuvo allí... en Lychett Saint Mary... la tarde en que murió Cora Lansquenet. Aparcó el coche en la misma cantera donde lo dejara el día siguiente. El automóvil fue visto allí... y se tomó nota de la matrícula. Ahora el inspector Morton debe saber de qué coche se trataba.

Susana le miró de hito en hito. Su respiración se había hecho más agitada, pero no daba muestras de inquietud.

—Está diciendo tonterías, señor Poirot, y va a lograr que olvide lo que vine a decirle... a solas...

—¿Vino a confesarme que era usted y no su esposo quien cometió el crimen?

—No, claro que no. ¿Cree que soy una tonta? Y ya le he dicho que Gregorio no salió de Londres aquel día.

—Un hecho que no es posible que sepa, puesto que usted misma tampoco estuvo allí. ¿Para qué fue a Lychett Saint Mary, señora Banks?

Susana respiró el aire con fuerza.

—Está bien. ¡Si es que tiene que saberlo! Lo que Cora dijo cuando los funerales me preocupó. No dejé de pensar en ello. Al fin resolví ir a verla en mi automóvil y preguntarle qué era lo que le impulsó a hablar así. Greg lo hubiera considerado una tontería, y por eso ni siquiera le dije adónde iba. Llegué allí a eso de las tres, llamé al timbre y golpeé la puerta, pero nadie contestó, y pensé que debía haber salido. Eso es todo. No di la vuelta a la casa, de otro modo hubiera visto la ventana rota. Volví a Londres sin la menor sospecha de que pudiera haber ocurrido algo anormal.

El rostro de Poirot resultaba inescrutable.

—¿Por qué se acusó del crimen su esposo?

—Porque está... —una palabra tembló en los labios de Susana.

—Iba usted a decir: porque está loco, como se dice en broma..., pero esta vez demasiado cerca de la verdad, ¿no es cierto?

—Greg está perfectamente.

—Conozco algo su historia. Estuvo algunos meses en la clínica mental de Forsdyke, antes de conocerla a usted.

—No le enviaron allí. Fue un paciente voluntario.

—Eso es cierto. Convengo en que no puede considerársele perturbado, pero lo cierto es que estuvo algo... «desequilibrado». Tenía un complejo de culpabilidad... supongo que lo tendría desde la infancia.

Susana habló rápida y ansiosamente:

—Usted no comprende, señor Poirot. Greg nunca tuvo una oportunidad. Por eso deseaba tanto el dinero de tío Ricardo. Greg necesitaba ser alguien... no sólo un ayudante en una farmacia, a quien todos mandaban de un lado a otro. Ahora será distinto. Tendrá su laboratorio, donde podrá desarrollar sus propias fórmulas.

—Sí, sí... usted le daría todo el mundo... porque le quiere. Le quiere demasiado, pero usted no puede dar a la gente lo que son incapaces de recibir. A pesar de todo esto, seguirá siendo algo que no quiere ser...

—¿Qué?

—El marido de Susana.

—¡Qué cruel es usted! ¡Y qué tonterías está diciendo!

—En lo tocante a Gregorio Banks, no tiene usted escrúpulos. Usted quería el dinero de su tío... no para usted misma... sino para su marido. ¿Tan desesperadamente lo deseaba?

Susana, muy enojada, dio media vuelta y se marchó.

5

—Pensé que debía venir a despedirme de usted —dijo Miguel Shane alegremente. Su sonrisa resultaba contagiosa.

Poirot pudo darse cuenta del atractivo que emanaba de su persona. Le estudió unos minutos en silencio con la sensación de que era el habitante de aquella casa que menos conocía, ya que Miguel sólo mostraba un lado de su personalidad.

—Su esposa —le dijo Poirot para inclinar la conversación— es una mujer poco corriente.

Miguel alzó las cejas.

—¿Usted cree? Es encantadora, de acuerdo, pero no la considero, o por lo menos no se lo he notado, en posesión de una inteligencia extraordinaria.

—Nunca intentará ser demasiado lista —convino Poirot—, pero sabe lo que quiere. —Suspiró—. Cosa que bien pocas personas saben.

—¡Ah! —Miguel volvió a exhibir su sonrisa—. ¿Se refiere a la mesa de malaquita?

—Tal vez —Poirot hizo una pausa y agregó—: Y a lo que había encima.

—¿Se refiere a las flores de cera?

—Sí.

—Algunas veces no le comprendo, señor Poirot. No obstante, le estoy más que agradecido por habernos sacado ya de dudas. Es muy desagradable, por no decir otra cosa, vivir con la sospecha de que alguno de nosotros hubiera asesinado al pobre Ricardo.

—¿Es ésa la impresión que le dio al verle por última vez? —quiso saber el detective—. ¿«Pobre Ricardo»?

—Claro que estaba muy bien conservado y...

—¿Y en plena posesión de sus facultades...?

—¡Oh, sí!

—Y de hecho, ¿muy perspicaz?

—Yo diría que sí.

—Un buen conocedor del carácter y defectos de las personas.

La sonrisa de Miguel persistió inalterable.

—No esperaré que esté de acuerdo con usted. Él no me aprobaba.

—Tal vez lo considerase del tipo infiel —sugirió Poirot.

Miguel se echó a reír.

—¡Qué idea tan ridícula!

—Pero es cierto, ¿verdad?

—Quisiera saber lo que quiere usted decir.

Poirot juntó sus manos por las puntas de los dedos.

—Ya sabe que se han hecho ciertas averiguaciones —murmuró.

—¿Las hizo usted?

—No sólo yo.

Miguel Shane le dirigió una rápida mirada inquisitiva. Sus reacciones eran rápidas. Miguel no era tonto.

—¿Quiere usted decir... que se interesó la policía?

—No se dieron por satisfechos del todo para considerar el asesinato de Cora Lansquenet como un crimen casual.

—¿Y estuvieron haciendo averiguaciones sobre mi persona?

—Estaban interesados en conocer los movimientos de

los parientes de la señora Lansquenet durante el día en que fue asesinada.

—Eso es muy embarazoso —Miguel habló en tono confidencial.

—¿De veras, señor Shane?

—¡Más de lo que usted puede imaginarse! Ya sabe que le dije a Rosamunda que aquel día iba a comer con un tal Oscar Lewis.

—¿Lo cual no era cierto?

—No. Fui a ver a una mujer llamada Sorrel Dainton... una actriz muy conocida. Trabajé con ella en mi última obra. Es bastante violento, comprenda... porque aunque sea una explicación satisfactoria por lo que se refiere a la policía, no lo sería tanto en cuanto a Rosamunda.

—¡Ah! —Poirot parecía discreto—. ¿Tuvo alguna complicación por causa de su amistad con esa mujer?

—Sí... A decir verdad. Rosamunda me hizo prometer que no volvería a verla más.

—Sí, comprendo que le resulte embarazoso. *Entre nous*, ¿se trata de una aventurilla?

—¡Oh, es una de esas...! No es que me importe esa mujer.

—Pero ¿a ella sí le importa usted?

—Bueno, se puso bastante pesada... Las mujeres son pegajosas. No obstante, como ya le dije, confío en que la policía se dará por satisfecha.

—¿Usted cree?

—Pues... es difícil que pudiera matar a Cora con un hacha si estaba con Sorrel a varias millas de distancia. Tiene una casa en Kent.

—Ya... ya... esa miss Dainton, ¿podría atestiguarlo?

—No le hará mucha gracia..., pero como se trata de un asesinato me imagino que tendrá que hacerlo.

—¿Y lo haría, tal vez, aunque usted no hubiera estado con ella?

—¿Qué quiere decir?

—Esa mujer está enamorada de usted, y las mujeres

son capaces, cuando se enamoran, de jurar lo que es cierto... y también lo que no lo es.

—¿Quiere usted decir que no me cree?

—Da lo mismo que yo le crea o no. No es a mí a quien tiene que dar explicaciones y convencer.

—¿A quién entonces?

—Al inspector Morton... que acaba de salir a la terraza de la puerta lateral.

Miguel Shane, asustado, giró en redondo.

CAPÍTULO XXIII

Me dijeron que estaba usted aquí, señor Poirot —explicó el inspector Morton mientras los dos hombres paseaban por la terraza—. Vine con el inspector Parwell, de Matchfield. El doctor Larraby me telefoneó por el asunto de la señora viuda de Leo Abernethie y ha venido a hacer algunas averiguaciones. El doctor no estaba satisfecho.

—Y usted, amigo mío —preguntó Poirot—, ¿a qué ha venido? Esto está muy lejos de su Berkshire.

—Deseaba hacer algunas preguntas... y las personas a quienes quería interrogar se encuentran, al parecer, reunidas aquí. ¿Ha sido cosa suya?

—Sí.

—Y como resultado, la viuda de Leo Abernethie es golpeada en la cabeza.

—No debe echarme a mí la culpa. Si ella hubiera acudido a mí..., pero no lo hizo. En vez de eso telefoneó a un abogado de Londres.

—Y cuando iba a hablar... ¡paf!

—Entonces... ¡paf!, como dice usted.

—¿Le había dicho algo al abogado?

—Muy poco. Sólo llegó a decirle que se estaba mirando en el espejo.

—¡Ah!, bueno —repuso Morton con filosofía—. Eso suelen hacerlo todas. —Miró fijamente a Poirot—. ¿Le sugiere eso algo?

—Sí, creo que ya sé lo que iba a decirle.

—Es usted un adivino maravilloso, ¿no es cierto?

—Perdóneme, ¿está usted haciendo averiguaciones sobre la muerte de Ricardo Abernethie?

—Oficialmente, no. Claro que si se relaciona con el asesinato de la señora Lansquenet...

—Sí, tiene cierta relación. Pero le pido que me dé unas horas más, amigo mío. Entonces sabré si lo que he imaginado... comprenda, sólo imaginado... es exacto. Si lo es...

—¿Si lo es...?

—Entonces podré poner en sus manos pruebas irrecusables.

—Nos gustaría tenerlas —dijo el inspector Morton con pesar—. ¿Qué es lo que nos ha estado ocultando?

—Nada. Absolutamente nada. Las pruebas que yo he imaginado no pueden existir en realidad. Sólo he deducido su existencia por varios fragmentos de conversaciones. Puedo estar equivocado —dijo Poirot.

—Pero usted no suele equivocarse... a menudo.

—No. Aunque tengo que admitir... sí, lealmente me veo obligado a admitir, que me he equivocado...

—Le confieso que me alegro. El tener siempre razón resulta monótono algunas veces.

—A mí no me lo parece —le aseguró Poirot.

El inspector Morton echóse a reír.

—¿Y usted me pide que deje mis interrogatorios?

—No, no, de ninguna manera. Proceda como lo tuviera dispuesto. Supongo que no habrá pensado en arrestar a nadie, ¿no es cierto?

—Es todo demasiado impreciso todavía. Primero hay que tener la autorización fiscal... No; por ahora sólo deseo tomar algunas declaraciones sobre sus movimientos en el día de autos... y tal vez en uno de los casos se prevenga al interesado.

—Ya. ¿La señora Banks?

—¡Qué listo es uted! Sí. Estuvo allí aquel día. Su coche estaba aparcado en la cantera.

—¿No la vio nadie en las inmediaciones conduciendo el automóvil?

—No. Es un mal asunto que no dijera ni una palabra sobre haber estado allí aquel día. Tendría que explicarlo satisfactoriamente.

—Sabe explicarse muy bien —repuso Poirot con sequedad.

—Sí, es muy lista. Tal vez demasiado.

—No es conveniente pasarse de listo. Por ahí se caza a los delincuentes. ¿Hay algo más contra Jorge Crossfield?

—Nada definitivo. Es un tipo corriente. Hay muchos jóvenes como él que circulan por el país en tren, autobús o bicicleta. Es difícil para un testigo recordar si era miércoles o viernes el día que estuvieran en cierto lugar o vieron a determinada persona.

Hizo una pausa y prosiguió:

—Tenemos algunas informaciones curiosas, gracias a la Madre Superiora de un convento. Dos de sus monjas estuvieron pidiendo de puerta en puerta. Al parecer, fueron a la casita de la señora Lansquenet el día antes de que fuera asesinada, pero por más que llamaron y llamaron nadie abrió. Eso es bastante natural..., ella estaba en el norte, en los funerales del señor Abernethie, y la señorita Gilchrist, que tenía el día libre, fue de excursión a Bournemouth. El caso es que ellas dicen que había alguien en la casa... que oyeron suspiros y lamentos. Yo insistía en que debía tratarse de otro día, pero la Madre Superiora dice que no cabe la menor duda, porque lo tienen anotado en no sé qué libro. ¿Habría alguien aprovechando la oportunidad de que ambas mujeres se hallaban ausentes para buscar algo en casa y al no encontrarlo volvería al otro día? No me fío mucho de los suspiros que dicen haber oído y menos de los lamentos. Incluso las religiosas son sugestionables, y una casa en la que ha tenido lugar un crimen parece que está pidiendo lamentos. El caso es, ¿había alguien en la casita que no debiera estar allí? Y de ser así, ¿quién era? Todos los Abernethie estaban en los funerales.

—Esas religiosas que estuvieron pidiendo por ese distrito, ¿volvieron a hacerlo otro día
—A decir verdad fueron otra vez... cosa de una semana más tarde, precisamente el día de la vista —dijo Morton.
—Eso concuerda —repuso Hércules Poirot—. Concuerda perfectamente.
—¿Por qué le interesan tanto las religiosas? —quiso saber el inspector Morton.
—Quiera o no quiera, tengo que fijar en ellas mi atención. No se le habrá escapado, inspector, que la visita de esas monjas coincide con el descubrimiento del pastel de boda envenenado.
—No pensará... Sin duda es una idea ridícula.
—Mis ideas nunca son ridículas —repitió Hércules Poirot con severidad—. Y ahora, *mon cher*, debo dejarle con sus preguntas para atacar a la señora Abernethie. Yo mismo iré a buscar a la sobrina del malogrado Ricardo Abernethie.
—Tenga cuidado con lo que dice a la señora Banks.
—No me refería a la señora Banks, sino a la otra sobrina de Ricardo Abernethie.

2

Poirot encontró a Rosamunda sentada en un banco, contemplando un pequeño arroyuelo, que tras deshacerse en una cascada iba a desaparecer entre los espesos rododendros.
—No debo molestar a una Ofelia —dijo Poirot al sentarse junto a ella—. ¿Tal vez está usted estudiando el papel?
—Nunca he representado a Shakespeare —dijo la joven—. Excepto una vez. Hice de Jessica en *El Mercader de Venecia*. Un papel muy desagradable.
—Sin embargo, tenía sentimiento. *Nunca soy feliz, cuan-*

do oigo dulces melodías. Qué carga la suya, pobre Jessica, la hija del odiado y aborrecido judío. Qué poco segura de sí misma debía estar cuando se llevó los ducados de su padre al fugarse con su amante. Jessica con dinero era una cosa... Jessica sin oro hubiera sido otra muy distinta.

Rosamunda volvió la cabeza para mirarle.

—Creí que ya se había usted marchado —le dijo con cierto retintín. Miró su reloj de pulsera—. Son más de las doce.

—He perdido el tren —dijo Poirot.

—¿Por qué?

—Usted cree que lo perdí por algún motivo.

—Me lo figuro. Usted es bastante puntual, ¿verdad? Si hubiera deseado no perderlo, yo creo que no lo habría perdido.

—Sus juicios son admirables. ¿Sabe usted, madame, que he estado aguardando en la glorieta con la esperanza de que tal vez usted fuera a hacerme una visita?

—¿Por qué? Más o menos, ya se había despedido de nosotros en la biblioteca.

—Cierto. ¿Y no había nada... que quisiera usted decirme?

—No. Tenía muchas cosas en que pensar. Cosas importantes.

—Ya.

—No suelo pensar mucho —dijo Rosamunda—. Me parece una pérdida de tiempo; pero esto es importante. Creo que uno debe organizar su vida según sus deseos.

—¿Y eso es lo que está usted haciendo?

—Pues, sí... Intentaba tomar una decisión.

—¿Con respecto a su marido?

—En cierto modo...

Poirot aguardó unos instantes. Luego dijo:

—Acaba de llegar el inspector Morton. Es el oficial de policía encargado de hacer las averiguaciones pertinentes sobre la muerte de la señora Lansquenet. Ha venido para hacerles prestar declaración sobre lo que estuvieron haciendo el día en que fue asesinada.

—Ya. Coartadas —dijo Rosamunda alegremente.

Su rostro adquirió una expresión traviesa.

—Eso va a ser un infierno para Miguel. Él cree que ignoro que estuvo con esa mujer aquel día.

—¿Cómo lo sabe usted?

—Era evidente por el modo como me dijo que iba a comer con Oscar. Como por casualidad.

—¡Qué suerte tengo de no ser su marido, madame!

—Y luego, claro, me aseguré telefoneando a Oscar —continuó la joven—. Los hombres siempre dicen muchas mentiras tontas.

—¿Es que acaso no es un esposo fiel? —inquirió Poirot.

—No.

—¿Pero a usted no le importa?

—Pues, en cierto modo es divertido tener un marido que todas las demás mujeres quisieran arrebatarle a una. No me gustaría haberme casado con un hombre al que nadie deseara... como la pobre Susana. ¡Greg es tan vulgar!

Poirot la estudiaba.

—Y supongamos que alguna tuviera éxito... y le arrebatara su esposo.

—No lo conseguirán —dijo Rosamunda—. Ahora no.

—¿Quiere decir...?

—Que ahora tengo el dinero de tío Ricardo. Miguel se enamora de esas criaturas relativamente... esa Sorrel Dainton quería pescarle... definitivamente... pero para Miguel el teatro siempre será lo primero. Ahora podrá dedicarse a ello en grande... montar sus propias obras. Hacer de actor y productor al mismo tiempo. Es ambicioso y un buen actor. No como yo. Me encanta actuar... pero soy un desastre, aunque tengo buena presencia. No, ya no tengo que preocuparme más por Miguel. Porque ahora tengo dinero.

Sus ojos miraron plácidamente a Poirot. Era extraño que todas las sobrinas de Ricardo Abernethie se hubieran enamorado perdidamente de hombres incapaces de corresponder a su amor. Y no obstante, Rosamunda era extraordinariamente hermosa, y Susana muy atractiva y llena de encanto. Susana se asía a la ilusión de que Gregorio la amaba. Rosamunda era evidente que no se hacía ilusiones, pero era de las que saben lo que quieren.

—El caso es —dijo la joven— que he tenido que tomar una enérgica resolución... para el porvenir... Miguel todavía no lo sabe... —sus labios se curvaron en una sonrisa—. Descubrió que no estuve de compras aquel día, y ahora sospecha de mí por haber ido a Regent's Park?

—¿Qué es eso de Regent's Park?

—Pues verá, fui allí (está detrás de la calle Harley) sólo para dar un paseo y pensar. Naturalmente, Miguel cree que si fui allí fue para encontrarme con algún hombre.

Y Rosamunda, sonriendo con beatitud, muy complacida, agregó:

—¡No le agrada en absoluto!

—Pero ¿por qué no podía ir usted a Regent's Park? —quiso saber el detective.

—Quiere decir, ¿para dar un paseo simplemente?

—Sí. ¿Es que no lo habría hecho nunca?

—No. ¿Por qué iba a hacerlo? ¿Qué tiene de particular Regent's Park?

Poirot la miró y dijo:

—Pára usted... nada. Creo, madame, que debe ceder la mesa de malaquita a su prima Susana.

—¿Por qué? —Rosamunda abrió mucho los ojos—. Yo la quiero.

—Lo sé. Lo sé. Pero usted... usted podrá conservar a su esposo, y la pobre Susana perderá el suyo.

—¿Perder? ¿Quiere decir que Greg se irá con otra? Nunca lo hubiera imaginado. Parece tan vulgar...

—La infidelidad no es el único medio de perder al marido, madame.

—¿No irá usted a decir...? —Rosamunda le miraba con fijeza—. ¡No pensará que Greg envenenó a tío Ricardo, asesinó a tía Cora y golpeó a tía Elena en la cabeza! Es ridículo. Incluso yo sé algo mejor que eso.

—¿Quién fue entonces?

—Jorge, desde luego. Jorge es un ser equivocado. Estuvo mezclado en una de esas estafas... lo supe por unos amigos míos que estuvieron en Montecarlo. Me figuro que tío Ricardo llegó a saberlo y estuvo dispuesto a borrarle del testamento.

Y Rosamunda concluyó con satisfacción:

—Siempre supe que había sido Jorge.

CAPÍTULO XXIV

EL telegrama llegó cerca de las seis de aquella tarde. Se había solicitado que fuera entregado a domicilio y no leído por teléfono, y Hércules Poirot, que estuvo merodeando por los alrededores de la puerta principal, pudo recibirlo de manos de Lanscombe cuando éste lo recibió de las del repartidor.

Lo abrió con más precipitación de lo acostumbrado. Contenía tres palabras y la firma.

Poirot exhaló un profundo suspiro de alivio.

Luego sacó de su bolsillo un billete de una libra que entregó como propina al sorprendido repartidor.

—En ciertas ocasiones —dijo al mayordomo—, hay que dejar de lado la economía.

—Es muy posible, señor —repuso Lanscombe.

—¿Dónde está el inspector Morton?

—Uno de los señores policías se ha marchado —Lanscombe habló con disgusto... dando a entender que los nombres de los policías eran imposibles de recordar—. El otro, creo que está en el despacho.

—Espléndido; iré a reunirme con él inmediatamente.

Y una vez más diole unas palmaditas en el hombro.

—Valor, Lanscombe, estamos a punto de llegar al fin.

—Entonces, ¿no se marchará en el tren de las nueve y media, señor? —Por lo visto le preocupaban más las salidas que las llegadas.

—No pierda la esperanza —le dijo Poirot. Y cuando ya se marchaba le preguntó—: ¿Recuerda, por casualidad, cuáles fueron las primeras palabras que dijo la señora Lansquenet cuando llegó aquí el día del funeral del señor?

—Lo recuerdo muy bien, señor —dijo Lanscombe con el rostro iluminado—. La señorita Cora... perdón, la señora Lansquenet... siempre la recuerdo como la señorita Cora.

—Es muy natural.

—Pues me dijo: «Hola, Lanscombe. Ha pasado mucho tiempo desde que nos traías merengues a las cabañas.» Todos los niños solían tener una cabaña de su propiedad... junto a la cerca del parque. En verano, cuando había alguna comida importante, yo les llevaba a los señoritos, los más pequeños, se entiende, algunos merengues. A la señorita Cora le gustaban mucho, señor.

—Sí —le dijo Poirot—, lo que había pensado. Si era muy típico.

Dirigióse al despacho para reunirse con el inspector Morton y sin pronunciar palabra le tendió el telegrama.

—No entiendo ni una palabra —dijo Morton cuando lo hubo leído.

—Ha llegado el momento de contárselo todo.

—Parece usted una joven de las que aparecen en los melodramas victorianos. Pero ya es hora de que aclare algo. No puedo mantener esta situación mucho más tiempo. Ese individuo, Banks, sigue insistiendo en que fue él quien envenenó a Ricardo Abernethie y alardeando de que no somos capaces de descubrir cómo lo hizo. ¡Lo que no comprendo es que siempre tenga que haber alguien que se declara culpable cuando se trata de un criminal! ¿Qué es lo que creen que les espera? Es algo que no he sido capaz de penetrar.

—En ese caso, es probable que busca zafarse de las dificultades de cuidar de sí mismo... en otras palabras... al Sanatorio de Fordsdyke.

—Es más probable que fuese enviado a Broadmoor.

—Eso sería igualmente satisfactorio para él.

—¿Pero fue él, Poirot? Esa señorita Gilchrist vino con esa historia que ya le había contado a usted y que concuerda con lo que Ricardo Abernethie dijera sobre su sobrina. Si el culpable fuese su marido, también le atañe a ella. De todas formas, no puedo imaginar a esa muchacha cometiendo tantos crímenes. Pero no hay nada que no intentara por encubrir a su marido.

—Se lo contaré todo...

—¡Sí, sí, cuéntemelo! ¡Y por el amor de Dios, dese prisa!

2

Esta vez fue en el salón donde Hércules Poirot presidió la reunión.

Todos los rostros vueltos hacia él mostraban más diversión que nerviosismo. La amenaza para ellos se había polarizado en las personas del inspector Morton y el superintendente Parwell. Con tantos policías, interrogatorios, declaraciones, etc., Hércules Poirot, detective particular, resultaba algo cómico.

Timoteo expresó el sentimiento general al decirle *sotto voce* a su esposa:

—¡Condenado charlatán! ¡Entwhistle debe estar loco!

Al parecer, Hércules Poirot tendría que trabajar de firme para causarles efecto.

—¡Por segunda vez les anuncio mi marcha! Esta mañana les dije que me iba en el tren de las doce. Esta tarde digo que me iré en el de las nueve y media... es decir, inmediatamente después de cenar. Y me marcho porque no tengo nada más que hacer aquí.

—Eso ya lo sabíamos —comentó Timoteo por lo bajo—. Nunca tuvo nada que hacer aquí. ¡Qué cara dura tienen esos individuos!

—Vine a descifrar un enigma. Y el enigma está resuelto. Permítanme, primero, que repase los puntos expuestos a mi atención por el señor Entwhistle. Son los siguientes:

»Primero, el señor Ricardo Abernethie muere repentinamente. Segundo, después de los funerales, su hermana

Cora Lansquenet dice: "Pero fue asesinado, ¿verdad?" Tercero, la señora Lansquenet es asesinada. La pregunta es: ¿Existe relación entre estos tres hechos? Observemos lo que ocurrió después. La señorita Gilchrist, compañera de la difunta, sufre una intoxicación después de comer un pedazo de pastel de boda que contiene arsénico. Ése es el suceso siguiente de la serie.

»Como ya les dije esta mañana, durante el curso de mis pesquisas he llegado a la conclusión de que no hay nada... nada en absoluto que dé pie a la creencia de que el señor Abernethie muriera envenenado. Igualmente debo confesar que tampoco encontré ninguna prueba concluyente para probar que no fuera envenenado. Pero luego las cosas se fueron haciendo más fáciles. Cora Lansquenet hace su sensacional pregunta después del funeral. Todos están de acuerdo en eso. Y al día siguiente la señora Lansquenet es asesinada... siendo un hacha el instrumento empleado. Ahora pasemos a examinar el cuarto acontecimiento. El cartero de la localidad se muestra bastante seguro, aunque no puede jurarlo, de que no llevó a la casa de Cora Lansquenet el paquete conteniendo el trozo de pastel de boda envenenado. Y de ser así, entonces el paquete fue llevado privadamente y aunque no podemos excluir a "una persona desconocida..." debemos tener en cuenta a aquellas personas que tuvieron ocasión o posibilidad de depositar el paquete donde fue encontrado. Las cuales fueron: la señorita Gilchrist, naturalmente, Susana Banks; el señor que fue para asistir a la vista, Entwhistle, sí, también hemos de pensar en el señor Entwhistle, que también estuvo presente cuando Cora hizo su sorprendente observación. Y también otras dos personas: un caballero que dijo ser un tal señor Guthrie, crítico de arte, y una religiosa o religiosas que llegaron por la mañana temprano para pedir una limosna.

»Ahora comenzaré por la suposición de que lo declarado por el repartidor es correcto. Además, el pequeño grupo de sospechosos será estudiado cuidadosamente. La señorita Gilchrist no se beneficiaba bajo ningún concepto con la muerte del señor Abernethie y muy poco con la de la señora Lansquenet... más bien, de hecho, la muerte de esta última la colocaba en una situación difícil para conseguir nuevo empleo. Además tuvo que ser asistida en un hospital a causa de haber ingerido el pastel conteniendo arsénico.

»Susana Banks se beneficiaba con la muerte de Ricardo Abernethie y también algo con la de la señora Lansquenet... aunque para ésta el móvil más bien pudo ser la seguridad. Podría tener sus buenas razones para creer que la señorita Gilchrist había oído la conversación que sostuvieron Cora Lansquenet y su hermano, en la que se refirieron a ella, y luego tal vez decidiera hacerla callar también. Recuerden que se negó a participar del pastel y también quiso esperar a llamar al médico hasta la mañana siguiente cuando la señorita Gilchrist se puso mala durante la noche.

»El señor Entwhistle no se beneficiaba con ninguna de las dos muertes... pero tenía bastante ascendiente y controlaba los asuntos del señor Abernethie y los fondos del *trust* y pudo tener alguna razón para desear que no viviera mucho tiempo. Pero... consideremos... si fuera el señor Entwhistle el culpable, ¿por qué habría acudido a mí?

»Y a eso puedo responder... que no es la primera vez que un delincuente se haya considera demasiado seguro de sí mismo.

»Ahora llegamos a lo que pudiéramos llamar extraños. El señor Guthrie y la religiosa. Si realmente se trata del señor Guthrie, el crítico de arte, eso le elimina. Lo mismo ocurre con la monjita, si lo era en realidad. La pregunta es, ¿serían ambos lo que representaban?

»Considero que es imposible que una religiosa esté mezclada en un asunto así. Una monja llega a la puerta de la esposa de Timoteo Abernethie y la señorita Gilchrist cree que es la misma que viera en Lychett Saint Mary. Y también una religiosa o religiosas, fueron a Enderby el día antes del fallecimiento del señor Abernethie...

Jorge Crossfield murmuró :

—Apuesto tres contra uno: fue la religiosa.

—Poirot continuó:

—Así que aquí tenemos varias piezas de nuestro rompecabezas... la muerte del señor Abernethie, el asesinato de Cora Lansquenet, el pastel de boda envenenado y "la coincidencia" de las religiosas.

»Quiero añadir algunos otros datos sobre este caso que llamaron mi atención:

»La vista del crítico de arte, el olor de las viejas pinturas al óleo, un cuadro que da la impresión de una postal representando el puerto de Polflexan, y por último un ramo de flores de cera que estaba sobre la mesa de malaquita donde ahora hay un jarrón chino.

»Reflexionando sobre estas cosas, fue como llegué a descubrir la verdad... Y ahora voy a comunicársela a todos ustedes.

»La primera parte ya la conté esta mañana. Ricardo Abernethie murió repentinamente... pero no hubiera habido razón para sospechar que su fallecimiento no fuera natural de no ser por las palabras del funeral. *Todo el caso del asesinato de Ricardo Abernethie se basa en esas palabras.* Y como resultado, todos ustedes creyeron en ese asesinato, no por las palabras en sí, sino por el carácter de Cora Lansquenet, pues siempre había sido célebre por decir la verdad, provocando situaciones violentas. Así que el caso del asesinato de Ricardo descansaba en las palabras de Cora... pero más que nada en ella misma.

»Y ahora viene la pregunta que me hice a mí mismo: "*¿Conocían ustedes bien a Cora Lansquenet?*"

Hubo un silencio, al cabo del cual Susana preguntó con acritud:

—¿Qué quiere usted decir?

—No la conocían en absoluto... ésa es la respuesta —dijo el detective—. La joven generación no la había visto nunca, sólo cuando eran muy pequeños. Sólo había aquel día tres personas presentes que la conocieran: Lanscombe, el mayordomo, que es muy viejo y medio ciego; la esposa de Timoteo Abernethie, que la había visto en contadas ocasiones desde la fecha de su boda, y la viuda de Leo Abernethie, que si bien la conoció mucho, no la había visto en veinte años.

»Así que me dije: Supongamos que no fuera Cora Lansquenet la que asistió al funeral.

—¿Quiere usted decir que tía Cora... no era tía Cora? —preguntó Susana incrédulamente—. ¿Y que no fue asesinada tía Cora, sino otra persona?

—No, no; fue Cora Lansquenet la que asesinaron. Pero no era Cora Lansquenet la que llegó aquel día antes para asistir a los funerales de su hermano. La mujer que estuvo aquí aquel día vino con un solo propósito: el de estallar, por así decir, el hecho de que Ricardo hubiera muerto repentinamente, y para crear en las mentes de sus familiares las creencias de que había sido asesinado. ¡Cosa que consiguió ampliamente!

—¡Tonterías! ¿Por qué? ¿Cuál era su intención? —exclamó Maude.

—¿Por qué? Para apartar la atención del otro crimen. Del asesinato de la propia Cora Lansquenet. Porque si Cora dice que Ricardo ha sido asesinado y al día siguiente ella también es asesinada, ambas muertes están destinadas por lo menos a ser consideradas como posible causa y efecto. Pero si Cora es asesinada en su casita, y el robo simulado no convence a la policía... ¿Dónde mirarían? En la misma casa, ¿no es cierto? Las sospechas tenderían a recaer en la mujer que vivía con ella.

La señorita Gilchrist protestó en tono casi jovial:

—¡Oh, vamos... señor Pontarlier... no querrá usted insinuar que yo iba a cometer un crimen por un broche de amatistas y unos bocetos sin valor.

—No —dijo Poirot—. Por algo más que eso. Uno de los cuadros, señorita Gilchrist, representa el puerto de Polflexan, y como supo adivinar la señora Banks, había sido copiado de una postal en que aparecía la escollera intacta. Pero la señora Lansquenet pintaba siempre del natural. Recordé que el señor Entwhistle había mencionado que cuando estuvo en la casa se olía a pintura vieja. Usted pinta, ¿no es cierto, señorita Gilchrist? Su padre era un artista y usted entiende mucho de pintura. Supongamos que uno de los cuadros que Cora adquirió por poco dinero en una subasta fuese una obra de valor, y que ella no supiera reconocerla, pero usted sí. Usted sabía que esperaba, muy en breve, la visita de un viejo amigo suyo, muy conocido como crítico de arte. Entonces el hermano de la señora Lansquenet fallece repentinamente... y a usted se le ocurre un plan. Le fue fácil administrarle un soporífero en la taza de té de su desayuno que la mantuviera inconsciente durante todo el día del funeral, mientras usted representaba su papel en Enderby. Usted conocía Enderby perfectamente de tanto oír hablar a Cora de su casa... pues como todas las personas de cierta edad hablaba mucho de su niñez. No le fue difícil hablar a Lanscombe de los merengues y las cabañas, para que estuviera seguro de su identidad en caso de que se sintiera inclinado a dudar. Sí, utilizó muy bien sus conocimientos, haciendo alusiones a esto o aquello, y recordando cosas. Nadie sospechó que usted no fuera Cora. Llevaba sus ropas, ligeramente reformadas, y puesto que Cora llevaba flequillo postizo, le fue fácil peinarse igual. Ninguno de ustedes había visto a Cora durante veinte años... y en veinte años las personas cambian tanto que a menudo se oye decir: "No la hubiera reconocido." Pero la manera de ser no se olvida, y la de Cora era ciertamente bien definida, con sus gestos característicos, que usted había ensayado ante el espejo.

»Y por extraño que parezca, ahí fue donde cometió su primer error. *Se olvidó de que el espejo refleja la imagen invertida.* Cuando usted ensayó ante el espejo el modo de ladear la cabeza como hacen los pájaros, típico en ella, no se dio cuenta de que lo hacía hacia el otro lado. Digamos, usted veía que Cora inclinaba la cabeza hacia la derecha... pero olvidó que usted tenía que ladearla hacia la izquierda para que dicha inclinación produjera el mismo efecto en el espejo.

»Eso es lo que extrañó a Elena Abernethie en el momento en que usted hizo su famoso comentario. Le pareció ver algo "extraño". Yo mismo lo comprendí la otra noche, cuando Rosamunda Shane hizo un comentario inesperado sobre lo que ocurrió con tal ocasión. Todo el mundo, inevitablemente, mira al que ha hablado. Por consiguiente, si Elena Abernethie creyó ver algo raro, debía ser en la persona de Cora Lansquenet. La otra noche, después de una conversación que sostuvimos sobre las imágenes reflejadas en el espejo y en cómo se ve uno mismo, creo que Elena debió ensayarlo delante del suyo. Es posible que pensara en Cora y en el modo que solía inclinar la cabeza a la derecha. Lo hizo mirándose al espejo... y, claro, la imagen reflejada lo hizo a la izquierda, dándole una impresión extraña, y en aquel instante comprendió que aquello fue lo que encontró extraño el día del funeral... Pensó... que o bien Cora había torcido la cabeza en dirección contraria a la acostumbrada... cosa poco probable... o que, de otro modo, Cora no podía ser Cora. Ambas cosas le parecieron absurdas, pero determinó comunicar inmediatamente su descubrimiento al señor Entwhistle. Alguien que solía levantarse temprano la siguió, y temeroso de las revelaciones que pudiera hacer, la golpeó con un pisapapeles de mármol.

Poirot hizo una pausa y agregó:

—Puedo decirle, señorita Gilchrist, que la contusión que sufre la señora Abernethie no es grave, y que pronto podrá contarnos lo ocurrido.

—Yo no hice nada de eso —repuso la solterona—. Todo son mentiras.

—Era usted —dijo de pronto Miguel Shane, que había estado estudiando el rostro de la señorita Gilchrist—. Debí haberme dado cuenta antes... me daba la vaga impresión de que la había visto en alguna parte... pero, claro, uno no se fija mucho en... —se detuvo.

—No, uno no se fija mucho en una simple señorita de compañía —concluyó la solterona con voz que temblaba un tanto—. ¡Una asalariada! ¡Casi una criada! Pero continúe, señor Poirot, continúe con su fantástico y absurdo relato.

—La sugerencia de asesinato que usted lanzó después del funeral fue su primer paso —dijo Poirot—. Tenía otros en reserva. En cualquier momento estaba dispuesta a admitir que había escuchado la conversación que sostuvieron Ricardo y su hermana. Pero sin duda él debió decirle que ya no iba a vivir mucho, lo que explica la frase de la carta que le escribiera antes de ir a verla. La religiosa era otra de sus invenciones. La que fue, o mejor dicho, las que fueron a la casita aquel día le sugirieron la idea de decir que una monja la estaba persiguiendo, y que utilizó cuando deseaba enterarse de lo que Maude Abernethie decía por teléfono a su cuñada... y también porque deseaba acompañarla a Enderby y descubrir por dónde se encaminaban las sospechas. Luego, el envenenarse usted misma con arsénico, sin llegar a intoxicarse gravemente, es un truco muy antiguo... y sirvió para despertar las sospechas del inspector Morton.

—Pero, ¿y el cuadro? —dijo Rosamunda—. ¿Qué clase de pintura era?

Poirot desdobló lentamente el telegrama.

—Esta mañana telefoneé al señor Entwhistle, persona muy responsable, para pedirle que fuera a Stansfield Grange y actuando en nombre del señor Abernethie... —aquí Poirot miró a Timoteo— buscara entre las pinturas de la habitación de la señorita Gilchrist la que representaba el puerto de Polflexan, con el pretexto de que iban a ponerle un marco para darle una sorpresa a la señorita Gilchrist, y luego llevarla a Londres para que la viese el señor Guthrie, a quien ya había advertido por telegrama. El boceto del puerto de Polflexan fue rascado para dar paso a la pintura original.

«*Un Vermeer auténtico. Guthrie.*»

De improviso, la señorita Gilchrist comenzó a hablar.

—Yo sabía que era un Vermeer. ¡Lo sabía! ¡Ella no! Mucho hablar de Rembrandts y Primitivos Italianos, y fue incapaz de reconocer un Vermeer cuando lo tuvo bajo sus narices. ¡Siempre alardeando de entender de cosas de arte... sin saber ni una palabra! Era una estúpida. Siempre refunfuñando por este lugar... Enderby, por lo que hacía cuando era pequeña, por Ricardo, Timoteo, Laura y todos los demás. ¡Siempre nadando en la abundancia! Esos niños siempre tuvieron lo mejor. No saben lo molesto que resulta estar oyendo las mismas cosas día tras día, hora tras hora, y tener que decir: «Oh, sí, señora Lansquenet», y «¿De veras, señora Lansquenet?» Fingiendo interés y en realidad estando furiosa... furiosa... furiosa... y sin ningún porvenir... y de pronto... ¡un Vermeer! ¡Leí en los periódicos que un Vermeer fue vendido el otro día por unas cinco mil libras!

—¿Y la mató... de ese modo tan brutal... por cinco mil libras? —Susana parecía no dar crédito a sus palabras.

—Con cinco mil libras —dijo Poirot— hubiera podido alquilar y montar un salón de té.

La señorita Gilchrist volvióse hacia él.

—En fin. Tiene que comprender. Era la única oportunidad que tenía de poder hacerlo... de conseguir un capital —su voz vibraba con la fuerza de su obsesión—. Iba a llamarle «La Palmera»... y hubiera puesto unos camellos pequeñitos para sostener las minutas. Ahora puede conseguirse porcelana china... Tenía intención de comenzar en alguna barriada donde hubiera gente elegante. Había pensado en Rye... o tal vez Chichester... Estoy segura de que hubiera tenido éxito —hizo una pausa y luego agregó sonriendo—: Mesitas de madera de roble... sillas de mimbre... con almohadones rayados en rojo y blanco...

Por unos instantes, aquel salón de té que nunca iba a existir pareció más real que la victoriana solidez del salón de Enderby...

Fue el inspector Morton quien rompió el encanto con un gesto.

La señorita Gilchrist volvióse hacia él cortésmente.

—Oh, desde luego —le dijo—. En seguida. No quiero darles más preocupaciones. Después de todo, ya que no puedo tener «La Palmera», lo demás no me importa mucho..., desde luego.

Salió de la estancia con el inspector, y Susana dijo con voz alterada:

—Nunca hubiera podido imaginarme que una mujer así fuera una asesina. Es horrible.

CAPITULO XXV

PERO no comprendo lo de las flores de cera —dijo Rosamunda, fijando sus grandes ojos azules en Poirot.

Se hallaban en Londres, en el piso de Elena.

La propia Elena estaba sentada en el sofá y Rosamunda y Poirot tomaban el té con ella.

—No veo que las flores de cera tengan nada que ver con esto —repitió Rosamunda—, ni la mesa de malaquita.

—La mesa de malaquita, no; pero esas flores fueron el segundo error de la señorita Gilchrist. Dijo que hacían muy bonito sobre la mesa de malaquita. Y no podía haberlas visto allí porque se rompió la urna de cristal antes de que ella llegara con el matrimonio Abernethie. *De modo que sólo pudo verlas cuando estuvo allí como Cora Lansquenet.*

—Eso demuestra, madame, los peligros de la conversación. Yo mantengo la opinión de que si se puede inducir a una persona a hablar durante un buen rato, sobre cualquier tema, más pronto o más tarde se traicionaría. Eso le pasó a la señorita Gilchrist.

—Tendré que ir con cuidado —repuso Rosamunda, pensativa—. ¿No lo sabe? Voy a tener un hijo.

—¡Ajá! ¿Con que ése era el secreto de la calle Harley y Regent's Park?

—Sí. Estaba tan sorprendida... que tuve que ir a algún sitio para pensar.

—Recuerdo que usted me dijo que no le sucede muy a menudo.

—Bien, es mucho más fácil no hacerlo, pero esta vez

tuve que decidir sobre mi futuro. Y he resuelto abandonar la escena y ser sólo una madre.

—Un papel que le sentará admirablemente.

—Sí, es maravilloso. Miguel está encantado. No creí que lo tomara así, la verdad.

Hizo una pausa y añadió:

—Susana se queda con la mesa de malaquita. Pensé que como iba a tener un bebé...

—Su negocio de productos de belleza promete —dijo Elena—. Creo que va a tener un gran éxito.

—Sí, ha nacido para tenerlo —dijo el detective—. Es como su tío.

—Supongo que se referirá a Ricardo —replicó Rosamunda—. No a Timoteo.

—Desde luego —rieron todos.

—Greg se ha marchado fuera... creo que para hacer una cura de reposo, según Susana —comentó Rosamunda mirando a Poirot, que no despegó los labios—. No puedo imaginar por qué sigue diciendo que asesinó a tío Ricardo. ¿Cree usted que era un modo de darse importancia?

Poirot soslayó la cuestión.

—He recibido una carta muy atenta del señor Timoteo Abernethie, dándome las gracias por los servicios que he prestado a la familia.

—Creo que tío Timoteo es muy desagradable —dijo Rosamunda.

—Voy a pasar con ellos la semana que viene —repuso Elena—. Al parecer, van a arreglar los jardines, pero siguen sin encontrar servicio.

—Me figuro que deben echar de menos a esa horrible señorita Gilchrist —dijo Rosamunda—. Pero me atrevo a asegurar que al final también hubiera asesinado a tío Timoteo. ¡Qué divertido hubiera sido!

—Para usted parece que todos los crímenes lo son, madame.

—¡Oh, no! —replicó Rosamunda—. Pero yo creí que había sido Jorge. Puede que algún día lo intente.

—¿Y eso sería divertido? —Poirot habló con sarcasmo

—Sí, ¿no le parece? —Rosamunda cogió otro pastel.

Poirot volvióse a Elena.

—¿Y usted, madame, se irá a Chipre?

—Sí, dentro de quince días.

—Entonces permítame desearle un feliz viaje.

Se inclinó para besar su mano. Elena le acompañó hasta la puerta, dejando a Rosamunda entregada a la tarea de devorar pastelillos de crema.

—Quiero que sepa, señor Poirot —dijo Elena, sin otro preámbulo—, que la herencia de tío Ricardo supone mucho más para mí que para cualquiera de los demás beneficiados.

—¿Tanto, madame?

—Sí. ¿Sabe...? Hay un niño en Chipre... A mi esposo y a mí nos gustan mucho los niños... y fue una gran pena para nosotros no tener hijos. Después de su fallecimiento, mi soledad se hizo insoportable. Cuando hacía de enfermera en Londres, casi al terminar la guerra, conocí a cierta persona... Era más joven que yo y casado, aunque no era feliz. Él regresó a Canadá con su mujer y sus hijos... Nunca supo lo de nuestro hijo. Él no le hubiera querido; yo, sí. Me parecía un milagro... Con el dinero de Ricardo podré educar a mi sobrino, como le llamo, y encauzarle en la vida —se detuvo—. Nunca se lo dije a Ricardo. Me apreciaba mucho, y yo a él... pero no hubiera comprendido. Usted sabe tanto de todos nosotros que pensé que no me importaría que conociera mi historia.

Poirot volvió a inclinarse para besar su mano.

Al volver a su casa encontró ocupada la butaca del lado izquierdo de la chimenea.

—Hola, Poirot —dijo el señor Entwhistle—. Acabo de llegar del Juzgado. El veredicto, desde luego, ha sido: culpable. Pero no me sorprendería que acabaran llevándola a Broadmoor. Desde que está en la cárcel ha perdido la cabeza. Está la mar de contenta y amable. Se pasa la mayor parte del tiempo haciendo planes para montar una serie de salones de té. Su última novedad se llamará «Las Lilas», y piensa abrirlo en Corner, ¿No habrá estado siempre un poco loca?

—¡No, cielo santo! Estaba tan cuerda como usted o como yo cuando planeó el crimen. Y lo llevó a cabo con la mayor sangre fría. Es bastante inteligente, bajo su apariencia sencilla.

Poirot estremecióse ligeramente.

—Estoy pensando —agregó— en las palabras de Susana Banks: «Nunca imaginé que una mujer así pudiera ser una asesina.»

—¿Por qué no? —repuso el señor Entwhistle—. Hay asesinos de todas clases.

Quedaron silenciosos... y Poirot fue pensando en todos los criminales que había conocido...

FIN